AF212202

Te siguen

BELÉN GOPEGUI DURÁN

Te siguen

RANDOM HOUSE

Papel certificado por el Forest Stewardship Council®

Primera edición: marzo de 2025

© 2025, Belén Gopegui Durán
El uso de textos e imágenes para entrenar la IA vulnera mi derecho a la protección de datos
personales según la regulación legal aplicada en España a través del Reglamento General de
Protección de Datos (RGPD) o Reglamento (UE) 2016/679. Por ello la autora se opone a que
esta novela sea utilizada para entrenar cualquier tipo de IA, presente o futura.
© 2025, Penguin Random House Grupo Editorial, S. A. U.
Travessera de Gràcia, 47-49. 08021 Barcelona

Penguin Random House Grupo Editorial apoya la protección de la propiedad intelectual. La propiedad
intelectual estimula la creatividad, defiende la diversidad en el ámbito de las ideas y el conocimiento,
promueve la libre expresión y favorece una cultura viva. Gracias por comprar una edición autorizada de
este libro y por respetar las leyes de propiedad intelectual al no reproducir ni distribuir ninguna parte
de esta obra por ningún medio sin permiso. Al hacerlo está respaldando a los autores y permitiendo
que PRHGE continúe publicando libros para todos los lectores. De conformidad con lo dispuesto en el
artículo 67.3 del Real Decreto Ley 24/2021, de 2 de noviembre, PRHGE se reserva expresamente los
derechos de reproducción y de uso de esta obra y de todos sus elementos mediante medios de lectura
mecánica y otros medios adecuados a tal fin. Diríjase a CEDRO (Centro Español de Derechos
Reprográficos, http://www.cedro.org) si necesita reproducir algún fragmento de esta obra.
En caso de necesidad, contacte con: seguridadproductos@penguinrandomhouse.com

Printed in Spain – Impreso en España

ISBN: 978-84-397-4471-9
Depósito legal: B-583-2025

Compuesto en La Nueva Edimac, S. L.
Impreso en Liberdúplex (Sant Llorenç d'Hortons, Barcelona)

RH44719

A Julia Gutiérrez Arconada, por la luz

¿Por qué decidiste abatir el secreto? Dime. Ahora que todo viene y va como una rueda de molino, se deshace en partículas, gira, se agranda y se achiquita, es ahora el momento de saberlo. Termina de una vez con este cosmos inflamado de imágenes sin lógica.

ALBALUCÍA ÁNGEL,
Estaba la pájara pinta sentada en el verde limón

En las noches hilvanadas por el alumbrado público los propósitos agitaban el sueño de las efímeras criaturas humanas. La vida secreta se había abolido. Les seguían. Los datos de quienes se empeñaban en quedarse al margen eran captados a través de otras personas que los exponían sin reparar en ello. El siglo iba demasiado rápido. Todo el mundo esperaba que pasara algo, todo el mundo pensaba que ya había pasado. Los más optimistas decían que era un momento de cambio y atisbaban formas nuevas del porvenir. Los más pesimistas decían que era un momento de cambio y atisbaban formas nuevas del porvenir. Los más insignificantes caminaban a tientas entre la vigilancia y la luz.

Voces, archivos, lenguajes, píxeles, como en un remolino, giraban en medio del zumbido de la refrigeración de los centros que los procesaban. Sus dueños trazaban patrones, predecían, pero no sabían interpretar. Y la soledad no se abolía, sino que se enlazaba con otras soledades en un viento impetuoso de tristezas y deseos.

PRIMERA PARTE

Casilda
Martes, 18.10

¡Cómo me gusta este sitio! Cada vez que entro me quedo quieta, al fondo. Desde aquí se puede ver el árbol de la calle, es un tulípero, sus hojas parpadean como pequeñas llamas.

Él habla con la clientela y me llegan jirones de cada conversación. Es locuaz. Al mismo tiempo, sabe escuchar, una mezcla rara.

Solo he comprado una vez: lentejas rojas, 250 gramos, y cacahuetes con cáscara, 300.

Si yo no estuviera en esta racha horrible de trabajo, un día a lo mejor me quedaba más tiempo y también le hablaba. Pero ahora no tengo la cabeza para eso.

Uso esta tienda como un remanso. Como si Madrid tuviera un rincón marino entre las estanterías y el cristal del fondo.

Jonás
Jueves, 13.30

Después de unos ocho días, seis desde que empecé a contarlos, ha faltado dos. Y la he echado de menos. No tiene sentido. No sé cómo se llama. No sé si la deseo.

Suele entrar a la vez que otras personas. Cuando me doy cuenta y puedo mirarla, ya se ha ido al fondo, a la zona de las legumbres y las harinas de legumbres. Ahí no llega la cámara.

Hoy me había propuesto acercarme. Pero no ha venido.

A lo mejor si hubiera venido tampoco me habría acercado. Quizá solo quiere un tiempo al margen, una tregua. Los llaman tiempos muertos, pero muchos sabemos que están llenos de vida. Cuando vuelvas, cuando te pregunte si puedo ayudarte en algo, estableceré contacto visual, como se dice. Hace unos años los colegas me llamaban «Ojitos». Se me daba bien empezar con una mirada.

Por ahí viene Bernardo. Me ve sonreír solo. Seguro que quiere invitarme a un vino.

Bernardo, ¡no ves que no puedo colgar el cartel de cerrado tan pronto!

León
Viernes, 11.20

Algunas empresas creen que ya está todo conseguido, o casi todo: que ya conocemos el noventa y nueve por ciento de cada individuo.

Creen que las personas han dejado de pensar algo distinto de lo que colgarían en una red o contarían a alguien por teléfono.

Al fin se ha logrado, dicen. Ya es todo nuestro.

Mis jefes no lo creen. Nos interesan los sujetos recalcitrantes. Personas que se obstinan y preservan parte de lo que son.

El mes pasado me ascendieron. Ahora tengo libertad, supervisada, para elegir a quién vigilar.

Primero se acota la zona: un barrio, una parte del barrio.

Después se escogen diez sujetos.

Empiezan los descartes.

Me he quedado con dos.

No se conocen, pero están interactuando.

He visto cómo se miran a destiempo. Procuran que el otro no se dé cuenta.

No es imprescindible que mantengan una relación, aunque puede ser interesante.

¡Una clienta y un tendero!, exclamó mi jefe cuando le comuniqué la elección.

Pero ha terminado por aceptarlo.

Soy elocuente y él, aunque nunca lo reconocería, confía en mis informes.

Incluso, me arriesgo, le gustan. Lo creo porque en ellos divago un poco. Y él nunca me ha reprochado mi estilo.

Jonás, tuve que explicarle, dejó su trabajo en una ingeniería o, como ahora las llaman, una empresa proveedora de soluciones de productividad industrial.

Nos interesan los descensos.

Pero, en su caso, lo que más nos interesa es su recogimiento. No es fácil detectarlo.

El tipo se muestra cordial, alegre. Su recogimiento no le impide vivir. Pero tampoco le avergüenza. Se aferra a él, y de qué manera.

Casilda sería un fichaje solo por su trabajo: funcionaria en la dirección general de protección civil y emergencias.

De eso hablaremos más adelante.

Lo que llamó mi atención es que ha cambiado, cosa que no observo casi nunca.

Desde hace un par de meses ella, siempre tan aturullada, ha pasado a ser de las que miran las ramas de un árbol y logra ver los pájaros que llegan y se posan, los que esperan, los que salen volando.

No es una especialista, no usa prismáticos ni conoce sus costumbres.

Simplemente, no sé aún de qué manera, ha contraatacado hasta conseguir apoderarse de un tiempo de libertad, leve pero inalienable. Si ese tiempo es suyo, no es nuestro. Y si no es nuestro, se puede volver contra nosotros.

Mi jefe me ha dado cuatro meses.

En fin, que ya está en marcha. Proyecto Recalcitrantes. El lunes empiezo.

17

Minerva
Domingo, 18.43

Me han relegado. Y me mandan a espiar a la competencia. Estoy en minoría; por fin han conseguido quitarme de en medio.

No es la primera vez, ni la décima, que ningún miembro del equipo sabe cómo responder a alguna de mis preguntas u objeciones.

Al principio me lo agradecen: si no fuera por ti nos habríamos estrellado, o qué bien visto, o nos has evitado dar un rodeo.

Me lo agradecen, pero luego...

Me han destinado a lo último de lo último, el furgón de cola. La vigilancia de a pie, las operaciones sobre el terreno.

Allí van a parar los que no tienen ambición, los que se equivocaron demasiadas veces y los que se jubilan pronto y sale más barato mantenerlos en un rincón que despedirlos.

También, alguna desterrada como yo.

Creen que me importa. Y bien, sí, me importa. Pero no tanto como se figuran.

Cumpliré mi tarea. Vigilaré lo que se trae entre manos León Martín o Martín León, nunca sé cuál es el nombre y cuál el apellido. Un tipo taciturno, un segundo de a bordo de una de esas pequeñas empresas que pretenden hacernos sombra.

Que le han ascendido, me dicen. Más bien habrá sido una patada hacia arriba.

Al menos, el nombre de su proyecto tiene gracia: Recalcitrantes. Observaré lo que hace, tomaré lo que valga la pena, mejoraré lo que pueda interesarnos.

Y volveré, queridos.

Mientras tanto, esto van a ser unas vacaciones pagadas.

Jonás
Lunes, 22.00

Creo que no la deseo. Seguramente no es mi tipo. Y ahora no me apetece complicarme la vida con una relación.

Sin embargo, me interesa. Me gustaría charlar con ella.

Es que ha vuelto. De todos mis clientes, es casi la única que no me cuenta nada.

Lo admito, a veces he pensado que ella sí me desea.

Porque me mira de lejos cuando cree que no la estoy mirando.

Porque compartimos, me parece, la misma década extraviada, entre los treinta y los cuarenta.

Estoy tan lejos del prototipo de seductor que esto no puede ser inmodestia.

En cuanto a ella, por un par de veces que la he pillado mirándome, el resto siempre estaba distraída, absorta en el árbol de la calle de enfrente, o en la balda de harinas, o en la persona que estaba hablando conmigo.

Mañana me voy a acercar, como lo hago con cualquier cliente.

La miraré a los ojos, pero apenas medio segundo.

Ya somos mayores para malentendidos.

No tengo más pretensiones que tomar una caña, charlar y reírse un rato; lo que, si lo pienso, ya son bastantes pretensiones.

Casilda
Martes, 12.12

Uf, no sé qué hacer. ¿Y si todos los asistentes al simposio están disimulando igual que yo? No tienen pinta.

Aunque yo, ¿tendré pinta de no creerme nada?

Sinceramente, es imposible que se lo crean.

Venimos aquí. Grandes rótulos con el título del VI Simposio: «Concienciación, compromiso y cumplimiento para

19

reducir el impacto de las catástrofes y los desastres». A media mañana nos dan un café con fruta y bollería. Oímos las mismas palabras una y otra vez: combinaciones de varios elementos tomados de dos en dos: anticipación, solidaridad, recuperar la normalidad, preparación, desastre, comportamientos adecuados a la seguridad colectiva, eventos de gran magnitud, ¡generación de una cultura de autoprotección y resiliencia!

Todavía tenemos memoria de una catástrofe sucedida cuando se aproximaban días festivos y de quienes supeditaron la tarea de proteger al descanso programado o a las oportunidades de negocio. Memoria de las grandes declaraciones y los colegios sin abrir. De la queja de los seguros inseguros. De los balones fuera, y cuánto más culpable alguien de desidia, de chapuza, de desprecio, más grandes palabras, hasta el punto de pedir que también las muertas y los muertos fueran «resilientes».

Hoy, de fondo suena el pulso de una música que nadie parece atender. Pero yo la oigo. Va mucho más rápido que el pulso de la sangre.

Ganas me dan de cambiar el cartelito que me identifica. En lugar de mi área de trabajo en la dirección general, escribir: hago bulto. Podría vestirlo con una expresión más elegante: masa crítica, dícese de la cantidad mínima de personas necesaria para que un fenómeno concreto tenga lugar. Pero a la masa crítica se le suele atribuir la capacidad de introducir un cambio, y no es el caso.

Además, la palabra «crítica» en esta expresión es ambivalente: también podría ser masa criticona.

Fuera el «ona», ¿a qué viene ese sufijo peyorativo?

Está decidido, hablaré.

De cuatro a cinco hay un momento de micrófono abierto. Dada la hora elegida: relleno.

Pues ahí voy a hablar.

Habrá cuatro gatos, y tres estarán echándose disimuladamente la siesta.

Pero soy adicta al efecto bola de billar. Haces algo o dices algo que rebota en alguien que a su vez rebota y entonces, a lo mejor, quizá.

Desde la esquina del hall una mujer me está mirando. No lleva cartelito. ¿Habrá preferido no ponérselo y así no tener que escribir «bulto», me han convocado aquí para hacer bulto? Se ha escabullido en cuanto me ha visto mirarla.

Si Jonás no tuviera la obligación de cumplir el horario de la tienda, a lo mejor también se escabullía al sentirse mirado por mí.

Aunque creo que le gusto. O, bueno, sin más.

A ver si salgo pronto de aquí y llego antes de que haya cerrado.

Minerva
Martes, 13.00

Acabo de escuchar el audio de la conversación de Martín León, o viceversa, con su jefe.

La chica puede mirar las ramas de un árbol y ver los pájaros que llegan y se posan, los que esperan, los que salen volando. ¿En serio?

En cambio, de la dirección general de protección civil y emergencias, ni una palabra.

Y del chico, menos. Que ha descendido.

Oye, señor León, si es por descender, te cuento mi vida y acabamos antes.

Para, Minerva. El nombre está bien: «Recalcitrantes», como un buen zapateado insiste sobre el suelo, o como el caballo frenado que quiere galopar y levanta el polvo pezuñeando y al fin se suelta.

He hecho mi trabajo, amigo. Estoy en el simposio donde está ella.

Supongo que piensas que vas a sacar algo de la relación entre los dos. Como ves, yo soy más práctica.

¿Debería compartir contigo mi información?

Si no me hubieran relegado a lo analógico seguiría trabajando con redes adversariales generativas. Me encantan. A los idealistas no les gusta la competencia.

No se dan cuenta de que es una forma, sui géneris, de cooperar.

La más potente.

Tienes dos redes y las pones a competir. Una es discriminadora, sabe reconocer qué rostros son humanos y cuáles no. La otra red está aprendiendo a generar esos rostros.

Quieres que gane la generadora. Estás ahí para perfeccionarla. Quieres que consiga generar un rostro capaz de engañar a la discriminadora.

Y aprenden, León. Aprenden las dos. Aprenden compitiendo.

Sé lo que vas a decirme. Aprenden porque las entrenan y porque no se destruyen.

Para los idealistas, la competencia lleva a la destrucción.

Te llamo idealista, León, porque me parece que piensas que las palabras pueden estar por encima de los hechos, que determinada palabra es mala pase lo que pase. Y aunque me encargue de supervisar las reglas para que mis lindas redes adversarias no se maten entre sí, no te basta, sigues temiendo a la competencia. O quizá es que a ti y a mí juntos solo nos supervisan por separado. ¿Quieren que nos entrenemos, León, o, como temes, quieren que nos destruyamos? Buena pregunta.

De momento no voy a compartir nada. Supongo que sus jefes se encargarán de informarle, tal como a mí me informan los míos.

Más adelante, quién sabe, quizá tengamos que hablar.

Jonás
Martes, 22.00

Casilda ha llegado con la respiración agitada, como si viniera corriendo. Son las ocho menos dos minutos. Supongo que necesita comprar algo y le preocupaba que hubiera cerrado. Pero luego entra y no compra nada.

Me acerco a su sitio.

—Voy a cerrar —le digo. Y esta vez me lanzo—: ¿Te apetece tomar una caña?

Así, por las bravas. Y ella me mira extrañada.

—No sé...

—No pasa nada, era una ocurrencia.

—Sí, no, bueno, o sea, que sí, venga, sí.

Mientras cierro se queda en su rincón. Mejor, así no me da agobio tenerla esperando.

La he llevado al Arsenio. Ahí todo el mundo me conoce. No lo he hecho por presumir, creo. Es que es mi bar.

Dos cañas, dos tapas de tortilla, y ella un poco ausente, como si estuviera ahí y no estuviera. Normal, supongo. Hablamos de las malas noticias de cada día, pensé que era un equivalente a hablar del tiempo, pero resulta que era como un prólogo. Porque luego se ha puesto a hablar como si me conociera de toda la vida.

Creo que lo entiendo. Llegaba emocionada. Quería contarle a alguien lo que le acababa de pasar.

No sé, no parece una persona solitaria.

Por algún motivo me ha tocado y, oye, me parece bien.

La historia es más o menos así.

En su trabajo la habían enviado a uno de esos simposios donde se habla y se escucha sin que nadie se crea nada.

En algún momento ella ha tomado la palabra y ha dicho que avisaría cada vez que fuera a usar frases de esas que no dicen lo que dicen.

Por ejemplo: «Tenemos el objetivo común de contribuir a mejorar la sociedad». Se ha parado ahí y ha dicho: una. Frases que se oyen sin la intención de hacerles el menor caso, porque se sabe que no son verdad.

Se ha quedado callada y ha sido la primera vez que me ha mirado:

—A lo mejor todo esto te parece una chorrada.

23

Le he devuelto la mirada. Con la pizca mínima de contacto visual para hacerle saber que no me parecía una chorrada, que me estaba interesando lo que decía y quería que siguiera. Ha sonreído un poco. Eso me ha pillado por sorpresa; me ha gustado.

—Contexto: había diecisiete personas de un total de más de ciento treinta, casi nadie, vamos. Programan una hora de micrófono abierto, de cuatro a cinco, para no reconocer que se va a empezar a las cinco por la sobremesa y el descanso. La poca gente que aparece por ahí va a dormir sin que se les note mucho. Aunque, mientras hablaba, he notado atención.

Contacto visual, franco, inesperado. Sigue.

—¿Y si dejamos de disimular? Acudimos a todos estos encuentros para no hacer caso de nada, para apuntar cuatro datos que nos puedan ser útiles, si es que los hay. ¿Sería posible escuchar de otra manera? Escuchar, o hablar, porque de verdad nos importa y no dejar pasar lo hueco ni lo falso, la mentira.

Esperaba una respuesta. Digo:

—No todo lo que se dice tiene que ser verdad siempre. Hay cosas que no son mentira pero no son verdad, sueños, valores, no sé, historias.

—Claro. Pero hay que explicarlo, ¿no? Esto que digo tengo cero posibilidades de cumplirlo, o uno coma cuatro, lo que sea. Deberíamos tender a un objetivo común pero la verdad es que tenemos objetivos muy distintos, y la mitad, como mínimo, de esos objetivos no nos atrevemos a nombrarlos.

—Ya…

—Demasiado literal, ¿no?

—Un poco

—Vale. Puede. Pero ¿y cuando todo es demasiado poco literal? Decir y oír muchas veces algo sin creérselo tiene que tener consecuencias. Nos debilita. Nos hace perder la cabeza. No puede dar igual.

—¿Qué pasó cuando terminaste?

—Me da un poco de vergüenza. Se levantaron y se pusieron

a aplaudir. Catorce de los diecisiete. Los otros tres se despertaron con los aplausos.

—Bien, ¿no?

—Sí, sí. Pero luego el simposio ha seguido toda la tarde y ni uno solo de los catorce se ha acercado para que pensáramos algo, o para hablar.

—Parece que te toca proponer a ti.

—Ya, supongo.

—Oye, que no sé cómo te llamas.

—¡Jo! ¡Perdón! Yo sí. Jonás, ¿verdad?

Asiento.

—Casilda.

—Hola, Casilda.

Empezamos a charlar sin temas, quiero decir, sin preguntar cada uno por la vida del otro.

Hablamos de una excavadora naranja oscuro que hay tres calles más abajo. Están desescombrando un solar. No es muy grande, y se la ve más flexible que las amarillas. Como todas las excavadoras, tiene aspecto de ser una criatura prehistórica, y en este caso a los dos nos había dado la impresión de ser adolescente y estar muerta de aburrimiento. Tontunas.

Luego salió el tema del deporte. Yo le conté que durante una época nadaba todos los días. Y ella me dijo que no hacía ningún deporte de manera sistemática, pero que sí estaba en una organización. Creo que vio mi cara porque enseguida cambió de tema.

León
Jueves, 06.15

Ayer no pude ponerme con el proyecto hasta las siete de la tarde. Limpié el sonido de las grabaciones en el bar, empecé a pergeñar un índice.

Salí de la oficina casi a las nueve. Ahora no es como antes; nadie me espera. Además, a esa hora hay menos tráfico.

Me quedé dormido viendo una serie. A las seis y media de la mañana, como siempre, ya estaba duchado y desayunado. Uno puede salir tarde de la oficina. Sin embargo, llegar antes de tiempo da vergüenza. Sobre todo cuando, como es mi caso, te acabas de separar.

Desde mi ventana se ve una pequeña colina y, al fondo, la sierra. Me relaja. La miro para no pensar demasiado en lo que me preocupa. Por ejemplo, la imagen de Minerva Valle en esos vídeos.

Qué iluso. Pensé que esta vez me iban a dejar en paz. Pero no. En mi sector nadie se libra de la competencia.

He hecho averiguaciones. Había una remota posibilidad de que hubiera ido al simposio por otro motivo. No. Me pisa los talones. Más que eso. Puedo sentir su aliento.

Minerva es brillante. Me extraña que la hayan asignado a este proyecto. Al parecer, tuvo unas cuantas intervenciones inapropiadas, muy en su línea. Y la han relegado.

Como era de esperar, es Casilda quien ha llamado su atención. A mí me interesa Jonás. ¿Qué hace en esa tienda? Acaba de cumplir treinta y seis años. No tiene perro ni gato. Ni novia o novio. Se toman a risa lo de descender voluntariamente. Yo sé que no es tan fácil. Estoy averiguando qué lo desencadenó.

Hoy me espera un día complicado. Minerva Valle se creerá que este proyecto es mi única ocupación. Qué va; en las empresas pequeñas a todos nos toca hacer de todo. Hoy superviso los requerimientos de tres clientes muy distintos.

Mi proyecto tiene prioridad, no es un capricho. Por eso he conseguido cuatro meses de plazo. Saben que puedo fracasar pero que, si acierto, tendrán un producto único que les hará estar más cerca de que por fin alguien nos compre en buenas condiciones.

El martes Jonás y Casilda entraron en contacto. No me conviene demasiado que se amen, me refiero al enamoramiento. Interferiría bastante.

Había pensado otro nombre para Recalcitrantes: «Territorio irredento». No creo que mis jefes sepan lo que es el irredentismo. A mí siempre me gustó leer historia. Pero no por aprender del pasado, casi por lo contrario: ver cómo se repiten los errores me tranquiliza, hace que me sienta menos solo. El irredentismo fue un movimiento político italiano de finales del XIX. Reivindicaba las tierras no rescatadas, irredentas, del imperio austrohúngaro. Desde entonces, la nación que pretende anexionarse un territorio abre, por así decir, un caso de irredentismo. También nosotros hemos abierto un caso, aunque sin proclamarlo. Pretendemos anexionarnos aquellos territorios de la mente, ¿el espíritu?, la vida íntima y social, que todavía no nos pertenecen.

Detecto lo que callan. No puedo, todavía, averiguar de qué se trata, pero veo la discontinuidad, el espacio en blanco. Aunque parecen espontáneos, tanto Jonás como Casilda guardan algo que a mí no me pasa inadvertido. Me han entrenado para verlo.

Bien, ya son casi las siete. Bajaré al garaje, conduciré con algún podcast que me distraiga, que me impida recordar lo que no debo y, sin embargo, recuerdo: «Sabiendo que jamás me he equivocado en nada, sino en las cosas que yo más quería». Personas, poeta Rosales, en las personas que yo más quería.

Casilda
Jueves, 19.00

No voy a ir a la tienda, ni a la reunión de la coordinadora, ni a ver tocar al grupo del hermano de Noa. Me quedo en casa. Me gusta tener el piso para mí sola, quiero aprovechar los dos meses que Noa va a estar fuera. Hoy en especial. Necesito procesar lo que ha pasado en el ministerio.

Me sobrevaloran, pero vamos, de aquí a Lima. Que sí, que a lo mejor me impresionó cuando aplaudieron, pero es que luego ni dios se acercó a hablar conmigo.

27

Al final fue como cuando vas a una obra de teatro y el público empieza a aplaudir bastante, te emocionas y terminas aplaudiendo a rabiar. Te hace ilusión formar parte de algo que ha sido especial y, cuantos más aplausos, más especial ha sido.

Con mi discursillo, lo mismo. Empezarían a aplaudir tres o cuatro que estaban de acuerdo, los demás se fueron sumando y se vinieron arriba. Diez minutos después, fijo que se les había olvidado.

Pero ¿no va esta mañana y me llama el subdirector? Si hubiera sido mi jefe de área, bueno. Lo que pasó no deja de ser una tontería, pero lo habría entendido. Mi jefa de servicio, eso ya habría sido raro. No, no, el gran subdirector. Si se descuidan me llama la directora general. A capítulo.

Para colmo, primero parece que se disculpa. Que él también ha tenido mi edad. Eh, que tengo treinta y siete, no es que sea una cría, pero me callo. Que es un momento difícil para las generaciones más jóvenes. Que a él le tocó luchar contra los recortes. Y luego: cambio de tono.

—Tú, fuera de aquí, como ciudadana, te puedes permitir todos los bonitos discursos que quieras.

Yo diría que mi discurso fue claro, que no fue hipócrita, pero ¿bonito?

Y sigue:

—Como representante del ministerio, no. Y lo sabes. Tengo la deferencia de recordártelo porque nos enteramos enseguida y hemos eliminado las grabaciones antes de que se difundan. Lo que has hecho es un insulto. El sector del seguro ha pedido tu cabeza. Les hemos dicho la verdad: eres demasiado poco importante. Solo llegaron a oírlo cuatro gatos. Silencio e indiferencia. De cara al exterior, no ha pasado nada. Pero a ti, Casilda, ya no te queda otra carta. No pienses que por ser funcionaria tienes el futuro garantizado. Yo me encargaría personalmente de que te abran expedientes y se tomen las medidas. Puedes perderlo todo.

No sé qué respuesta esperaba: ¿Vale? ¿Muy bien? ¿Lo siento? Lo que yo pensaba era: llevo demasiado tiempo tranquila, y no se me da bien. He mirado al puente de su nariz, dicen que sirve para dar a entender que no buscas conflicto, de momento. Y he usado la expresión más neutra que me ha venido a la cabeza, la típica expresión de doblaje de película:

—Entendido.

Después he señalado la puerta:

—¿Puedo?

—Sí —ha dicho.

Ha tomado el móvil de encima de la mesa y se ha puesto a mirarlo.

Acaban de encender las farolas de la calle. ¿«Futuro garantizado»? ¿De verdad has dicho eso? Garantízame, garantízame, ¿qué te parece el estribillo?

No sé, a veces los amigos me dicen que por qué me meto en tantas comisiones, en tantos líos. Que es excesivo, que me está agotando y que, además, apenas sirve.

Cada persona se planta por razones diferentes y de maneras diferentes. Hay tantas.

Minerva
Sábado, 01.00

Qué buena noche. Lo necesitaba. Nos hemos reído como locas.

En casa todos duermen. Tareq ronca, aunque no demasiado alto. Es un ronquido rítmico. Si me acuesto ahora a su lado, podría conciliar el sueño. Pero, como le he oído decir a mi hijo alguna vez cuando vuelve de una fiesta: todavía no me ha bajado la energía.

Entorno la puerta del salón y me preparo un agua con whisky.

Una romántica, esa Casilda. Ya lo sabía. Tiene su punto. Tonta no es. Su intervención fue desconcertante, breve y extrañamente conmovedora. Por eso se han apresurado a borarla. ¿De verdad creerán que pueden? Por supuesto, yo tengo una copia. No dudo de que León tendrá otra. Ya me he enterado, se llama León Martín. Prefería señor León. Lo malo de los románticos es que se precipitan. Casilda es atolondrada, se precipita y no se lo puede permitir. Una simple jefa de sección, no. Tendría que haber elegido mejor el momento y haber previsto los siguientes pasos. Estoy segura de que no lo hizo.

Reconozco que dio en el clavo. Decir y oír cosas en las que no se cree sin inmutarse: por supuesto que tiene consecuencias. Consecuencias alucinatorias. Las palabras vacías dichas u oídas con hipocresía e impasibilidad producen una separación entre el lenguaje y la experiencia sensible. Y esto es grave.

La conciencia no se parece a esa elipse en torno a la cabeza que pintan los libros. El estómago digiere y el cerebro, pensasintiente, esto es, en constante interpretación de las terminaciones nerviosas, con sus propios materiales y con los estímulos exteriores, *conciere*. Regalo el neologismo. Me lo acabo de inventar pero sé de unos cuantos neurocientíficos y filósofos que agradecerían poder usarlo. Ahí lo tienen, a su disposición. Digerir, hacer la digestión. Concerir, hacer la conciencia.

En el caso de las llamadas inteligencias artificiales han decidido llamar alucinaciones a lo que son errores crasos. ¿Por qué? Una alucinación humana es una percepción que se produce sin un estímulo externo que la sostenga. Si es visual, ver algo sin que fuera se haya producido esa presencia ni la consiguiente alteración en los rayos de luz.

Pero las máquinas, hoy por hoy, no saben lo que dicen ni les importa y con cierta frecuencia combinan las palabras de forma que generan afirmaciones falsas. Supongo que lo llaman alucinar porque fabrican mentiras sin saber que lo son. Aunque quienes les pusieron el nombre deberían buscar otro para recordar que cuando las inteligencias artificiales hacen afirmaciones verdaderas tampoco lo saben.

Las palabras vacías que enfurecen o entristecen, o ambas cosas, a Casilda nos acercan a las que emiten hoy las llamadas inteligencias artificiales: no han cruzado la barrera del significado. En mi opinión –no solo mía, claro, una opinión minoritaria pero respetable y que irrita a mis jefes profundamente–, para cruzarla parece necesario que las inteligencias tengan experiencias semejantes a las nuestras, ligadas a los mecanismos biológicos que nos mantienen con vida. Pero esa es otra historia.

Sí, Casilda, has señalado algo que está en el aire. Las palabras vacías nos convierten en seres sin porqué, sin significado. ¿Qué le diría esta chica a mi hijo? ¿De verdad cree que es posible desenredar y corregir el caos devastador que nos rodea? Yo, desde luego, no voy a meterle esa presión.

Buenas noches, Casilda. El agua del fregadero cae sobre mi vaso vacío. Cuando oí tu intervención pensé en una frase que le gustaba decir a un novio de mi juventud: háblame como la lluvia y déjame escuchar.

Jonás
Sábado, 17.23

No puedo quedar otra vez con ella. El jueves ya lo tenía claro. No vino y, uf, respiré. La verdad, preferiría que no viniera más a la tienda, pero eso no está en mi mano.

A lo mejor me estoy montando una película y ella tampoco quiere que volvamos a quedar. Asunto concluido. Hablo de quedar, y no de nada más, pero no quiero.

Casilda es divertida, atenta, sonríe de puta madre. Es que conozco su aguijón, esa necesidad de hacer algo. No quiero discutir, no quiero decepcionarla, y no me va a convencer. Por no querer, no quiero ni ser testigo de sus andanzas.

Mientras me estaba hablando, yo no disimulaba. Me interesaba de verdad su historia, me hacía gracia su actitud, quería saber más. Pero sé cómo soy, y ha pasado lo que ha pasado.

Vuelvo a casa, me acuerdo, le doy vueltas, me preocupo, me pregunto si van a tomar represalias contra ella en su trabajo. Me pregunto si puedo ayudarla. Y no. No estoy en ese punto. No quiero. Ya he estado ahí.

Fui muy consciente de lo que hacía cuando dejé mi otro trabajo. Mis padres no lo entendieron. Me llamaban para hacerme cambiar de opinión. Como están separados tuve que quedar con cada uno para que parasen. A mi padre no intenté explicárselo. Le dije que era lo que quería, que era mi vida y que si me equivocaba sería mi equivocación. Él no cree que las cosas puedan hacerse de otra forma, sino solo como él piensa que deben hacerse. Al principio discutíamos Luego decidí tomar lo bueno, y dejar lo malo. Cuando pude me fui de casa.

Con mi madre sí que hablé. Le preocupaba que el trabajo en la tienda se pareciera al suyo. Le hice ver que era distinto. Ella pasa las horas encerrada en un almacén sin luz exterior, en un inventario permanente, agotada. Nada que ver con la tienda. También le dije que, aunque iba a ganar menos, había ahorrado una cantidad que no pensaba tocar y que era sobre todo para ella, para que supiera que estaba ahí por si le pasaba algo. Negó enérgica con la cabeza. Ni se te ocurra, dijo, es para ti. Lo que quiero es entender por qué lo has hecho.

Le dije que imaginara al típico personaje de esas películas antiguas que veíamos juntos. Un médico alcoholizado porque no pudo estar a la altura en la operación de un paciente y lo perdió. Le dije que no quería acabar siendo ese médico. En mi otro trabajo me era casi imposible no desatender algunas cosas que hacía. No sé vivir con eso. En la tienda me canso más cargando y descargando cajas. Gano menos. Pero puedo fijar el ritmo. Hablar con los clientes que quieren hablar. Mientras cumpla y no le cobre horas extraordinarias, al dueño le da igual si llego antes o me voy más tarde, o me quedo con un cliente aunque sea la hora del cierre. Como tampoco viene demasiada gente, estoy tranquilo. Y sé que dentro de unos límites razonables no hago daño.

A mi madre no le he contado lo que me pasó. Pero creo que me ha entendido.

De manera que aquí estoy, Casilda. Y a ver cómo lo hago. Si quedamos y te digo algo de esto vas a querer saber más. Si me callo, lo respetarás pero querrás mostrarme otros caminos. Lo sé, he visto tu energía.

Si no te cuento nada, si me hago el sota y no volvemos a quedar, pensarás que soy un borde o, mucho peor, que he mentido, que tu historia me pareció un fastidio, que tú me pareciste un fastidio.

Llegó el viernes y Casilda apareció.

Eran las seis, bien, eso significaba que no esperaba que nos viésemos a la salida. Supuse que ella tenía planes, yo también. No la busqué en su rincón. Por suerte, había bastante ajetreo. Cuando bajó la marea de clientes, se acercó con timidez y me compró ciento cincuenta gramos de avellanas. La miré sin mirarla. Rezando para que se acercase alguien. Y pasó. Casilda se fue, discreta.

Estuve en casa de unos amigos, lo pasamos bien. Pero ya sabía que luego me iba a sentir de pena.

Hoy ha vuelto. Los sábados por la mañana es cuando más gente hay. A pesar de todo, he salido de detrás del mostrador. Le he dicho que cuando quiera nos tomamos una caña, que me gustaría contarle una cosa.

Ahora estará pensando que vivo en pareja y soy tan vanidoso que me he creído que quiere algo conmigo.

León
Domingo, 18.00

El viernes vinieron mis dos jefes a felicitarme. Habían visto mi mail con el vídeo del discursito de Casilda.

Felicitándome demuestran que no tenían tanta confianza en el proyecto como me dijeron, pero que ahora sí la tienen. Son todos iguales, ellos, la competencia, se dejan llevar por lo obvio. No entienden que la rentabilidad de este proyecto estará sobre todo en Jonás.

Se llenan la boca con estudios de mercado. *Lovers*, los que ya han comprado nuestro mensaje. *Haters*, los que ya han comprado el del otro bando, esto es, sueños, deseos, opiniones políticas y productos más o menos opuestos a los nuestros. En el medio, los ambivalentes. Indecisos, no saben qué pensar, viven a la espera de soluciones que nunca llegan y que tampoco les ofrece ninguno de los dos bandos. No tienen una posición clara y no quieren que se lo reprochen. Pero se sienten juzgados por su ambivalencia.

¿Cómo van a comportarse los ambivalentes cuando las cosas se pongan más difíciles? Si tuviéramos la llave de su conducta nuestro valor en el mercado se centuplicaría.

Quieto. El cuento de la lechera está prohibido en nuestro sector.

Podría haber llamado al proyecto: Ambivalentes. Pero sabía que entonces no les habría interesado. Casi cada corporación tiene un departamento dedicado a eso. Simbólico. No le dan importancia. Como *lovers* y *haters* son más, los recursos se van siempre a estos dos grupos. Olvidan que ahí tenemos poco que hacer; industrias, partidos políticos, cantantes, religiones, ideologías, medios de comunicación y entretenimiento, agentes culturales, ya tienen su parte y lo más que conseguiríamos sería una esquina ínfima del pastel.

Los ambivalentes, aunque no son una tierra virgen, están más desatendidos. Quienes los buscan se cansan pronto. Les cansa su cautela, que sean tan poco entusiastas.

Por eso tuve que meter a Casilda, que es una *lover* de manual, aunque en un sector distinto del nuestro. Jonás y Casilda, recalcitrantes, irredentos cada uno a su manera. La clave, sin embargo, insisto, está en Jonás.

Espero hacer con él lo que la química hace con algunas sustancias: obtener su compuesto a partir de elementos más sencillos, precursores o aminoácidos esenciales; en el caso del corazón humano, elementos de lo oscuro, esos que de noche alejan el sueño.

Si lo consigo, reconocerán mi valía. No es solo una frase,

va siendo hora de que mi sueldo suba en proporción a lo que aporto a la empresa. Que sí, que agradezco que me paguen con mayor autonomía, plaza de parking y minibonus. Pero hablo de un aumento sustancial.

Cuando lo tenga, podré mirar con perspectiva. Los errores de mi vida, ya lo sé, no voy a solucionarlos con dinero. Aunque ayuda.

En fin, estos paseos por los alrededores de la urbanización me aburren un poco. Mañana tengo que preparar todas las opciones de escucha, no puedo permitir que se pierda la conversación entre Jonás y Casilda.

¿Va a contarle la razón de su estar al mismo tiempo en guardia y viendo partir los trenes que no tomaría? No creo, es muy pronto. Ni siquiera yo la sé y llevo cuatro meses patrullándole. Tengo cabos sueltos, una hipótesis aún por confirmar.

Casilda
Martes, 19.00

Qué raro y qué normal fue todo ayer. Raro porque nos habíamos visto un día sin conocernos. Y yo le había soltado una chapa que ni le iba ni le venía. Así que no tenía por qué darme explicaciones.

Habría sido agradable seguir viéndonos, la verdad es que me cae bien. Pero en este momento no necesito una persona más en mi vida. Si es que no doy abasto con toda la gente que me importa.

Está claro que es de los que dan vueltas a las cosas. Muchas. Quedamos. Me dio todo tipo de explicaciones. Y yo:

—Que no pasa nada. De verdad. Que lo entiendo.

Él:

—No, no lo entiendes. Perdón. No quiero decir que no tengas capacidad para entenderlo, sino que yo no tengo capacidad para explicarlo.

—Me ha parecido que sí. No quieres meterte en líos, no

por estar a tu bola, sino porque no crees que se pueda hacer nada más allá del entorno personal de cada uno. Te preocupa que las cosas grandes produzcan efectos no queridos. En la medida en que puedas, prefieres retirarte, centrarte en los actos menores. Te juro que lo entiendo.

—Me gustaría apoyarte.

—Eso me parece guay porque casi no me conoces.

—Pero no voy a hacerlo.

—Lógico, después de todo lo que me has explicado. Sin problema, Jonás, solo faltaría. Además, no es que vayamos a hacer nada de particular. Lo de siempre. Intentar seguir estando ahí.

—¿Crees en serio que solo hacéis eso?

—Podría vestirlo con otras palabras, decir que luchamos por crear un mundo que nos devuelva las consecuencias de nuestros actos, que no nos diga que miremos hacia otro lado porque no hay nada que hacer. Pero todo eso está muy lejos.

—No sé, te oigo hablar y me parece que tendría que apoyaros. Y no es lo mío, Casilda, y me siento regular.

—Seguramente lo que tú haces es mejor que lo que hacemos.

Y va y dice:

—Sabía que ibas a intentar convencerme.

Mi cara: ¡¡!!

Sonríe levemente.

—Sí —dice—. En teoría me estás diciendo que siga con lo mío, pero en la práctica me quieres convencer. No es un reproche. Al contrario. Me parece fascinante ser así. Pensar que se puede intervenir y que salga bien.

—Tú también lo piensas. Me acabas de contar que dejaste un trabajo porque te parece mejor estar en un sitio donde puedes hacer las cosas más o menos a tu ritmo y controlar más o menos las consecuencias.

—No creo que sea mejor ni peor. Es lo que yo puedo sobrellevar.

—Vale. Ahora lo veo. Tú no has querido convencerme ni de que haga como tú, ni tampoco de que siga con lo mío. Uf. Ahí tenía razón. Mogollón de razón. ¿Quién me manda?

—Lo siento —seguí—. Y, vamos, que si quieres que volvamos a quedar, bien, y si no, también.

—Gracias.

—Gracias ¿por qué? ¡Perdón! ¡Para, olvida la pregunta! No quiero explicaciones. Tú dices gracias. Vale, de nada.

Entonces le dio un ataque de risa. Se me contagió. Cuando paramos me dijo que nunca había visto tan claro cómo funcionaba su cabeza neurótica. Cómo podían verla los demás.

Luego nos pedimos un doble, y yo no le conté mi charla con el subdirector ni en qué ando metida, y él no me contó por qué se había vuelto tan neurótico o si siempre había sido así.

Fuimos al metro, líneas distintas.

El resumen es que prefiere, creo, que le deje tranquilo. Así que hoy, en lugar de pasar por la tienda para mis cinco minutos de cristal y de tulípero, me he venido a este bar que me pilla bastante más a trasmano y que cierra a las siete. Una vez que cierra, no te echan. Ahora solo quedamos un grupo de seis, una parejita y yo. Se ha hecho de noche pero no hace frío.

Voy a llegar tarde a la reunión. Menuda racha llevo. Yo no suelo faltar, no llego tarde, y menos a las importantes. Tampoco soy tan meditabunda ni tan solitaria.

Pero es como que tengo que pararme. Me encanta la cuerda de bombillas que usan para iluminar la terraza cuando la abren de noche. Va de árbol en árbol. Ahora están apagadas. Lo bueno es que las dos farolas grandes que hay algo más lejos se reflejan en el cristal de las bombillas. Parecen pupilas que miran distraídas lo que pasa.

A correr, quiero llegar a tiempo. Tengo ganas de ver a la gente. Tengo ganas de que tengamos ganas y fuerza para hacer lo que tenemos que hacer.

37

Jonás
Miércoles, 15.30

El camarero me ha mirado con aprobación cuando Bernardo se ha ido y yo me he quedado y he pedido un orujo blanco. No había previsto que Bernardo tuviera que marcharse tan pronto. Me llega el olor a guiso de la cocina. Escucho el ruido de conversaciones y cubiertos sin impaciencia, no tengo nada que hacer hasta las cuatro y aquí se está bien.

No me puedo creer el rollo que le solté para no tener que hablar de lo que nunca quiero hablar.

Han pasado varios años pero aún no soy capaz de contarlo. No es un secreto. O sí, no sé. Me imagino muriéndome con esta historia dentro, como una más de tantas que nos pasan y no has encontrado el momento de contársela a nadie.

Con Bernardo al menos podría haber hablado un poco del tema. Haberle preguntado por esos criminales que al final se entregan porque no pueden soportar la culpa, y por todas las personas que no nos lo creemos. Pensamos que lo que no pueden soportar es el miedo a que les descubran. Que cuando no hay apenas posibilidades de que pase, no se entregan. Y duermen a pierna suelta a pesar del daño que han causado.

Dicen que la capacidad para creernos nuestras mentiras es puro instinto de supervivencia. A veces para sobrevivir hay que mentir, y se miente mejor si te convences de estar diciendo la verdad.

Haces daño a alguien, te sientes mal, piensas que eres un capullo. Poco a poco, te convences de que no pudiste hacer otra cosa. Esa persona tuvo mala suerte, te encontró en un mal momento y, para que no falte el toque de sal: esa persona debería haberse dado cuenta, ¿no? Además, tampoco es que ella midiera bien sus actos ni se hiciera cargo de la situación.

Vas corriendo un velo cada vez más tupido, más estúpido, hasta que dejas de ver lo que pasó. Luego te olvidas.

Minerva
Miércoles, 13.10

Me ha costado pero lo he conseguido. Minerva Valle en acción.

La otra noche Casilda casi me influye. En realidad, sí, me influyó. Fueron unos segundos. Me sugestioné. Ya digo, momentáneamente, me puse lírica, ¡yo!, recordando a Joseba y su «háblame como…». Puedo disculparlo: era de madrugada, venía de estar con amigas. A pesar de ser otoño, en algún momento de la noche me pareció oler a jazmín. Junto con los vapores etílicos.

Pero he vuelto. Ayer la oí decir por teléfono que iba a ir a una reunión, el nombre del local y la hora. Estos chicos, bueno, la mayoría no son tan chicos, han leído, han visto tutoriales y a ratos juegan a protegerse. Pobriños. Un rato no basta. ¿No ven que estamos siempre?

Lo único que consiguen, aunque en público nunca lo reconoceremos, es ponérnoslo un poco más difícil. Al llegar al local, apagan los móviles. Los guardan en un armario de la entrada. O los meten en la nevera. Sin embargo, a veces hay una persona por las inmediaciones. Yo misma, vamos.

Me conozco sus tácticas y, por si acaso, fui al lugar una hora antes. No puedes quedarte quieta en la calle sin hacer nada mucho rato, enseguida llamas la atención. Pero hay un bar casi enfrente. Como no está enfrente del todo tuve que conectar a los audífonos un dispositivo y cubrirlo con un fular; tengo uno del tejido adecuado para que no afecte a las ondas sonoras. También dispongo del amor propio necesario. León me parece un poco lánguido. Hay que tomar la iniciativa.

No sé si lo sabe, pero me interesa aún más que a él que su proyecto salga adelante. León está al mando y le recompensarán. Yo podré dar en las narices a los que piensan que me han enviado al peor de los destierros. Al contrario. Voy a volver con la joya de la corona.

Están tan ocupados masajeando datos de tres al cuarto, datos que no valen nada. Les dan friegas con algoritmos, los tocan y retocan para obtener algo que parezca interesante. Y la materia prima ¿qué? Preferirían, claro, unos datos mejores, pero son tacaños y perezosos. Van a lo fácil. A lo que tienen más a mano. Orgullosos del poder de computación, añaden cantidad, pero no cualidad. Expulsan los datos de difícil acceso y medida.

Creo que has acertado, León. Como tú, soy partidaria de las muestras pequeñas, estudiadas con rigor a fin de que los datos sean realmente significativos. Quizá tú lo hayas exagerado. Has ido a la muestra de uno. Bueno, de dos individuos. Ya veremos si el tal Jonás da juego. Sea lo que sea, la apuesta te honra.

Las diferencias individuales no son ruido, no es lo que sobra, como dicen. Al contrario: estudia la diferencia individual de un sujeto, su obstinación, la tonalidad de su voz y lo que hace, y podrás aproximarte a cualquier otro. Que a su vez será diferente, pero esa diferencia lo hará accesible. Nos relacionamos a través de aquello que siendo lo mismo, catarro, enamoramiento, temperatura corporal, sentido de lo inadmisible, es, a su manera, distinto.

León
Sábado, 18.00

«Creo que te interesará», y me manda un archivo con la reunión de Casilda y su grupo. Qué arrogante. Sin una pregunta, sin pedir nada a cambio. Entiendo el mensaje, en dos semanas se ha puesto al día y cree haberme adelantado.

Me regala el archivo para decirme que puede conseguir lo que quiera, cuando quiera.

Ella es la gran Minerva Valle.

«Recibido, gracias». No es momento de llevarse mal. El archivo, obvio, me interesa.

40

En cuanto a adelantarme, a ver: llevo meses diseñando esto. Modestia, Valle, modestia.

Empecé a oír la grabación. No daba crédito. En la primera intervención citaron a Cantinflas, un cómico del siglo pasado. No creo que sepan quién es, habrán visto un meme o un fragmento de vídeo por ahí. La frase, sin embargo, es buena: «Estamos peor pero estamos mejor, porque antes estábamos bien pero era mentira. No como ahora que estamos mal pero es verdad».

Vale para casi todo.

De la reunión me interesó el acento. Durante los últimos años se me ha asignado la tarea de indagar en varios grupos del mismo estilo. Encontré humor, angustia, catastrofismo, confianza en el futuro. Escuché a grupos trabajar pletóricos porque habían conseguido algo. Y a los mismos, o a otros, hartarse, deprimirse.

El acento aquí no se parecía a ninguno. Han quemado las naves. Acento urgente y a la vez tranquilo porque, dicen, ya no es posible dar un paso atrás.

La cita del inicio actúa como premisa. Estamos mal. Es verdad. Siguiente paso.

La reunión viene de otras. No están empezando a pensar o a proyectar. Aluden a documentos y procesos. Me parece que esto se te ha escapado, Minerva. No encuentro documentación adjunta, ni la mencionas.

Resulta que el siguiente paso ya lo han dado. No lo canalizan por las redes. Tampoco mediante analógicas pegadas de carteles o reparto de octavillas. Ni van casa por casa, como vendedores.

Mencionan algunos espacios, aunque deduzco que ya se han repartido otros. Aparecen: la sala de espera del centro de salud público, del centro médico privado y de la clínica dental, la cola en la caja del banco y en las administraciones de lotería, las oficinas de atención al consumidor de las compañías eléctricas, las comisarías, los locales de apuestas.

¿De qué hablan ahí? ¿Cómo lo hacen? No lo sé, no lo dicen. Solo oigo:

–En la cola del banco: dos.

–En la cola de la lotería: uno.

–En el centro de salud: tres.

Sigue un rato y luego alguien habla pero no se le oye. Parece que habla bajo y con un timbre neutro. Son los más difíciles de captar. Una pena, porque la respuesta de Casilda resulta desconcertante y me interesa, dice:

–La conciencia no tiene capital.

Esa voz baja habla otra vez. Casilda contesta:

–Tenemos –un artículo inaudible, «un» quizá, aunque suena casi a «el»– problema.

Y ahí se acaba el audio. No sé si hubo alguna interferencia, Minerva, o si no has querido darme más. Espero que entiendas que no puedo preguntártelo.

Nos interesa colaborar, lo sabes. Y al mismo tiempo, supongo, no olvidas, yo lo tengo muy presente, que tienes más poder y medios que yo. Colaborar en estas circunstancias siempre es arriesgado, sobre todo para mí.

Casilda
Lunes, 18.22

No me atrevo a echar las campanas al vuelo. Pero estamos avanzando. Esta vez trabajamos verdaderamente coordinados con otras organizaciones. En once días hemos conseguido doscientas treinta personas. Una pasada.

Yo elegí la cola en la administración de lotería. Había varias personas muy mayores, de setenta y ochenta o por ahí. El resto era una mezcla, con poca gente joven. Elegí a una mujer de unos sesenta.

Empecé contándole una historia inventada. No debemos dar datos reales, de momento.

Le dije que la casa del pueblo de mi madre y de mi abuela

había ardido en un incendio que afectó a varios pueblos. Por eso yo iba a comprar un cupón, aunque no creía en la lotería. Sonrió.

—Ojalá mi hija no tenga que hacer nunca eso por mí. Yo estoy jugando por ella, pero a mí no me importa. Yo sí creo.

Su hija, me contó, se había ido a vivir a Tarragona, trabajaba en una fábrica de harinas y panes planos.

—Pero tiene un horario muy malo. Y su marido, igual. Luego están el calor y la sequía. Madrid es duro, pero les gustaba más. Ya quieren tener niños. Si volvieran, yo podría ayudarles.

Nos llegó el turno. Ella cobró cuatro euros y se gastó seis en un cupón. Yo compré otro de seis. Después le dije:

—Voy a tomar un café, ¿le apetece venir?

Aunque se sorprendió, enseguida dijo que sí. Estaba contenta.

Empezamos a hablar de que todavía había mosquitos. A ella le dolía la cabeza a veces y pensaba que era por el calor.

Le hablé de mi trabajo imaginario en una empresa de seguros. Le dije que a veces me daba vergüenza porque me obligaban a decir de entrada no a todas las peticiones altas. No era verdad pero sí es verdad, me lo contó un amigo que estuvo haciendo justo eso.

Ella, Rosa, me dijo que trabajaba en una empresa de cáterin aéreo. Antes era española, pero la habían comprado unos alemanes.

—Soy manipuladora —dijo.

Sonreí sin querer. Manipuladora de alimentos, estaba claro, pero era divertido oírla llamarse así, pensar en el buen fichaje que sería. Me dijo que le quedaban cuatro años para jubilarse y que se rumoreaba que iban a reducir personal. Estaba segura de que a ella la echarían de las primeras.

No parecía asustada. Es grande, fornida física y, eso parece, anímicamente. Espaldas anchas, pecho abundante, una manera de mirar como quien no oculta nada.

—Si me echan —dijo—, me las apañaré.

43

Yo me estaba sintiendo tan idiota. ¿Qué podía importarle a Rosa mi discursillo sobre las palabras vacías y la necesidad de que se pudieran hacer las cosas que decíamos que debían hacerse? Menos mal que en la organización me bajan a tierra.

Dije:

—A lo mejor no estás de acuerdo conmigo, Rosa. Pero te voy a contar algo por si en algún momento te interesa.

Era probable, seguí, que cada vez ocurrieran más desastres, grandes y pequeños. Más despidos, más enfermedades por la contaminación, más desabastecimiento de productos necesarios, más empresas negándose a contribuir a la riqueza común. Más sequía, más viento desatado, más inundaciones, y cada vez menos apoyos y cada vez más palabrería. Más nervios, más prisas para acaparar los escasos recursos que van quedando. Estábamos organizando acciones, queríamos que las consecuencias de todo eso fuesen, para empezar, menos injustas.

—De momento —dije— hacemos dos cosas: juntarnos a pensar y apuntar a personas que ahora a lo mejor no pueden venir a nuestras reuniones, pero con las que podamos contar en situaciones concretas. Si te parece bien te doy nuestro teléfono y nuestra dirección por si un día quieres llamarnos. Y si quieres, ahora o más adelante, nos das el tuyo.

Rosa dijo:

—Tengo que pagar algo, ¿verdad...? Ya me había extrañado lo del café.

—No, no —dije.

Y casi se me saltan las lágrimas de impotencia, de rabia contra mí misma por haberlo hecho tan mal.

—Pero si yo sé que estáis como estáis. Mi hijo trabajó en una época consiguiendo clientes para una compañía eléctrica. Tenía que quitárselos a otras. No te preocupes, Eva. Era Eva, ¿verdad?

—Sí... Gracias por lo que has dicho, pero no es eso, te lo prometo. Somos... militantes. Lo hacemos porque pensamos que hace falta.

44

—¿Por solidaridad?

—Sí —dije—. Por solidaridad.

—Me lo voy a apuntar, Eva. A lo mejor os llamo pronto.

No sé si lo decía por alegrarme la mañana. No sé si la he reclutado, pero me pareció sincera.

Tampoco sé cuánto vamos a durar con esto. Se supone que cuando lleguemos a mil personas nuevas, más las convencidas de siempre, cruzaremos los trabajos de todas y decidiremos las acciones que vamos a hacer.

Hoy me acuerdo mucho de mi madre. Creo que le gustaría que esté haciendo esto. Le gustaría saber que no somos cuatro gatos, que somos varias organizaciones, colmenas, que llevamos mucho tiempo trabajando en proyectos muy distintos y que esta vez hemos decidido saltar. Aunque también le gustaría que estuviera tumbada en una hamaca, sin dar un palo al agua, como solía decir. Ya, es un poco trampa pensar en lo que les gustaría a los muertos, porque ellos no pueden contestar. Pero son una brújula. Lo que guardo de lo que fue mi madre sigue estando conmigo.

Muchas personas les cuentan cosas a sus muertos. A mí no me sale. Es más como si mi madre fuera una parte muy grande de la música que escucho cuando me pongo a andar.

A ella no le gustaban las excusas, y a mí tampoco. No hago esto por ella, ni por las generaciones venideras, ni por las que ya han venido y menuda les espera. La verdad es que no sé por qué lo hago.

Si Jonás me oyera, le daría un pasmo. O quizá es que no somos tan distintos. Él diría: lo hago porque es lo que yo puedo sobrellevar. Y yo: porque no podría sobrellevar no hacerlo.

Otra vez salgo del trabajo cuando ha anochecido. Nos quitan la luz. Debería ser al revés: vivir a plena luz y trabajar, no sé, a partir de las cinco de la tarde. Por lo menos, que nos dejaran escoger.

Creo que voy a ir a visitar a mi padre. A él tampoco le gusta que anochezca tan pronto.

45

Minerva
Lunes, 19.00

En mi departamento me envían a una joven promesa, el ínclito Joanot, treinta y muchos, tampoco es tan joven. Me dice que se va a encargar él de las escuchas de mi proyecto.

—He hecho un curso especial, y a ti te vendrá bien que te descargue de trabajo.

Cincuenta y tres años y todavía igual, ¿de verdad? Sé que no del todo igual. He replicado y ni siquiera por dentro me ha sacado de quicio. Incluso ahora, cuando lo recuerdo, canto en silencio una rumba y zapateo con un brío que nadie ve.

¿Descargarme de trabajo? Pero tú, chaval, ¿te has creído que soy imbécil? ¿Un curso especial? Y ¿cuántos crees que he hecho yo? Y ¿por qué piensas que puedes decidir lo que es mejor para mí?

No sé a ti cómo te tratan, León. Estos chicos recién llegados tienden a menospreciarnos. Pero presumo que contigo la desfachatez disminuye.

He tenido que ponerle en su sitio. Exactamente ahí. Nada de humillaciones. Ni me gusta ni soy tan torpe. Sin embargo, poner en su sitio a alguien tampoco me gusta y he tenido que hacerlo.

—Joanot, yo soy quien asigna las tareas en este proyecto. ¿Te he asignado alguna? No, ¿verdad? Me sorprende que no conozcas el protocolo. Un error lo tiene cualquiera. Más de uno, no te conviene.

Detesto que me obliguen a ser quien no quiero ser. Que me sigan obligando. Y esta de hoy es la menor de las batallas de entre todas las que todavía se están librando. Tarareo, que me oigan cantar. Si me cambian el ánimo, que sea lo imprescindible.

Trabajas, te enfrentas, tragas con cosas, te esfuerzas, avanzas, te reconocen. No del todo, bastante. Te respetan. No del todo, bastante.

Mi vida laboral no ha sido fácil. Tampoco lo contrario. En esta industria, además de lo masculino, predomina lo pijo, y también hay gente como yo: nos interesa lo que hacemos, queremos hacerlo bien, tenemos cierta ¿facilidad? Pongamos que es eso.

Tareq, mi pareja, tampoco lo ha tenido fácil. Le llamo mi pareja porque no hemos querido casarnos. Mal negocio, nos dijo un asesor fiscal. No importa, el romanticismo es un felino sigiloso. No te das cuenta y está ahí, detrás, a dos centímetros de ti.

Mejor no quejarme, me dicen. Estoy en una Big Tech. He sido una directiva ejemplar, porque me ponían de ejemplo, me entrevistaban dentro y fuera del país. Ahora, incluso relegada, no estoy abajo. Tengo margen de maniobra.

Sin embargo, a veces, esta vida me parece cansada. Y no es por el descenso. Ya me pasaba antes. Hace un año, dos, cinco.

De pronto, a mi alrededor, ha llegado el huerto. Varias amigas y amigos, algo más mayores, lo van preparando con vistas a algún tipo de jubilación anticipada. Aunque también pasa entre personas de mi edad y de cuarenta.

Tiene sentido: es concreto, respeta los ciclos de la tierra, hay lombrices pero también esa clase de belleza material, el peso peculiar y la existencia colorida de un pimiento, de una calabaza.

Aunque creo que es algo más. Las raíces. Si te ocupas de cosas con raíces, es posible que logres desocuparte más fácilmente las raíces que tienes dentro. Demasiado tarde para mí. Las de dentro ya me han atrapado. ¿Los antepasados, el pueblo? No es eso. Las cosas que hice y que omití. Buenas y malas. Me atan, tal vez, a esta industria que va a estallar.

En el audio de Casilda se oye mal una voz. He conseguido recomponerla.

El joven Joanot no lo lograría ni en cien años. Conozco las herramientas modernas y las antiguas. A veces hay que combinarlas. Pero eso no lo enseñan ahora.

La voz parece de una mujer de mi edad, o un poco mayor, dice:

47

–Por mucha gente que reunamos, si no tenemos capital no tendremos verdadera capacidad de acción.

Ahí contesta Casilda:

–La conciencia no tiene capital.

Y la voz le da la razón:

–En efecto. Cuando lo tiene deja de ser conciencia. Deja de ser veraz y precisa, porque debe ocuparse de sí misma. Tiene privilegios que defender.

Casilda:

–Tenemos el –subraya– problema.

La voz:

–El problema que nunca queremos abordar. Sin capital no hay poder para hacer. Y si el capital te lo dan otros, el poder lo tienen ellos.

No le pasé a León esta última parte ni lo que sigue, pero es poco relevante. Un recuento práctico de sus fuerzas junto con algunas frases de consuelo: ningún acto es irrisorio, tenemos que seguir.

No se lo pasé porque, de algún modo, él y yo estamos negociando. Me pregunto si habrá conseguido recomponer el trecho inaudible. Aunque tiene más herramientas que Joanot, su languidez le frena. Y, en el fondo, Casilda no le interesa. Prefiere a Jonás.

Tal vez porque hoy noto más cómo las raíces me clavan al suelo; tal vez porque mi soberbia es una estrategia y ahora mismo no la necesito, me digo que puedo aprender algo de León. Lleva tiempo estudiando a Jonás, ¿qué ha visto en él?

Jonás
Lunes, 19.00

Pues me está haciendo ilusión. Es absurdo. Después de habérmelo cargado. Ni siquiera pensaba mucho en ello. Sin embargo, camino de la tienda, las llaves ya en la mano para abrir, la he visto y lo primero ha sido ese sobresalto de nervios y calor. Antes de que yo pensara nada.

Si se lo cuento a Bernardo, dirá: ¿ves como no elegimos? Las cadenas de causas y efectos se van juntando y nosotros nos limitamos a inventarnos las historias que supuestamente explican lo que hacemos.

Lo peor es que no era Casilda. Se le parecía, pero no era ella. Ya sabía que no era y todavía seguía con el subidón de que hubiera sido.

Aunque me guste este trabajo, no soy un ermitaño. Una relación larga, no sé. Enamoramientos, varios. Ese tiempo en el que te vas acercando a alguien y cualquier cosa te parece llena de sentido. Si escribe «beso» en lugar de «un beso», crees que has avanzado un kilómetro. Si te dice que se ha despertado pensando en ti, imaginas que lo siguiente será quedar a cenar y acabar en tu casa. Follar, sí, lo echo de menos.

Hace seis meses que lo dejé con Xía. Me quedé bastante jodido, porque ella se me adelantó; aunque los dos lo sabíamos, aquello solo iba a ir a peor. Estábamos en momentos distintos. Y a nuestra edad podíamos permitirnos saltarnos la fase de infinitos «tenemos que hablar», de malentendidos, y bienentendidos, que pueden ser peores. A pesar de saberme la teoría, lo pasé regular.

Casilda ha dejado de venir radicalmente. Normal. Bernardo diría que no he creído verla en la calle, sino que he querido verla. Da igual, no va a venir. En ese aspecto, cero posibilidades.

Imagino que vive o trabaja cerca. Alguna probabilidad de que nos encontremos casualmente hay. Si pasara, ¿qué hago con la batería de razones que le di?

Ahí está Lola con su nieta. Cuando haya terminado de preparar todas sus bolsas y venga a la caja, me contará las aventuras de la niña. No me importa, hasta me da vida. Es lo que puedo decirle a Casilda: que igual que no intento cambiar a Lola, ya no intento cambiar a nadie. Que si terminamos enamorándonos, no intentaré cambiarla a ella.

No puedo decirle que alguna vez haré como que sí quiero que cambie en algo, solo porque lo contrario parece desinterés. Y cuando ella trate de cambiarme, haré que dudo, que me lo pienso y al final acepto la propuesta. Será con la mejor de las intenciones. Siempre pruebo a vivir como si pudiera ser otro. Un rato. Porque preveo que voy a acabar recayendo en mí y, mientras tanto, vuelo.

O nos encontramos por la calle, o das el paso y vuelves, o me va a tocar buscarte. Pero quiero intentarlo, Casilda. Te me has metido dentro y hasta pienso en canciones que no oía desde hace quinientos años, desde que era pequeño y las ponían mis padres: lo que no te perdono es haberme besado con tanta alevosía en una calle de madrugada, o algo así.

No me has besado. Calculo que tengo un dos por ciento de posibilidades. Pero quiero que pase. ¿Querrás tú?

Si pudiéramos ordenar las cosas para que suceda algo impensable, fiero y delicado, perfecto, que no estaba incluido en el curso de los átomos, los neurotransmisores, la explosión turbulenta de los astros.

Sé que este deseo también está causado, el sueño de que un día alguien nos desee tanto que podamos sentir la violencia de la vida sin miedo a que nos dañe, porque nos sacaron del tiempo al amarnos. Y aunque vengan los trabajos y los días, fuimos una tormenta distante y el blanco hielo del sol.

León
Lunes, 19.00

Por fin puedo volver al proyecto. El otro día tuve que quedar con Tiago y me desestabilicé.

He estado sacando trabajo rutinario para no tener que pensar.

Ya parece que las aguas vuelven a su cauce. Me seguirá pasando, pero cada vez, espero, durará menos. Dolerá menos.

Ahora, con la cabeza despejada, me doy cuenta de lo obvio: Casilda y los suyos también buscan a los ambivalentes. Siempre dicen que quieren salir de sus circuitos de convencidos, pero hasta ahora no se movían. Ya sí.

Aunque nosotros tenemos *lovers* o convencidos para aburrir, es cierto que la porción de ambivalentes inclina la balanza frente a la competencia. Pero es que sus *lovers* casi se cuentan con los dedos. En cambio, sus ambivalentes son legión.

Nuestro sector conoce de sobra la magnitud de las crisis en marcha. ¿La magnitud de lo que ellos dicen que está pasando? A veces exageran.

En fin, dada la situación, para ellos seguir como están sería convertirse en mucho peor que irrelevantes. Ver que alguien se ahoga y no tener la fuerza ni la capacidad para tirarse al agua aun cuando se han nombrado a sí mismos socorristas y salvarlo es su única misión.

Necesitan, les urge, una porción razonable de ambivalentes, al menos esa que dice estar de acuerdo con ellos pero que no contempla la idea de hacer algo pues lo juzga complicado, considera inciertas las consecuencias y, probablemente, inútiles.

De acuerdo entonces, Minerva. Casilda nos interesa por más de una razón.

Casilda
Lunes, 20.30

Modo epopeya, lo llamamos así aunque no se nos ocurre decirlo en público, ya suponemos que suena ingenuo. Nos entendemos.

A mí me sirve, porque son días raros. Pensé que iba a estar encantada con la casa sola, sin Noa. Es buena compañera de piso. Su novio me cae bien. Sin embargo, echaba de menos estar en casa completamente a mi aire. Desear lo que no tienes. Y aunque me empeño en lo contrario, en desear lo que tengo, echo de menos a Noa. Creo que sería como matar el movimiento si solo deseáramos lo que tenemos. Pero añorar me apaga un poco.

Entonces me pongo en modo epopeya y todo cambia. Leo documentos, mando correos, cruzo datos. Si toca, me voy a una casa de apuestas o a una sala de espera a seguir reclutando gente. Y si decido quedarme en casa, añorar ya no me asusta. Aunque la añoranza no es precisamente dócil. El otro día, cuando fui a ver a mi padre, estuvimos a gusto. Lo que pasa es que todavía a los dos se nos van los ojos hacia el sitio del sofá donde se sentaba mi madre.

Cuando me voy y le dejo solo, siempre, aunque me proponga no hacerlo, me acuerdo de que una vez estuve a punto de tener una hija, y algo se torció, y tuve que parirla con seis meses, con dolor y sin vida. Lo superamos. Lo superé. Mi vida siguió. He estado bastante contenta en general. Sin embargo, al cerrar la puerta de la casa de mi padre, entonces sí pienso que me encantaría que tuviera una nieta.

Durante años mi padre fue operador de máquinas quebrantadoras de sustancias químicas. Después le pasaron a una máquina moledora, y luego a una mezcladora. Así nunca llegaba a la categoría de operario cualificado. Cuando ya por fin le tocaba, su empresa despidió a ciento tres trabajadores.

Algunos amigos me preguntan por qué he hecho una oposición. Habría muchas respuestas largas, pero la corta es que quiero un montón a mi padre y quería un montón a mi madre y nunca voy a olvidar sus ojos tan alegres el día que aprobé y ellos supieron que a mí nunca me podrían despedir. Aunque, tal como están las cosas, seguramente un día sí puedan; lo importante es que mi madre nunca llegó a saberlo y mi padre, esperemos, tampoco lo verá.

Mi padre trabajaba con gafas, protectores de oído y, según las sustancias, con mascarilla. Cuando yo era pequeña, le pedía el equipo completo para impresionar a mis amigas.

El día que le despidieron, no se lo creía; yo no lo recuerdo, lo contaba mi madre. Según mamá, si hubiera esperado, habría encontrado trabajo en lo suyo, pero estaba tan agobiado que aceptó un trabajo para pulir encimeras de cocina de aglomerado de cuarzo. Con las encimeras, la mascarilla filtrante se convirtió en una especie de máscara de gas que daba bastante miedo. Mi madre nunca quiso que lo hiciera porque el hermano de una amiga suya había enfermado y decía que era por el polvo que siempre acababa entrando. Al final mi padre le hizo caso y siguió buscando trabajo. Y encontró uno de operario de máquina quebrantadora otra vez, aunque ya había pasado nueve años respirando el polvo de sílice.

En el instituto leíamos a Lorca, había un poema sobre las oficinas, decía que debajo de las multiplicaciones había una gota de sangre de pato, o quizá era otro animal. Ahora pienso que en los bordes de muchas encimeras de cocina hay un sonido de pulmones humanos asfixiados, un reguero de pequeños nódulos que impiden respirar y, aunque no se vean, si te fijas sí se ven.

Mi madre siempre se sobresaltaba cuando mi padre tosía o se cansaba más de la cuenta. Y un día fue ella quien no se despertó. Era operadora de llenado de una máquina envasadora de leche. Una mujer corpulenta, muy fuerte. Hasta que quedó atrapada al engancharse un mecanismo de la máquina y casi no lo cuenta. Tuvo que dejar el trabajo, ya casi no podía usar un brazo ni una pierna. Salió adelante. Pero vivió demasiado poco tiempo más. No por el accidente, se la llevó un derrame cerebral. Ojalá hubiera podido tener unos últimos años mejores.

Estos días han sido raros porque imaginaba a mi padre ahí solo, en el salón; no me lo quitaba de la cabeza. Luego mi padre me llamó y me dijo que se iba al pueblo de un amigo a recoger setas y a ayudarle con unos manzanos que tenían una plaga. Y se me pasó.

Resulta que la añoranza no. Me faltaba Noa para que hiciéramos el tonto juntas. Si hasta pensé en no hacer caso a Jonás y volver a la tienda. Me cae bien, es alguien de fuera que no conoce mis movidas. Con él puedo hablar las cosas como de nuevas. No he vuelto, me lo dejó claro.

Hoy he salido a correr de noche. Al volver: modo epopeya. La melancolía insiste pero al final se cansa. El modo epopeya no es estridente. Va paso a paso. No llega cuando quiere, como la añoranza, ni se va de repente. Su lema es seguir y no abandonar. Como dice mi amiga Ainara: ahora estamos aquí.

Intelligent Group3 de AMX
Martes, 06.30

Somos la base de la cúpula. Tres personas y un solo grupo. En la cúpula hay individuos y también están los grupos especiales de estudio, inteligentes, se llaman.

Convinimos no guiarnos por un objetivo. De eso se ocupan los consejeros ejecutivos, ellos son la cúpula de la cúpula.

Convinimos permitir que el objetivo se formara como se forma el verde que arroja el mar sobre los estanques de rocas.

Aunque somos parte de la junta directiva, no somos caras y nombres intercambiables al servicio del accionista. Tenemos criterio.

¿Lo tenemos? ¿Necesita la junta principios que guíen su conducta? Nuestro grupo, en concreto, ¿es innovador o es un adorno? ¿O una careta, otra más?

Durante el día trabajamos como individuos. Cada uno al frente de sus proyectos. Durante la noche, vivimos, y también procuramos dormir. Nuestros encuentros tienen lugar cuando empieza a amanecer.

Supimos del proyecto Recalcitrantes, nos interesó. Contribuimos a crear señales que lo hicieran parecer deseable ante los jefes de León Martín. Hicimos que en la empresa de Minerva Valle se fijasen en él.

Y hemos empezado a mirar a quienes miran.

Planteamos la técnica del ascensor, propia de algunos experimentos. Se convoca a varios sujetos para un estudio que tendrá lugar en la oficina X. Allí, en efecto, los sujetos rellenan un cuestionario o cualquier otra cosa. Pero el experimento se hace antes: en el ascensor, o en la sala de espera. En un lugar donde los sujetos no sabían que iban a ser observados. Nuestra intención es mirar así a León y a Minerva.

Minerva
Martes, 10.30

Sin este segundo café de la mañana me moriría. Dejadme dramatizar. Yo una vez fui actriz. Tenía diecinueve años. Hacíamos tragedias griegas. Todavía a veces declamo para mis adentros. Agito las frases como si hubiera un auditorio. Visito la exageración, y no se me va de las manos. Ser una diva entre las diez y media y las once menos cuarto o por ahí. Ir a un bar parecido a este. Tomarme el café como si fuera martini seco en un club nocturno, los guantes hasta el codo, el piano. Luego el escenario desaparece.

Suele pasar algo. Hoy ha sido una llamada que ha recibido Casilda. Por lo general, escucho en sordina sus conversaciones mientras hago cosas que no exigen demasiada concentración. En esta he tenido que pararme.

La llamada era de un alto cargo de una fundación. No una cualquiera: pertenece a la empresa más poderosa en el sector de gestión de riesgos.

El hombre tenía una voz apacible, pero se le notaba nervioso. Le ha dicho que había coincidido con ella en un par de ocasiones, y que estaba interesado en comentarle unos asuntos. A ser posible hoy mismo. No ha querido que sea en su despacho ni en el de ella. Ha pretextado problemas de tiempo y le ha sugerido el café de un hotel del centro.

—¿Su nombre? —ha dicho Casilda.

—Nos vemos ahí.

Casilda ha aceptado. Sabía que lo haría. No parecía un flirteo, tampoco una oferta de trabajo. ¿Una corruptela? Podría ser. El nivel de Casilda, jefa de sección, es lo bastante bajo como para que tantearla no implique apenas ponerse en evidencia.

De modo que aquí estoy, reconociendo el terreno. Volveré luego. Me acodaré en la barra mientras ellos escogen una mesa en la esquina y al fondo. Suena un hilo musical discreto, no me creará problemas.

Minerva
Martes, 15.55

Primero ha llegado él. Elegante, pero lo justo. Enseguida he recordado su cara. Es uno de los diecisiete que estaban en la sala cuando Casilda habló.

Casilda llega puntual, apresurada; barre el local con los ojos y lo encuentra a la primera.

Lo que escucho, después de los saludos.

—Me impactó su discurso en el simposio. Llevo tiempo notando que ese superávit de palabras vacías me afecta.

—¿Podría tutearme?

—Si lo prefiere... Disculpa si me extiendo, lo diré todo seguido, luego me iré. Te decía: es como el efecto secundario de un medicamento, te va minando. En las fundaciones el efecto crece. Existimos para hacer lo contrario de lo que hacen las empresas que nos crean. Sin molestar y contribuyendo de manera indirecta a sus beneficios. Somos un absurdo viviente, una contradicción con personalidad jurídica.

»Verás, cada vez me cuesta más hablar con mis hijos. Pienso que me considerarán un monigote, un títere. Y que si no lo hacen, es peor; significa que no se enteran.

»No voy a decir cosas como que tus palabras han sido una revelación. Hace mucho tiempo que lo sé. Pero al final nos mueve el sueldo.

»La revelación la tuve ayer. Me insinuaron que debo jubilarme ya. Podría trabajar al menos cuatro años más. Deduzco que tienen un candidato amigo de alguien, o que han hecho cuentas y les sale más rentable darme una indemnización que cubra parte de esos años, en lugar de mantenerme ahí.

»Espero alargar el proceso unas semanas, a ellos no les interesa ser bruscos. Lo lógico sería que algunos de los proyectos que están en marcha los terminase yo. Pero parece que tienen prisa.

»En la fundación colaboramos con varios investigadores del clima. Hace poco tuve una reunión con oceanógrafos. Alteraciones en la circulación oceánica, el Niño batiendo récords de temperatura, la acidificación, conoces todo esto. Con ser muy grave, es solo uno de los treinta problemas muy graves sin resolver y sin pronóstico de que se vayan a resolver. La mayoría, en mi opinión, atañe al mal uso de los recursos.

»He hecho averiguaciones sobre ti y tu entorno. No estoy seguro de qué puedo aportaros. Te he traído unos papeles para que los mires y me digas.

»Lo más difícil en una organización es decir a las personas lo que tienen que hacer. Soy consciente. Sin embargo, no estoy en condiciones de tomar la iniciativa, más allá de este encuentro. Y debéis daros prisa. Puede que me quede menos tiempo en mi puesto del que creo.

Aunque no veo su cara, oigo el temblor de su voz y los esfuerzos por apaciguarlo. Ha tragado saliva en cada pausa.

La cara de Casilda la entreveo. ¿Atónita? ¿Aterida, pero no de frío, sino de maravilla? Sí, pero a la vez noto que mantiene la suspicacia, no es tan ingenua como pensaba. Coge los papeles. Dice:

—Los miraré. Imagino que prefieres que no te llame al trabajo. ¿Cómo te contacto?

—Tengo una dirección de correo de esas que se supone que son seguras. La he escrito a mano en la última página.

—De acuerdo. Te escribo pronto. Muchísimas gracias. Y no te preocupes, sabemos que es difícil organizar esto, pero es lo que queremos hacer.

—Hasta pronto.

57

En total no han estado ni ocho minutos. No han consumido nada. Los veo alejarse como si no se conocieran ni hubieran sellado un pacto.

Por un momento, me enternece esa felicidad de oficinistas que súbitamente se sienten personas de acción y, quizá, de un modo tenue, lo sean.

Recojo mis cosas, pago mi Rooibos, vuelvo a mi mundo demasiado real.

Aquí, en mi mundo sin guantes hasta el codo, el cansancio se viste de indiferencia. Decepción, acaso. ¿No te pasa a veces, León? ¿Y si pudiéramos salir de aquí?

Casilda
Martes, 19.10

Otra vez llego tarde. Con lo puntual que es Verania. Verde, bien. Ahora en diagonal, pillo el próximo parpadeando, echo a correr; ahí está, a ver si me ve.

—Gracias por acercarte. Y ¡perdón!, es que acaban de soltarme.

—No pasa nada. Vamos a la plaza.

—No quería contártelo por teléfono. El tipo que te decía fue tan prudente que me ha puesto paranoica, ni siquiera me fío del todo de él.

—Sin problema, de verdad. Me viene bien un poco de aire libre. Vamos a ese banco.

Verania es baja. También habla bajo. Y tiene una autoridad serena que no te la puedes creer. Quizá porque no es nada dubitativa. Hoy eso no está bien visto, pero yo lo agradezco bastante.

Se lo conté: que me había contactado un alto cargo de una gran multinacional de seguros. Una de las que aseguran todo: no coches, flotas de coches; no un laboratorio químico, sino casi toda la industria química, constructoras, ciberseguridad, cualquier cosa en que pensemos. Mis jefes no mueven un dedo sin consultarles.

Después de describirle el encuentro, le he pasado la documentación. Creo que no es un *fake*, y hay datos bastante llamativos. Pero Verania tiene formas de contrastarla que yo no tengo. Cuando ya iba a levantarse, le he dicho:

—La conciencia no tiene capital. ¿Y si el capital tuviera conciencia?

Se ha vuelto hacia mí.

—Casilda, no me puedo creer que tú lo pienses.

—Ya...

—Buenos y malos, olvídalo. El pájaro, cuando no tiene una corriente de aire que le sostenga, bate las alas y la provoca. El capital hace lo mismo. Bate las alas y destruye. No puede quedarse quieto, aunque quisiera.

—Lo sé. Es solo que...

Verania se levanta. Guarda los papeles en una mochila de cuerdas. Se la cuelga a la espalda.

—Tengo que irme.

Luego me da un abrazo de esos que te envuelven y encuentran zonas de contacto con la piel y te llega el calor.

Me he quedado un rato en el banco. Después he echado a andar sin fijarme mucho por dónde iba, y he terminado delante del tulípero que solía mirar desde la tienda.

De repente, ahí estaba Jonás, al otro lado, mirándome. Ha levantado una mano tímidamente para saludar. Sonreía, o casi. Creo que un día igual sí vuelvo.

León
Martes, 19.55

Pero qué par de pasmados. Acaban de mirarse a través del cristal como dos críos. Empiezo a pensar que debemos dar un vuelco a nuestras teorías. ¿Y si no necesitamos ganar a los ambivalentes?

Lo que necesitamos es que sigan siendo ambivalentes. Evitar que los ganen otros, pero sin quedarnos nosotros con ellos.

Ver a estos pasmados me trae a Tiago de vuelta. ¿Cómo pude ser tan torpe con él? Era más fácil cuando le odiaba. Ahora solo le echo de menos.

Hoy no tengo un buen día.

Jonás
Martes, 20.20

Hola, Casilda. Te he visto por el cristal hace un rato. Acabo de cerrar la tienda. Había un hombre merodeando que me recuerda a ti porque también busca la zona del cristal y del árbol, y casi nunca compra.

Me ha alegrado saludarte. Después de la otra tarde no sé cómo pedirte que volvamos a quedar. Así que te escribo ahora aunque no tenga tu número ni tu mail ni nada.

Pero, como tú y yo sabemos escabullirnos del tiempo —esto lo leí en una novela—, fue ayer cuando estaremos de caminata por la madrugada, contándonos un río de emociones vivas, de torbellinos y calmas, y fue mañana cuando nos perdimos en el miedo a no acertar.

No te he contado que en los ratos libres analizo suelos con unos amigos, no pegaba mucho. Ahora, al verte, he pensado que igual te gustaría saberlo.

Hay una forma de hacer bancales por capas, lo llaman bancales lasaña. A lo mejor lo sabes pero, como no estás, sigo por si acaso. Consiste en simular las capas de suelo de un bosque. Hay variedades, he empezado a aprenderlo ahora. En la que me sé la base es de cartón: grueso, sin cinta adhesiva y sin tinta.

El cartón tiene celulosa, rica en carbono. Luego van: una capa de ramas secas como las que se usan para encender el fuego, bueno, algo más grandes. Así dejas hueco, el aire es importante para los microorganismos. Después, paja, restos de hierba, estiércol, cenizas, compost, posos de café.

La calidad de un buen suelo de cultivo se juega en la proporción de carbono y nitrógeno. Dicen que lo marrón tiene carbono, las ramas, el cartón, la paja. Y lo verde, nitrógeno. Pero no siempre es exacto. El estiércol es rico en nitrógeno, y el café.

Hay gente que analiza el agua de sus acuarios individuales para conseguir que vivan en ellos peces tropicales aunque no sea lógico. A mí me gusta esto. En teoría ayudamos a mejorar los suelos de cultivo. Detectamos carencias y también presencias indeseables, sustancias peligrosas, contaminantes. Una especie de estación meteorológica pero dentro de la tierra.

He pensado que contártelo era como decirte que te entiendo, y que yo también quiero hacer algo útil. Lo que pasa es que lo útil viene luego, cuando toca dar las batallas para mejorar el suelo o para impedir la presencia de contaminantes. Ahí, yo no estoy.

No sé bien por qué me ha dado por los kits de aficionados para analizar suelos. Creo que por la materia. Tocas un suelo, lo analizas, y ese suelo se abre. Y luego otro. No tocas un lenguaje.

Lo que quiero decirte, Casilda, es que si no llego a más, si cedo las batallas posteriores a otras organizaciones y yo me marcho a otro suelo, no es porque me dé igual lo que tú haces.

Un pino no puede tener pinta de abedul. Ni un abedul pinta de encina. A las personas también nos pasa. Creo que es eso que llamamos forma de ser. A veces no son los demás los que se empeñan en pensar que eres otro árbol. A veces soy yo, me pido peras o naranjas o piñas o bellotas. Aún espero, ¿quién no espera? Injertas y una planta distinta se suelda al tronco, incluso, supongo, si eres un olmo.

León
Jueves, 17.00

Minerva me ha retado. Ayer exigió entrevistarse conmigo fuera de mi despacho. En uno de los bares más ruidosos que conozco. Aposta: cree el escuchador que todos le escuchan.

Le había pasado el texto que escribió Jonás en su móvil y que por ahora, que yo sepa, no le ha enviado a Casilda. Así correspondía a su archivo de audio, pero en mala hora. Minerva está al fondo, apostada en la barra.

—Acércate más —dice.

Y luego:

—Me interesa cero esa carta pseudorromántica, León. Y ¿qué le ha dado al mundo con los huertos? No me desvío. Vengo a decirte que no sé si me interesa este proyecto. Creí que habías acertado, una muestra individual, una contradicción aparente. Buena idea. Pasamos de los billones de datos a la singularidad absoluta. Pero ya no lo veo.

—A ver, Minerva, ¿qué pasa? ¿No te interesa la carta de Jonás? Pues archívala y sigue.

—Lo que pasa, León, es que aparecen fantasmas. Uno se llama pérdida de tiempo. ¿Y si estamos quedándonos rezagados en la empresa mientras seguimos a este par de...?

—Pasmados —digo.

—Exacto, pasmados. Si solo nos fijamos en ellos, nos perdemos el cuadro general. He notado cosas raras en el móvil.

—No me digas que te has obsesionado.

—Quizá, León. Pero ¿y si nos vigilan? No he visto a nadie. No van a gastar tiempo analógico con nosotros. Como nuestros móviles nos los dan ellos, la puerta trasera ya está instalada. Por si acaso. Creo que la han activado. Hay señales. Aunque no puedo hacer un análisis forense porque se darían cuenta.

—Lo que no puedes es vivir así.

—Así vivimos. Necesito leer tu propuesta. ¿Cómo se la vendiste? Quiero saberlo.

—Y yo necesito diez días más.

—¿Por qué diez?

—Es solo un número. En ese tiempo pasarán cosas. Quizá.

—¡Quizá! Pero cosas ¿como qué? ¿Como ese hombre de la fundación? Si no es nadie. Le quedan semanas en el puesto, si es que no se lo quitan de en medio antes.

—No me refería a ese tipo de cosas. En estos días verás el cambio de lógica que hay en el proyecto.

—Ah, gracias por pensar que necesito el doble de tiempo que tú para admirar tu idea. Qué débil es si no puedes explicarla.

—¿Recuerdas la exigencia primera para programar el aprendizaje artificial?

—Poder observar de manera clara los resultados de la acción que llevaremos a cabo. ¿Y?

—Que estamos aplicando esa exigencia a cuestiones humanas —digo—. ¿Has pensado en todas las iniciativas que abandonamos, o ni siquiera concebimos, por culpa de esa regla? Cuántas ideas dejan de intentarse solo porque los resultados son difíciles de observar, porque no es posible medir de manera precisa los efectos que generen.

Minerva calla. Un intervalo de tiempo más largo de lo normal. Y cambia de registro.

—De acuerdo. Diez días. Prométeme que durante ese tiempo considerarás mi sospecha. Que te preguntarás por qué y para qué podrían estar utilizándonos.

—Lo haré.

Minerva
Jueves, 18.00

De pronto pensé: vale, me dejaré llevar. La carta de Jonás me importa más de lo que di a entender: «Como tú y yo sabemos escabullirnos del tiempo».

Diez días sin eso que llaman rumiación. Sin el runrún de pensar: esto puede hacerse mejor o de otra forma o por qué lo estoy haciendo así.

Diez días, perfecto. Sin jugarme nada. Observar a Jonás y a Casilda pero sin la angustia de estar todo el tiempo sopesando cuán útiles pueden ser.

Nos escabulliremos. Nos iremos al cine. Hace tanto tiempo que Tareq y yo no vamos. Que elija la película. Luego podríamos ir a ese bar de empanadas que le gusta. No hablaremos de nuestros trabajos.

Habría que escribir canciones de desamor a las empresas. Como ese estribillo donde una mujer le dice al hombre que no le importa lo que diga o lo que sueñe, ni que ría, ni lo que haga. Que está jugando y no le importa nada. Va por mi empresa, va por eso que llaman futuro.

Diez días de no importarme. Vengan con cada una de sus horas.

El sábado por la mañana le diré a mi hijo que salgamos a dar una vuelta. Él y yo. Antes íbamos a comer juntos cuando Tareq viajaba. Pero ahora Anxo nunca está en casa. Tareq viaja cada vez más. Y yo como con amigas o con recuerdos o con alguna quimera.

Le propondré ir a ese café que le gusta a Casilda, el de la cuerda de bombillas situado en lo alto de un promontorio. Dejaré que hable de lo que quiera, sin preguntar. Matando el miedo mío a la incertidumbre, al qué hará mañana, al qué hizo ayer, a qué amenazas le acecharán.

Diez días casi como si estuviera de vacaciones; fuera, completamente fuera de mi mundo interior. Me los has concedido sin saberlo, León Martín.

Intelligent Group3 de AMX
Viernes, 06.30

Minerva nos busca en su móvil. Ejecuta comandos, repasa procesos, revisa permisos. Observa cómo se va drenando la batería. Calcula, suspicaz.

Y ha trasladado su sospecha a León.

De acuerdo, aceptamos este nuevo trato. Le damos una bienvenida respetuosa. Observaremos a los cuatro, aun cuando dos intuyan que pueden estar siendo observados.

Estas cuatro personas juntas de vidas dispersas y edades diferentes nos siguen interesando.

Ahora mismo millares de seres en la tierra viven, sufren, gozan, con una intensidad distinta y más alta que nuestras cuatro personas. No las hemos escogido por sus máximos o mínimos. En los tiempos venideros importará la reacción de los pasmados y la de quienes creen saber cuál es su sitio. Estamos en la cúpula por algo. Como todos «rendimos», sin pronombre. No nos rendimos. Producimos rendimiento. Además, exploramos el terreno. No aceptamos las etiquetas de algunos de nuestros predecesores. La globalización es un tigre de papel. Por fuera todo parece conectado. Por dentro cada nación, cada localidad, cada individuo mantiene aún preceptos de conducta, obligaciones que se impone, también deseos que arrasan con los deseos ajenos. Tenemos que gobernar el caos. Observamos. No somos los únicos. Todas las empresas te miran. Quieren saber cuántos cruasanes necesitarán mañana o cuánta energía, dónde pasarás el fin de semana, qué harás luego, qué te disgusta. Quieren conocer tu valor esperado.

Pero en el IG3 somos la avanzadilla. No queremos conocer cuánto, ni siquiera cómo, sino qué: qué es lo que vas a negarte a realizar. Qué puedes creer. Y, sobre todo, qué necesitamos conocer.

León
Viernes, 21.07

Minerva me ha metido la duda en el cuerpo. No me convence eso de que nos estén dejando atrás. En las empresas muy grandes el comportamiento es diferente. La de Minerva es mayor que la mía, aunque no tanto. En la mía somos pocos, nos conocemos demasiado bien. No, en mi empresa no.

Minerva escucha y cree que la pueden estar escuchando. A lo mejor es solo eso y a mí me empieza a pasar lo mismo. Yo elijo a quién observo. Al principio lo elijo por motivos que solo yo conozco. ¿Y si alguien me ha elegido? ¿O nos ha elegido a Minerva y a mí? Reconozco que es posible. Y que lo tienen fácil.

Tengo que librarme de esta idea. Me distrae. Confío en mi proyecto y debo confiar en mí mismo. No obstante, me pregunto si hay algo en mí que les pueda interesar.

SEGUNDA PARTE

UNA SEMANA DESPUÉS

Casilda
Sábado siguiente, 17.00

Ahora viene lo más difícil. Empezamos a tener la posibilidad de hacer algo que tenga consecuencias fuera de nuestros entornos. Y nos preocupa un montón porque podríamos hacerlo mal, perder la oportunidad. Hasta a Verania se la ve con los ojos nublados a veces.

Me da rabia esto de escondernos. Me gustaría contárselo a mi padre, a Noa cuando vuelva, a mis amigos del barrio, y me dan ganas de contárselo a Jonás.

Hoy escribo a mano. Luego lo romperé.

Jonás
Domingo, 19.00

Nos hemos visto dos veces. No ha ido mal. La primera nos costó un poco. La segunda estuvimos patinando por Madrid Río. Resulta que los dos patinábamos en el colegio. Llevábamos años sin hacerlo, pedimos los patines prestados. Se nos dio regular. Pero nos reímos. Nos abrazamos un par de veces para no caernos. Luego tomamos algo en una terraza a pesar del frío. Pareció completamente claro que volveríamos a vernos. No necesito más.

Minerva
Lunes, 11.00

Podría vivir así. No diez días: diez años. Me he dado cuenta de que tengo cualidades. No todo el mundo las tiene. Te bajas. Del tren, del coche, de lo que sea. Y sigues el camino andando. Ya no te angustia llegar tarde, perder el enlace con el viaje siguiente. ¿Llego tarde? ¡Qué se le va a hacer! ¿No contesté a tiempo? Contesto ahora. ¿No han aprobado la propuesta? Ellos se lo pierden. ¿Jonás está cada día más animoso? Tendrá sus motivos. ¿Casilda y su organización han empezado a desvariar? Ellos verán. No sé cuánto me va a durar este temple irresponsable. Tenía que llegar. Al fin y al cabo, las cosas que crees que dependen de ti a veces se truncan sin que hayas hecho nada y sin que puedas evitarlo.

Me he dormido en los laureles, León. En los laureles no, porque no había. Me he dormido a secas. Una siesta espléndida.

Pronto vuelvo. Por la mañana organizaré las escuchas de estos días. Después comeremos juntos tú y yo. No me suelen gustar las comidas de trabajo. Son poco prácticas. Aunque a lo mejor ya me gustan.

Jonás
Lunes, 13.45

—Prueba —dice Bernardo—. Arriesga. Acerca primero la mano. El meñique. Verás si la retira o no. No perdáis el tiempo. ¿Quién sabe lo que os queda?

—Pero si pruebo y aparta su mano: adiós a estos días, hola a la incomodidad, a la falta de naturalidad o a la desaparición de mi propio interés. Ver que no hay posibilidades es distinto de ver un obstáculo. El obstáculo te anima. En cambio, la falta de interés del otro a veces te baja la ilusión de golpe. Si ese momento va a llegar, prefiero retardarlo. Disfrutar unos días más del tiempo de la promesa.

Bernardo no aguanta oírme hablar así. Dice que parece que tengo ochenta años.

Me encojo de hombros:

—Lo que tenga que ser, será —digo, y me río un poco de su determinismo—. ¿Para qué voy a llamarla? ¿Para qué voy a rozar su mano?

—Eso —dice. Pero enseguida—: ¡Eso no, Jonás! Lo estás entendiendo mal. Que todo tenga una causa, o varias, no significa que te desentiendas.

—¿Por qué no?

—Porque tú no eres así. No está bien que cambies ahora. Eres mi amigo. Y si cambias de esa forma, tendría que cambiar de amigo. Y no quiero.

—Es una militante —le digo, a ver si así me entiende.

—¿De qué?

—De cosas.

—Pero ¿de cuáles?

—No sé. Ecologista, supongo. Creo que de esos ecologistas que lo relacionan todo. El clima, la desigualdad. Dice que no puede seguir huyendo hacia delante. Que los desastres siempre hacen más daño a quienes peor están, y eso va en aumento.

—Bueno, no le falta razón, ¿no?

—Ya. Pero yo no soy un militante. Y además, está como en fase de «ahora o nunca».

—Pues lo que yo te digo. —Y me mira satisfecho.

—Noooo, no es ese ahora o nunca. Es del tipo: hay que hacer algo ya, basta de palabrería, todo eso.

—Pídele su teléfono para mí. Solo para apuntarme en su organización. —Se ríe—. Te has asustado, ¿eh? Sabes que tengo posibilidades.

Doy por hecho que está quedándose conmigo, aunque quién sabe. Bernardo me saca diez años. Es un bohemio de

71

la vida, menos militante todavía que yo. Es biólogo pero vive de dar clases de música en una academia y de tocar el cajón flamenco cuando le llaman. ¿Bernardo militando? Quién sabe.

No pensé todo esto entonces. Lo pienso ahora. En ese momento me distrajo el tipo que últimamente viene y se coloca cerca del sitio de Casilda. Nos estaba mirando con cierto descaro. Le devolví la mirada y le pregunté si quería algo.

—¿Tenéis macarrones de espelta?

—Sí. Están en la zona de la pasta —dije con ironía, aunque no se dio por aludido. Volví a Bernardo—: Oye, van a ser las dos. ¿Me esperas en el bar mientras cierro?

—Okay. Voy escribiendo el mensaje que deberías mandar —dijo, y echó a andar riéndose solo.

El de los macarrones vino con su paquete. Me sorprendí pensando: ojalá pague con tarjeta, así podría ver su nombre. Pero pagó al contado.

Si quedo con Casilda me inventaré una historia con ese tipo raro. Le di el cambio sonriendo, no por él, sino porque ya había empezado a imaginarme la película. Guardó el dinero sin fijarse. Parecía preocupado. Le dije adiós y eso sí fue raro. Porque él, que iba en modo automático, dijo:

—Adiós, Jo… —Y se corrigió—: Buenos días.

Podía haber oído a alguien decir mi nombre, ya. A mí me dio más material para la película que iba a contar.

León
Lunes, 16.00

He venido a comer a casa y ya me he quedado. Minerva me ha pedido un día más antes de vernos. Lo he agradecido.

Ayer había quedado con Tiago pero en el último momento me escribió diciendo que no iba a poder.

Le pregunté si pasaba algo, si necesitaba algo.

72

No te preocupes, dijo, es solo un compromiso que me ha surgido. Un compromiso no surge de repente, creo, y menos un domingo a las ocho de la tarde. Eran las siete. Yo aún no había salido de casa. Pensé: puedo tomar más notas para la reunión con Minerva. No lo hice. No hice nada, ni la cena.

A las nueve y media me escribió mi sobrina. Había leído un artículo para un trabajo en su facultad y me lo enviaba. Era de Alma Moriano, una ensayista y periodista que me interesa, que pone el foco donde creo que hay que ponerlo. Como no me concentraba, lo guardé para más adelante.

Envié un gracias con exclamación final y le recordé que esta vez elegía ella el restaurante para nuestra comida del próximo domingo.

No salí a dar una vuelta, estaba un poco destemplado. Todavía lo estoy. Pero intentaré hacer lo que tengo que hacer.

Mi proyecto asume que vienen tiempos duros, Minerva, y se propone capturar el motor de quienes están o podrían estar dispuestos a hacer algo distinto, desafiarnos, combatir, echar el famoso freno de emergencia.

He escogido dos sujetos. Sabes quiénes son. Te contaré algo que no conoces. Te mostraré por qué son útiles para mi empresa y más, diría, para la tuya.

A veces me pregunto si serán útiles para mí. Aún no puedo saberlo. Todavía tengo eso que llaman una piedra en el corazón. Lo que más miedo me da no es que Tiago se inventara una excusa, que tuviera una cita, que se haya vuelto a enamorar. Lo que me aterra es que ayer, en el último momento, evitara quedar conmigo porque me conoce demasiado bien.

Casilda
Lunes, 16.30

«¿Te paso a buscar a mediodía y comemos algo?».
Se lo mandé sin pensarlo mucho. Si decía que no, pues otra

vez sería. Me apetecía verle y, quitando hoy, tengo la semana petada. Dijo que sí.

Me ha llevado a un sitio cerca de la tienda. Por dentro es agradable. Demasiado bullicio, pero la mesa donde él suele sentarse está algo apartada y podíamos hablar.

Me ha contado la historia de un tipo que va a la tienda y se queda por donde suelo ponerme yo.

—Creo que me está vigilando. Aunque más le valdría vigilarte a ti.

—¿No será que le gustas?

En cuanto lo he dicho he notado que me ponía roja. Era como admitir que yo iba a la tienda porque él me gustaba. A mí lo que me gustaba era el tulípero, el cristal, el olor a enhebro de la madera, ver a las personas al otro lado, tan cerca y sin que se fijen en ti. Jonás, también; pero no como para salir. Creo. No se ha dado cuenta de nada porque ha dicho:

—No sé si será gay. Pero no me está mirando así. Para nada.

Además, ha pagado al contado.

—Eso no es tan raro.

—Cada vez más. Y sabe mi nombre.

—Es que la mitad de la gente que entra en la tienda te conoce. Y muchos te llaman por tu nombre. Lo habrá oído.

—No es eso. Lo estaba diciendo y se ha parado en seco. Como si no quisiera que yo supiese que lo sabe.

No dije nada, me parecía que estaba empezando a desvariar. Menos mal que entonces ha puesto un tono de voz exageradamente melodramático:

—¿Qué estáis tramando, Casilda? Yo no soy nadie. Si me vigilan tiene que ser porque me han visto contigo.

Esta vez no me he ruborizado. Le he seguido el juego.

—Oh, sí. Estamos tramando algo. Pero somos tan buenos que es imposible que nos hayan descubierto.

—¡Hmmm!

Me ha dado la risa. Y a la vez, unas ganas enormes de contárselo. Pero no puedo.

—Ojalá fuera verdad, Jonás. Significaría que podemos cambiar algo. Algo casi grande, quiero decir.

—Y podéis, ¿no?

—¡Qué va! Llevo diez años metida en esto. ¿Tenemos victorias? Seguro. Hay cantidad de organizaciones. Muchas han conseguido cosas y otras muchas las han evitado, que a veces es más importante. Casi nadie se acuerda de quienes consiguieron que algunas cosas buenas no se estropearan, y que algunas malas no llegaran a pasar.

—¡Hmmm de nuevo! Ese tipo tiene pinta de estar interesado en que algo grande y malo sí pase para abrir nuevos mercados, etcétera.

—No solemos lograr evitar lo grande. Lo pequeño, sí; lo mediano, alguna vez. Pero lo grande se nos da regular. Es como si aceptáramos que solo nos corresponden rincones: gestos, cooperativas, organizaciones de grupos que acaban siendo medianos. Está bien. De verdad. Y va a ser cada vez más necesario. Aunque, a lo mejor es cosa mía, me parece que nos arrinconan.

—Ahora habéis pasado a los actos grandes. La salsa de tomate en cuadros mundialmente conocidos, agua teñida de rojo en las paredes del Congreso, cerrar los caminos a un aeropuerto con varias orquestas tocando a la vez. Ya ves que en la tienda me da tiempo a enterarme de todo. Y es porque habéis conseguido que el mundo se entere.

—Y a la vez que el mundo se entera, les están acusando de terrorismo por colorear una pared con agua de remolacha que se borra. Por una acción simbólica, Jonás, importante, pero simbólica.

Pedimos el postre, una tarta casera a medias. Él seguía empeñado en animarme.

—También intervenís para que cumplan las leyes, o se cambien.

Me había propuesto no volver al tema. Será porque Jonás sabe escuchar, o quizá no me lo había propuesto tanto como pensaba. Dije:

75

—Sí, hay montones de logros de gente que dedica horas y horas, y de personas que se la juegan. De ahí venimos. A ver, el otro día busqué la etimología de la palabra «inexorable». Ya sé que alude a lo que no se puede evitar, pero ¿por qué se usa tanto? ¿Y por qué no nos quitamos de encima la impresión de que se lucha y se lucha pero la destrucción avanza inexorablemente? Sordo a las súplicas, de ahí viene. Alguien las escucha imperturbable y sigue a lo suyo. Literalmente, «aquel al que no se puede suplicar ni convencer». Y cada día, los medios, las declaraciones, las redes, llenas de «hay que», «no puede ser que». No es tiempo de peticiones. Vendrán manos para herir, para desgarrar, Jonás, cansadas de nuestra inacción.

—Oye, ¿no irás a decirme que, puestos a estar en un pequeño rincón, prefieres no hacer nada?

—No. Y no es tan pequeño.

Un camarero vino a ofrecernos café.

—Nos vamos ya —dije—. La cuenta, por favor.

—¡Eh!

—Me toca invitar a mí.

—Ya. Es que yo quería café. —Y añadió como disculpándose—: Siempre tomo.

Me eché a reír.

—Yo también, pero vamos al bar de la otra esquina. ¿Lo conoces?

Allí nos fuimos. Durante el trayecto pensé que podía probar a contarle un poco sin contarle nada, como si fuera algo distinto y ya hubiera pasado.

Minerva
Lunes, 22.00

Le he pedido una prórroga. Solo un día. Es que se está bien así. De todas formas, he vuelto.

A mediodía vi el mensaje de Casilda y la respuesta de Jonás. El sitio era infame. La comida no era mala, pero qué ruido. No llevaba equipo para superar eso. He mantenido el espíritu ligero de estos días y me he dedicado a disfrutar del menú, sin prisa. Aun así, al estar sola he acabado antes que ellos. He podido oír que se iban a otro sitio.

El café era perfecto. Silencioso. Me preocupaba que pudieran reconocerme. He esperado que se sentaran y me he colocado detrás de una columna, fuera de su vista.

He montado el dispositivo justo a tiempo para escuchar a Casilda. Luego no sé qué ha ocurrido. Al ir a pasarlo al móvil, ha parecido que se corrompía (¿son ellos, los míos, hurgando en mis aplicaciones?). Lo he recuperado.

Resumo: cuando todavía estaba en el instituto, descubrieron que había amianto en varias zonas del edificio. Prometieron quitarlo durante el verano pero la subvención no llegó, empezó el nuevo curso y el amianto ahí seguía. Aseguraron que no había riesgo y que se quitaría más adelante.

Parte del alumnado intentó negarse a ir a clase, pero eran pocos. Solo dos profesoras les apoyaban. Entonces se organizaron. Consiguieron el apoyo del conserje, de la mujer de la cafetería y de dos profesores. Alguien propuso llamar a la prensa. Una alumna contó que su abuelo había muerto por culpa del amianto. Una de las dos profesoras estaba embarazada. Era la más radical. Se negaba a mendigar un reportaje y que luego apenas tuviera repercusión. Debían tomar medidas ya.

No podían esperar que todo el alumnado les secundara. Eso no siempre se logra. De modo que midieron sus fuerzas y empezaron. No destruían llaves pero las cambiaban de lugar y así impedían la utilización del laboratorio, el aula polivalente, algún despacho, otras salas, el gimnasio. También cambiaron las claves de algunos ordenadores, el sitio donde se guardaban las bombillas, la jarra de la cafetera, el papel higiénico del servicio de profesores. El dinero que había para gastos lo metieron dentro de una caja fuerte que dejaron cerrada y a la vista con una nota en la que decían que la llave aparecería en su momento.

77

En cada cercamiento de espacios y demás acciones, añadían un post-it con la palabra «amianto». Fue entonces cuando llamaron a la prensa. Ya no se trataba de mendigar un reportaje. Habían tomado casi todo el instituto. Era como si lo hubieran asediado por dentro.

Ese último concepto me interesó: asediar algo por dentro. Y también la réplica de Casilda a Jonás:

–¿Y qué pasó? –preguntó él–. ¿Ganasteis?

–Nunca –dijo Casilda– se vence de una vez por todas.

Recuerdo las ocho palabras literalmente.

No he llegado a saber a qué venía esa historia. Entró un grupo en el bar y empezó el estruendo de moler café, de la presión para hervir la leche. Ellos salieron enseguida, no pude oír más.

Supongo que Casilda quería hablarle del sentido de lo que ella hace, una especie de parábola ya fuera o no real.

Mañana me toca a mí la posición de Jonás. Exigí a León que me vendiera el proyecto y tendré que escucharle como quien quiere, o no, tomar partido. Hace un par de días le habría dicho que ya no hacía falta que me convenciera. Ahora dudo, pienso que ya ni siquiera queda tiempo para ascender. Además, dentro de, pongamos, cuatro años, el mundo seguirá, pero los problemas se habrán multiplicado, y entonces ¿para qué ascender?

No se lo he dicho porque he vuelto. Al volver, la cabeza se acelera. Me interesa lo que León tenga que decir.

Jonás
Lunes, 10.45

Nadie quiere un asedio. Los asediados, porque prefieren que el combate ocurra en una planicie más o menos lejana y no a la puerta de sus casas. Los que asedian, porque están en terreno enemigo. Si llegan refuerzos para la ciudad, les atacarán por la espalda y no tendrán refugio, murallas tras las que defenderse.

Para asediar hay que averiguar los planes del contrario y ocultar los propios. Distraer la atención del enemigo y, al mismo tiempo, despertar el entusiasmo de los tuyos y dispersar sus miedos.

Hubo un tiempo en el que me gustaba leer sobre asedios. He buscado la historia que contaba el romano Sexto Julio Frontino. Cuando Camilo sitiaba a los faliscos, un maestro de escuela llevó a los hijos de los faliscos fuera de la muralla y los entregó. Dijo: «Si los retenéis como rehenes, la ciudad cumplirá las órdenes de Camilo». Pero Camilo no solo despreció al maestro, sino que le ató las manos detrás de la espalda y se lo devolvió a los niños para que se lo llevasen a sus padres. Así, dice el romano, Camilo ganó por la bondad una victoria que había rehusado asegurar por el engaño y la traición. Los faliscos, a consecuencia de ese acto de justicia, aceptaron su autoridad.

Debía yo de tener dieciséis años cuando leía estas historias y creía que el mundo podía parecerse a ellas. Ahora Casilda me hace recordarlas.

Asediar por dentro. Imagino que me contó lo del instituto porque anhelan algo semejante. No me deja al margen. Seguramente cree que yo vivo en mi mundo y para nada doy vueltas a lo que me cuenta.

IG3 de AMX
Martes, 06.30

Nos molesta mucho, muchísimo, la materia.

El lenguaje nos agrada. Las metáforas dan juego. Hermosas imágenes sin realidad, sin bichos, sin barro.

La materia es sucia. Se pudre. Por su causa, todavía se nos resiste, aunque cada vez menos, la fórmula para acabar con las diferencias individuales.

En la materia, dicen, está el placer. Nos estamos encargando de eso con excelentes resultados.

Lo malo es que en la materia también está la inteligencia general. En la materia arraigan la responsabilidad, los planes,

79

el criterio. La sed, la culpa. La práctica. Lo imprevisto, lo constante y lo inevitable.

La materia nos causa muchos problemas. No se aparta, te golpea. Y si la quieres, tienes que amenazar. Nosotros la queremos, las tierras, los recursos, de modo que nos ocupamos de que ellos no la quieran.

Les hemos dado infinitos píxeles, alta definición, sonoridad perfecta, información descompuesta en unidades. Deseos. La mayoría de los sitios web son eso, deseos limpios de materia. Muchos no están activos pero, entre los que lo están, más de la mitad tienen contenido pornográfico. Todo tipo de pornografía, no solo sexual.

Hemos limpiado de materia casi todo: paisajes, historias, competiciones deportivas, compra y venta, cuerpos, violencia, instantáneas de vida libres de lo que mancha, de lo que huele, de lo que oprime. Hemos logrado que lo llamen experiencia.

No siempre se conforman. Hay quejas. La materia se cuela por las rendijas, aparece el calor excesivo o el frío. La aridez, la humedad.

Podrían concentrarse en distraerse. Muchos lo hacen. Otros protestan.

Por suerte, estos últimos no han estudiado bien la situación. Les parece que consiguen poco. No imaginan hasta qué punto facilitaría nuestras operaciones que parasen de una vez, que nos dejasen en paz. Entonces podríamos arrasar dulcemente con todo excepto nuestros rendimientos.

Nunca paran. Cuando no es un colectivo, es otra organización.

Debemos vigilar.

Llega lo súbito. Algo prende la mecha dentro de ellos.

Logramos sofocar los fueguitos pero aparece uno nuevo.

Hemos dado pasos, ahora prendemos mechas artificiales. No siempre duran. A menudo son como ese intento fallido de encender la chimenea, la llama brilla, parece que se extiende, pero no.

Tampoco las suyas prenden. Sin embargo, se relevan. Alguna vez sí prenden; entonces: incendio y represión. Es otro departamento. Al nuestro le corresponden las llamitas cuando se empeñan en durar. Son molestas. Las apagas. Vuelven. Qué insistencia. ¿Cuál es el momento exacto y cuál la razón por la que nos confrontan y persisten, o bien terminan por mostrar indiferencia y se descuelgan? No nos interesan las respuestas con multitud de elementos. Buscamos valores simples: apagado, encendido, verdadero, falso. Llegaremos ahí. Estamos dispuestos a medir y observar lo singular, siempre que los datos obtenidos puedan sintetizarse y, después, generalizarse. ¿Cuál es el error en el código? ¡El hambre! Eso dicen. Claro que nos inquieta. Al hambre se le pueden poner muros, vallas, ejércitos y policías. O la cantinela de la inversión externa. De estudiar esto, de cómo evitar que el individuo hambriento salte puertas y fronteras, se ocupan otros IG. Nuestro tema está aquí.

Casilda lo ha condensado, hemos de admitir, en una expresión más precisa que las que teníamos: el asedio interior. Nos preocupa. Es menos evidente que un asalto y menos previsible.

Aunque no basta con prestar atención al asedio. También están los nuestros. La generación de Minerva y León, y los más jóvenes. Frases como «Liderar la carrera hacia un ecosistema tecnológico sano, interdependiente y humanista» o «Tener los mejores incentivos para el progreso de la ciencia en el mundo» ya apenas surten efecto.

Minerva
Miércoles, 11.10

León me llevó a un chino caro. No carísimo, sí uno que se precia de ofrecer lo que la ciudadanía china consideraría buena comida.

81

Los fideos eran exquisitos, caseros, pasta amasada a mano. El precio de la comida incluía la holgura en el uso del tiempo y el espacio. Podías hablar como en una casa.

León empezó sin prolegómenos.

—¿Has visto? Han conseguido poner sobre la mesa la discusión sobre el significado de desastre. Van a las conferencias, y cuando alguien usa la palabra, interrumpen y se lo reprochan. «Retrocesos en las condiciones laborales, muertes por enfermedades evitables, pérdida de centros educativos y de salud, avaricia de clase que prioriza la jornada laboral frente a la seguridad, alimentación mala, residencias malas, vida mala», también hay que llamar a eso desastre, dicen.

—¿Y?

—Que no me gusta, cuando estamos ya con una cosa, salen con otra, aunque sea una minucia semántica. Pero eligen los foros, se distribuyen entre el público. Y cuando la controlemos, harán otra distinta.

Yo pienso en los tallarines, anchos, exquisitos, y en la salsa de berenjenas chicas y cerdo picado. Hemos acordado pagar la comida a medias. Es decir, la empresa de cada uno pone su parte.

Es difícil hablar de desastres en este entorno, León. Es fácil seguir como si nada.

Espero a que termine, digo:

—¿Cómo está Tiago?

—¿Le conoces?

—Vino acompañándote a una fiesta de entrega de premios en el sector. Una en la que nos regalaron aquella manta de Loewe perfecta. Yo la sigo usando cuando me tumbo en el sofá.

—La mía la tiene Tiago. Lo hemos dejado. Hace poco.

—Vaya, lo siento. Quiero decir, no sé.

León no dice nada. Intento salir del atolladero.

—¿Puedo preguntar si fue él, o tú, o si fuisteis los dos?

—Fui yo. Eso no siempre significa algo.

—¿Vais a volver?

León se toma su tiempo.

—No creo. ¿Y Tareq?

—¿Lo recuerdas?

—La verdad es que no. Lo he buscado antes de venir. ¿Tú has buscado a Tiago?

—Sí, el nombre. Recordaba su aspecto, pero no estaba segura del nombre. Tareq está bien. Seguimos juntos. Eso no siempre significa algo.

—¿Ya, Minerva? ¿Hemos acabado con lo personal?

—Falta una cosa. ¿En tu empresa saben que has quedado conmigo?

—Oficialmente, no. Pero supongo que lo saben. ¿En la tuya?

—Sí, se lo he dicho. Para ver su reacción. No se han inmutado.

—¿No les preocupa que nos repartamos el trabajo a partir de ahora?

—Suponen que no lo haremos. Tenemos posiciones e intereses distintos.

—¿Entonces?

—Nada, León, me apetecía indagar. ¿A ti no?

—En absoluto.

En ese momento opto por el teatro, finjo pensar lo que de verdad pienso.

—¿Te imaginas que tuviéramos que vigilar a un León y una Minerva? Este sitio me encanta, pero les sería muy cómodo. Cuando me lo planteo se rompe la magia.

—Qué magia, Minerva. Hoy no hay quien no sepa que puede estar siendo observado, escuchado, leído. Me has llegado a mandar fotos de lo que Casilda escribe para ella, a mano, creyendo que así custodia su intimidad. Si alguien nos observa, no esperará que nosotros, precisamente, seamos ingenuos.

—Pero solo somos empleados, León. Ya nos usan. ¿Qué más pueden querer?

—Minerva, no perdamos más tiempo. Ni siquiera sabes lo que yo quiero de Jonás y Casilda. Verás…

Le escuché, pero con lagunas. Estaba distraída. Esa cerveza china medio dulce se sube tan pronto. Realmente no me gusta trabajar en las comidas.

Vino a decir que no había escogido a Casilda porque estuviera movilizada, porque hubiera decidido organizarse. Sino para averiguar por qué seguía. Se ha prestado demasiada atención al impulso. Importa lo que le hace permanecer cuando no hay expectativa de monetización.

En cuanto a Jonás, el pasmado por excelencia, me pidió que no precipitara mi juicio. Su caso, dijo, no encaja del todo con esa parte de una generación que no cree en trabajos estresantes, desmedidos, y busca algo que le deje vivir. En la historia de Jonás hay un arrepentimiento. Algo aparentemente banal, pero que no lo es tanto.

Creo que quería que le preguntase. No solo por Jonás. También por él. Lo creo ahora. En ese momento no me di cuenta. Tenía demasiadas ganas de contarle lo que me preocupa. Bebí. No tanto como para abandonarme. Y cuando ya hubimos pagado, le pasé una nota en un papel. Le pedí que dejáramos los móviles en la mesa, debajo de las servilletas, y que saliera a la calle cinco minutos conmigo.

Casilda
Miércoles, 23.00

Empezamos el lunes y lo haremos todo de forma gradual. Para que tarden bastante en darse cuenta de lo que está pasando.

Verania insiste en que no grabe audios, no mande mensajes y, por supuesto, no le cuente absolutamente nada a nadie. A estas horas el metro se vacía un poco. Me siento.

Ha sido complicado poner de acuerdo a tantas personas.

Lo urgente, nos decían, no debe distraer de lo importante. Lo importante ¿para quién?, decimos. Y también: sin lo urgente, pronto no será posible lo importante.

¿Cuándo será «pronto», cuánto de «pronto»? Siempre nos lo preguntan. Como si fuera el lanzamiento de un cohete y hubiese una cuenta atrás, un despegue, acaso una explosión. Cuando es ahora. Que no le toque exactamente a uno, o que una tenga recursos para hacer frente a parte de los problemas, es otra historia. Algunas cosas nos van tocando. Te quedas embarazada, tienes asma. Te dicen que la mayoría de las embarazadas no sufren ataques graves. Pasan las semanas y tú sí. Te dicen que son peligrosos para ti y para el feto. Que hay un medicamento. En un tanto por ciento pequeño puede tener efectos nocivos para el feto, nada muy dramático, menor peso al nacer. Prefieres no tomarlo. Hasta que tienes un ataque demasiado fuerte. Si se repite, insisten, puede ser peligroso. Los efectos nocivos, repiten, son poco frecuentes. Preguntas: ¿y si me voy a vivir a otro lugar?

Lo preguntas como si pudieras irte. Como todas las personas a quienes regañan por llevar un estilo de vida poco saludable, dando por hecho que podrían elegir llevar uno mejor. Tu asma, te dicen, no es debida solo al aire degradado de tu ciudad. Pero sí influye, dices. Quizá un poco, te dicen, y que de todos modos tu sistema respiratorio no se recobraría con tanta rapidez. Al final tomas el medicamento. Pides que, dadas las circunstancias, aumente la frecuencia de las revisiones. No hay citas disponibles. A los seis meses de embarazo te dicen que quien iba a ser una niña ya no es una vida viable.

Las causas son muchas, te dicen. No hay una relación directa con el medicamento ni con tu asma. Cuando empezaste con el asma tu madre recordó el polvo de sílice del trabajo de tu padre. Tú eras pequeña, pero ¿y si eso había sido la causa? No quieres ni pensarlo. Preguntas. El polvo de sílice pudo haber causado tu asma, aunque sería raro. Y más raro que haya influido en la inviabilidad del feto. Callas.

Luego vas a una abogada. Las películas son las películas, te dice. Culpar al medicamento es imposible. En España no constan más casos. Lo que no quiere decir que no los haya habido. No tenemos un equipo para rastrear posibles casos mudos. No tenemos el cuerpo del feto. Aun teniéndolo, sería muy complicado. El protocolo, si bien con retraso y sin atender al caso específico, se cumplió. La indemnización... Le pides que se calle, no se indemniza a quien ya no vive, si viviera lucharías para poder mejorar su vida. Preguntas: ¿y las madres que vengan? Lo notificaremos, responde, al sistema de farmacovigilancia de medicamentos de uso humano. Y el polvo de sílice, dices, y el escaso personal para casos no típicos. Te vas.

¿Vengarte? Tendrías que ir tan atrás, combinar tantas causas. Mostrar cómo el azar a veces se hace. ¿Y si no encuentras la manera? Además, la venganza es personal, y lo último que quieres es pensar en ti misma, te aburre, te agota. Apagas la venganza. Sigues con tu vida. La tristeza va amainando. Tu relación de pareja se rompe. Quizá ya estaba rota de antes.

Entras en la organización. No dices que has entrado por eso porque no es verdad. No sabes por qué has entrado. Porque coincidiste con alguien en casa de unos amigos. Porque leíste algo. Porque te cayó bien la primera persona con quien hablaste. ¿Importa?

Siempre llevo una frase conmigo. Me parecía un disparate el título de aquel documental: «El triunfo de la voluntad». Mi frase dice: «La ausencia de la voluntad». De cualquier voluntad: la de ganar, la de poder, la de ser. Estoy aquí para vivir. Como me toque y también como les toque a las personas que son un poco yo, igual que yo soy un poco ellas.

Entonces, si no creo en la voluntad, ¿a qué viene participar en este proyecto, este asedio en varias fases? Lo bueno de no aceptar la idea de la voluntad es que no acepto tampoco la voluntad de quienes pretenden que no hagamos nada y permitamos que todo se estropee. Ni acepto mi voluntad de someterme.

Cuando la voluntad no está, aparece la acción. Aunque también hay, claro, quienes quieren hacer algo y no pueden. Pero si puedes, cuando no tienes la famosa «fuerza de voluntad», no te escaqueas. La responsabilidad no es un sentimiento. Es un acto. Hacerte o no hacerte cargo de las consecuencias.

Menos mal que he decidido no contárselo a Jonás, porque llevaría yo como diez minutos hablando y él sin haber podido meter baza.

Esto es lo último que le diría: lo de que es mejor el viaje que llegar, y mejor el proceso que el resultado, nos lo cuentan para consolarnos, falso consuelo. Para que renunciemos al poder real que podría reparar la producción de lo que somos.

León
Miércoles, 23.30

No entiendo a Minerva. No entiendo a Tiago. El aire mueve los chopos situados al otro lado de la calle. No conozco mi vida.

Cuando vivía en el centro de la ciudad intentaba retener el momento en que se enciende el alumbrado. Era como tener conciencia de otra noche más en este mundo.

Aquí, en la urbanización, atiendo al momento en que el sol ya se ha retirado y sin embargo algunos rayos alcanzan todavía las últimas hojas de los árboles.

Me enseñaron a cumplir con mis obligaciones. Después llegó esa etapa dulce en la que era yo quien decidía quedarse con unas obligaciones y descartar otras. No duró. Las obligaciones caen sobre ti.

Un amigo me dijo: «Si tras un conflicto contra la sinrazón se consigue algo, no hay alegría, no hay vida: ¡al revés! Se produce como un vacío, una especie de culpabilidad».

Lo entendí. Quizá demasiado pronto. Lo veía en todas partes. Los únicos triunfos que nos alegran son los que se dan entre lo posible y lo mejor. Los otros, los que proceden de tratar con lo intratable, lo impío, lo ruin, con el egoísmo o eso que ahora llaman lo autocentrado, no calman. Satisfacen, sí. Pero sigo preocupado.

Dicen que no es igual cuando triunfas por otros. No lo sé. Cuando lucho por mí, ganar me deja intranquilo.

Lo aprendí pronto. En mi familia, en las amistades, en alguna pareja, en la mayoría de los trabajos que he tenido. El sonido del viento en las hojas recuerda al ruido del agua; sin embargo, hoy no me aquieta como hacen las fuentes. Me inquieta. Será porque ya es de noche y parece el preludio de algo amenazante. No me da miedo. Simplemente, preferiría no oírlo.

Dices, Minerva, que quieres investigar. Que no te gusta que seamos cobayas y que sigues pensando que lo somos. Pretendes chantajearles, aunque no hayas usado la palabra: conseguir una oferta de despido con indemnización sustanciosa acompañada de una buena prejubilación, cuando tengas pruebas de que estamos siendo espiados o cuando, al menos, puedas demostrar que nos obligaron a espiar a otros.

No lo tienes fácil. Necesitas algo decisivo para que no se limiten a librarse de ti. De acuerdo, me has prometido seguir en el proyecto como antes, y yo he aceptado dejar que intentes probar tu idea sin inmiscuirme. No tengo casi nada que perder. Aunque, ten cuidado. En ese «casi» habita la espantada.

Salvo que encuentres el modo perfecto de obligarlos a comer en tu mano, no permitiré que me incluyas. Por miedo y por algo peor. Me gusta mi trabajo.

No hay manera de creer en las promesas que nos hicieron, lo de que aportaríamos algo a la sociedad y marcaríamos la diferencia. Pero mi trabajo es ahora el lugar donde existo. Y no estoy preparado para desexistir.

Temo al alcohol precisamente por eso, porque puede hacerme desaparecer. Me desazona ver a los demás abandonarse a la ebriedad.

Tú lo hiciste de a poco y con delicadeza. Te descontrolaste justo antes del postre, como en un parpadeo largo, tres o cuatro minutos. Y cantabas una vieja copla, qué linda es la borrachera, porque de todo me olvido, y hasta pienso en el patrón y me parece un amigo.

Habías apoyado el codo sobre la mesa y la sien en tu mano. Cantabas sin estridencia. Todo parecía indicar que a continuación dejarías caer la cabeza y te dormirías. Pero te fuiste incorporando, despacio. Me pediste que te sirviera agua. Y volviste. Montaste el teatrillo para sacarme fuera sin móvil y contarme tu plan. Espero que recuerdes la canción.

Jonás
Viernes, 21.26

Ayer me llamaron para ir al cine. Menos a Bernardo, no le he dicho a nadie nada de Casilda. De todas formas le mandé un mensaje. Si hubiera aceptado venir, me las habría arreglado para encontrar una entrada. Pensé mucho en ella en la oscuridad de la sala.

Algunos libros, músicas, películas tratan, quiero decir, intentan que las cosas no sean exactamente como son. No me refiero a la fugacidad, a que procuren retener lo que pasó porque fue y ya ha dejado de ser y no podemos sujetarlo.

Es que sí podemos. De pronto, lo que fue palpita y a veces te sobresalta.

En mi caso, con algunos libros, películas, canciones, lo que me pasa es que puedo recordar el futuro. Digo recordar porque no es solo imaginarlo, es como presentir un futuro cercano donde las cosas quizá no sean exactamente como son, sino menos afiladas.

Hoy Casilda tampoco ha visto el mensaje. Debe de tener el móvil desconectado. Me preocupa que vaya a hacer algo y la detengan. No sé dónde trabaja, ni dónde vive. Ni sus apellidos sé.

Minerva
Sábado, 12.10

Escándalo en Gran Bretaña, quince departamentos ministeriales monitorizaban la actividad en redes de personas potencialmente críticas. Me viene bien.

No durará mucho. Y, francamente, monitorizar las redes: ¿dónde está el problema? Cuando las personas cuelgan sus comentarios están, y lo saben, publicándolos: haciéndolos públicos.

El problema es la escala: la herramienta que permite monitorizar a una velocidad inédita. Y luego, que vetaran a esas personas en los actos oficiales. ¿Discutir con quien piensa distinto, argumentar? Ya no.

Sea como sea, lo nuestro es mucho peor. Tiene su aquel. Los viejos espías.

Las herramientas de monitorización no comprenden, no leen: filtran palabras y frases como si fueran cifras o colores. León y yo somos lectores. Tenemos nuestras vidas, entramos en las suyas y no podemos evitar que algo de las suyas entre en las nuestras.

Si lo que estamos haciendo llega a saberse, la multa de la agencia de protección de datos sería astronómica, por no pensar en otras consecuencias. Es posible que hubiera que afrontar condenas penales.

No puedo amenazar a mi empresa con denunciarla por espiarme, caso de que lo esté haciendo, porque eso implicaría denunciarnos a León y a mí por estar espiando a otros.

Sin embargo, tiene que haber una manera.

He empezado a soñar y ya no hay vuelta atrás.

Indemnización copiosa. Dejar el trabajo a los cincuenta y cuatro años. A esta edad todavía puedo vivir.

No tengo una sola prueba, excepto el pensamiento lógico. Les conozco. Llevo muchos años en esto. Siempre quieren más. Cuatro por el precio de dos.

Si lo analizo, creo que en este momento crítico les interesa más conocer los resortes por los que se guía su personal subalterno, que los de dos jóvenes, cómo diré, ¿aficionados? Nosotros podemos desertar o, al contrario, dar la vida, la vida laboral, por ellos. Demostrarlo ya es otro cantar.

Ahora he perdido a Casilda. No me conviene nada. Si hace una tontería sin que lo sepamos, podrían sacarnos del proyecto. Y entonces el mío también se vendría abajo. Lo malo es que alguna tontería van a hacer. Por eso se ocultan. Asediar por dentro. ¿A qué dentro se refieren? Qué afán extraño el de ser útil. ¿No bastaría con vivir? Además: madres mayores, hijos pequeños, personas que tropiezan a nuestro lado. ¿Es que no hay suficiente utilidad ahí? Y beberse la vida en compañía. Ya está, ¿no? Pues no. Todo se cruza. Los verbos se complican. Las cosas que se hacen tienen siempre una finalidad y eso no hay manera de evitarlo.

El otro día Anxo me preguntó por el movimiento antinuclear y por el desarme. Cree que soy más vieja de lo que soy. «¿De verdad —me dijo— había gente que pensaba que el mundo iba a acabarse por una guerra nuclear?». Dicho así suena ridículo; aunque ahora un poco menos.

Anxo no sabe que tuve un novio historiador. Joseba. Fue más que un novio. Nos quisimos con locura. Él admiraba a Edward Palmer Thompson, un autor de prestigio que a los cincuenta y cinco años abandonó su labor historiográfica para dedicarse a la campaña antinuclear y por la paz.

«Contra el reino de la Bestia, nosotros, testigos, nos levantamos», así tituló un manifiesto.

«No les desprecies —le dije a Anxo—. Vieron algo. Por primera vez la civilización humana tenía el poder de destruirse». No suelo hablar así. Pero no quería que se riera de ellos.

Anxo no es de izquierdas ni de derechas. Lo cual, lo sé, significa que es un poco de derechas, sobre todo porque tiene veinte años. Supongo que es el entorno, y nuestra aquiescencia. Esa universidad privada de jesuitas donde aceptamos que estudiara porque podíamos pagarla y era la única que tenía el doble grado de Ingeniería en tecnologías de la telecomunicación y dirección de empresas.

Otros padres están satisfechos de que sus hijos sigan sus pasos. A mí me habría gustado verle triscando por los campos, plantando mandarinos o esculpiendo piedras. No se lo diré nunca. Ni tampoco a Tareq. Es su vida.

91

Pero qué pronto se olvidan las cosas. Incluso yo lo había olvidado. Y ahora el título del manifiesto revive intacto: «Contra el reino de la Bestia...». Creo que lo tomó de un poeta inglés. Recuerdo otras historias que me contaba Joseba. Aquella ocupación en Alemania de los terrenos donde se planeaba construir una central nuclear. Estuvieron ¡ocho meses! Lograron evitarlo, me parece. También recuerdo estas palabras de Thompson: «El imperativo ecológico de supervivencia». Supongo que Casilda las conocerá. O quizá no, hay tanto que leer y tan poco tiempo.

¿Qué habrá sido de Joseba? Le dieron una beca en Alemania del Este; ya había caído el muro. Yo acababa de entrar a trabajar. Joseba no entendía mis horarios, ni mi implicación en la empresa. No quise irme con él. Al principio nos escribíamos. Y después apareció Tareq. Sé que está en China, me escribió una vez. Se había casado, tenía una hija. Le contesté, pero me devolvieron el mail. Quizá tardé demasiado.

En cuanto a Tareq y a mí, ¿fuimos demasiado crédulos? ¿En serio no sabíamos dónde nos metíamos? ¿Cuánto duró el tiempo de creer en las consignas empresariales: «Misión, visión y valores»? Asegurar que nuestra labor beneficie a toda la humanidad, dotar de medios a todas las personas para mejorar su bienestar, encontrar una nueva fuente de energía gracias al poder de la computación, alinear ese poder con los valores humanos, etcétera, etcétera.

Y ahora ¿qué? Ahora la fuga del significado.

IG3 de AMX
Lunes, 06.30

Huele a debacle.
Los olores se controlan mal. Pueden fabricarse. Anularlos o contener su propagación es complicado.
Huele a debacle. Huele a irresponsabilidad.

«Tendremos seguridad cuando ellos tengan esperanza», ha dicho el exjefe de un servicio de inteligencia y seguridad interior.

En la zona privilegiada del mundo ahora solo hay esperanza a medias.

Los jubilados dedican sus últimos años a la vida y a las buenas acciones, si es que tienen dinero. Si no lo tienen, combaten como pueden la proximidad de la decrepitud. Si les sobra, acaparan viajes, experiencias y más dinero.

Algunos pelean.

Los empleados en torno a los cuarenta con un buen puesto corren concentrados en acumular. Carecen de visión, corren con anteojeras de cuero para no ver por los lados. Hemos convertido esas anteojeras en parte de su cabeza.

Las personas jóvenes se han dividido. Las que pueden permitirse cierto desahogo, huyen también hacia delante como jubilados prematuros. Las que no, se esfuerzan, aunque muchas conozcan que no hay verdad en el esfuerzo como unidad de medida.

Algunas pelean. De eso no nos libramos.

A cualquier edad, quienes tienen peores condiciones jadean mientras les consume algo que no es siquiera una huida; no esperan llegar a alguna parte, no pueden creer en el futuro; hallan algún consuelo en las mistificaciones y en la diversión que les proporcionamos, temerían perder también eso. Pero si encuentran una vía, nos dejarán colgados. Aunque el remedio sea igual que la enfermedad. Porque de aquí no escapa nadie.

Hemos formado a los de cincuenta durante décadas: sus destrezas, su carácter, sus deseos. Se han beneficiado de unas prebendas que ya no podemos ofrecer a los que vienen detrás. Les queda poco tiempo y lo saben. No van a traicionarnos, son nuestra retaguardia.

A ellos les ladrarán los perros, les comerán los lobos. Mientras tanto, nosotros, más fuertes, pondremos en práctica nuestra estrategia. No esos estúpidos refugios en Marte o bajo tierra. Zonas militarmente protegidas. Y paramilitarismo interno. El pasado tradicionalista y el culto a la tecnología aliados para el control. En lugar de una muralla, fosas de muertos. Acumulación violenta de recursos. Si es necesario, exterminio de la población adyacente.

No obstante, algunos flaquean. Ha sucedido en otras áreas. Sobre todo, mujeres. Revelan datos que no les pertenecen. O se atreven a opinar con supuestos estudios científicos sobre nuestras limitaciones.

Loros estocásticos, esa dichosa imagen escrita en un artículo con pretensiones científicas llegó y reaccionamos tarde. Lo peor es que la imagen es afortunada y todavía se recuerda. Llamaron así a nuestros grandes modelos de lenguaje. Loros que repiten al azar o según la probabilidad. Es cierto, los modelos aún no han conseguido cruzar la barrera del significado. Producir cadenas de palabras frecuentes optimizando una probabilidad no es entender, y quizá nunca lo sea. Pero ¿qué necesidad había de pregonarlo a los cuatro vientos? Además, ¿a quién le importa el significado?

Crean revuelo. Nos comprometen. Todo empezó con Haugen, la exdirectora obligó a Meta a darse golpes de pecho. Sí, Instagram era dañino para los menores, Meta lo sabía. ¿Y qué? Sin errores no se avanza. No todo se puede experimentar en moscas de la fruta.

Al parecer Haugen era cuáquera. Somos imperfectos, todavía aparecen variables que nos sorprenden, debemos evitarlo.

¿Dónde está esa mujer ahora? ¿Dónde están las líderes de Google que firmaron el artículo de los loros estocásticos? Expulsadas. Al frente de encantadores institutos o fundaciones con alguna misión ética. Da igual si lo que dicen desde allí también es cierto. Han perdido capacidad de acción y potencia de difusión. Ya no nos afecta tanto.

Ahora debemos adelantarnos. Evitar que estos episodios se produzcan. Causan desgaste y no queremos que se extiendan.

94

Aunque Minerva, en su momento, leyó hasta la última gota de información acerca de los casos que se han producido, nunca fue más allá. Tampoco ahora parece dispuesta a seguir ese camino. Pero vigilamos. León parece leal. Sin embargo, no podemos poner la mano en el fuego. Nuestro trabajo consiste en no poner la mano en el fuego por nadie.

Huele a debacle.

Casilda
Jueves, 21.00

He besado a Jonás porque, de pronto, su boca estaba muy cerca. No podía invitarle a casa. En la organización acordamos procurar no hacer nada distinto de lo que hacíamos antes. Por si acaso. Y porque necesitamos terreno conocido para contrarrestar lo desconocido.

Jonás ha insinuado que fuéramos a la suya. Le he dicho que no. Él no ha insistido. Se lo agradezco. Tengo que ser prudente.

¿Cuándo se extiende el fuego? ¿Cómo se propaga la rabia? Y lo que es aún más difícil: ¿cómo prolifera la sensatez? Buscamos tener riendas. Esa es nuestra revuelta muda. En medio de la revuelta, le he besado.

Digo riendas y no digo el timón, porque si hubiera un solo timón y un solo barco, sería más fácil. No lo hay.

Jonás
Lunes, 22.10

Hoy me he acercado al hombre que siempre paga al contado y a veces compra macarrones de espelta.

De las personas que vienen por aquí, muchas están muy solas. Son las que más hablan conmigo. No suelen hablar de sí mismas. O sí, pero dando un rodeo. Me cuentan lo contentas que están porque esa mañana han comprado un tostador en oferta. O porque en su pueblo han pavimentado tres calles.

Por la manera en que me lo cuentan, voy sabiendo que viven sin red. Poco a poco llegan datos más íntimos. Sus hijos viven fuera. Su pareja ha muerto. Su pareja vive a su lado pero están solas. Han tenido que cambiar de barrio porque les subían el alquiler y han perdido las relaciones que tenían. Les han despedido. Duermen mal, o no duermen. Su única amiga ahora está en una residencia a ochenta kilómetros de Madrid.

En general, les cuesta socializar. El muro que les separa del mundo es cada vez más alto.

Conocí a un psiquiatra que hablaba de la escucha mercenaria. Esas veces en las que pagas a alguien para que te escuche, aunque digas que pagas para que te diagnostique, te cure, o, al menos, te dé herramientas.

Así que supongo que hablan conmigo porque no me pagan. Algunos podrían pagar a un terapeuta. Otros, me parece que no. Pero no es ahorrarse dinero, creo, lo que buscan, sino lo contrario de un mercenario, que no sé qué concepto sería: lealtad, quizá.

Bien, el caso es que el hombre que paga al contado es la persona más sola de todas las que vienen por aquí. Quiero decir que da esa impresión. Aunque no tengo ni idea.

Por su aspecto parece alguien sociable, incluso sonriente, vital. Pero si le miras cuando no está interactuando, uf, es como si su cara reflejase una zona de barcos hundidos, esas imágenes en las que solo una parte de la nave asoma, en diagonal, fuera del agua.

Total, que hoy a las ocho:

—Necesito hablar con alguien, ¿tiene prisa? Podríamos tomar algo aquí al lado.

Una apuesta absurda, lo sé. Su semblante era un poema. Ha negado con la cabeza una y otra vez. Y, de repente:

—Tengo unos veinte minutos libres. Si lo necesita mucho, le puedo acompañar.

No lo necesitaba nada. Lo planteé así por cortesía, es difícil aceptar un favor si te lo presentan como un favor. Luego he rebajado la propuesta.

–Más que necesitar es que se me hace duro volver a casa ahora, preferiría demorarlo un poco.

–De acuerdo, le acompaño.

Todo era tan inverosímil como en la vida real. Supongo que lo he hecho porque Casilda y yo nos besamos y luego no pasó nada, y creo que no pasará, y no sé si estoy dispuesto a intentar que pase.

Cuando le conté a Casilda la película del hombre que pagaba al contado y que sabía mi nombre pero lo ocultaba, quería llamar su atención, hacerla reír.

Hoy no le he buscado para seguir con la película. Quería de verdad hablar con él. Saber si está tan solo como parece. Entender por qué se transforma en cuestión de segundos, qué tristeza, qué hundimiento o qué clase de soledad obra el cambio.

Minerva
Martes, 23.05

Ni siquiera León sabe cuánto están avanzando. He dejado de compartir con él toda la información. En estos días le doy un treinta por ciento haciéndole creer que es un ochenta y cinco y que solo me guardo pequeños fragmentos, los destellos.

Miro hacia delante y no veo mis próximos años. Estoy cansada. Tal vez tengo una enfermedad que aún no se ha manifestado. O, tal vez, el problema no es solo mío.

Aumentan los perros en nuestras ciudades. Nada contra los perros, nada contra los huertos. Vive y deja vivir es de lo mejor que me enseñaron mis padres y siempre me he aplicado el cuento.

Dejo vivir, también observo y pienso.

Los perros viven trece, quince, creo que hasta veinte años. Son criaturas a quienes, con una elevada probabilidad, quienes los vean crecer verán, también, morir. Quizá tenga sentido. Estar con ellos hasta el final. Las crías humanas deberían poder alcanzar la edad adulta, y jubilarse cuando ya sus progenitores hayamos muerto, o cerca. Pero ¿quién puede hoy imaginar cabalmente un mundo amable en los próximos ochenta años? Así que se tienen perros o gatos, y se les acompaña, y no se tiene la impresión de que les has enviado a una misión imposible.

Hay quien dice que no es por eso. Lo que pasa es que ahora se percibe la vida de los animales de una forma distinta a como nosotros lo hicimos.

De nuevo, vivo y dejo vivir.

En cuanto a mi vida futura, miro y no veo nada.

No me refiero a la decadencia. Sé que vendrá. Puede llegar de golpe o por tramos. Si no soy pesimista calculo que podrían quedarme un par de décadas en las que gozar de la vida todavía razonablemente. Y una más en la que seguir aquí con inconvenientes, serios, quizá. Da igual. No veo esos años.

Casilda y los suyos avanzan. De manera caótica, por decir algo. Aun cuando tal vez se le podría llamar un caos organizado.

Jonás, por su parte, empieza a divertirme. Su último movimiento me ha cogido por sorpresa: abordar a León. Me sorprendió menos que León aceptara.

Después de oírlo, tuve que correr. ¿Activar los móviles para convertirlos en micrófonos? No es una leyenda pero es muy caro, y exige algunas connivencias.

Claro que se escuchan las conversaciones y se reproducen anuncios según lo escuchado, por lo general de manera automatizada. Pegasus y sus imitadores son distintos. Una Minerva digital. En el otro extremo, alguien humano clasifica, atiende peticiones, un servicio de atención al cliente que suele costar del orden de los cien mil dólares mensuales.

Aunque Pegasus cuesta cosas distintas a clientes distintos.

El móvil de Jonás sería mucho más barato que el de un presidente. Y ahora hay más empresas que se dedican a vender esta clase de servicio. Aun así, ni siquiera mi empresa tiene ahora permiso para espiar de manera arbitraria y personalizada a sujetos que no estén sometidos a una investigación por parte de alguna autoridad.

Quizá, sigo con mi copla, sí espíe a sus propios empleados, somos suyos sin que medie un conjunto especial de aparatos. Para los de fuera pueden subcontratar distintos servicios de empresas extranjeras, seguro que lo están haciendo cuando colaboran con las llamadas agencias de guardia de frontera y costas.

Pero no lo harían, estimo, con ciudadanos europeos sin que algo de máximo interés para ellos estuviera en juego. Por eso, porque no tienen autorización, ni justificación, para espiar a Jonás y a Casilda, la empresa y yo estamos en el filo.

Tomé un taxi. No estaba lejos. Ahora procuro acampar por la zona, en lugar de en mi despacho, trabajo en algún café a medio camino entre la tienda y el ministerio, y me mantengo al acecho.

Me salvó la parsimonia. Cuando llegué, Jonás estaba todavía bajando la persiana de la tienda mientras León hacía como que miraba algo en el móvil. Quizá lo miraba de verdad. No me dio esa impresión, sino la de quien siente vergüenza de estar desocupado.

Casilda
Miércoles, 07.40

Verania ha dormido en casa y luego la he acompañado a la estación, yo vivo al lado y su autobús salía prontísimo. Anoche cenamos juntas. Pusimos música en la cocina y encendimos un aparato de ruido blanco. Los móviles, por supuesto, sin batería y en otra habitación. El de Verania ni siquiera es un smartphone, sino un Nokia antiguo que solo tiene llamadas y sms. Ahora yo también he cambiado el mío.

Exageramos. Al mismo tiempo, el hecho es que ha empezado la multiplicación. Multiplicarse es más lento que hacerse viral. Sin embargo, cuenta. Cuando las acciones se multiplican, empiezan a tener vida propia. De algunas, ya ni siquiera tenemos noticia.

Noticia nuestra, me refiero. En los medios y en las redes tampoco las hay, eso ha sido a propósito. Tarde o temprano alguna persona implicada terminará contándolo. Mejor que sea tarde.

Al cabo de un rato quitamos la música. El ruido blanco tampoco hacía falta ya pero no molesta. Nos hemos puesto a recordar la asamblea, la general. Es pública, nuestra organización abierta la hace todos los años, no tenemos nada que ocultar.

Acudieron doscientas treinta personas, solo treinta y ocho están en la otra organización, la cerrada, la oculta, esa donde nos mezclamos personas de grupos muy distintos. No lo mencionamos en ningún momento, tampoco aprovechamos para vernos en un aparte.

Salió todo bien. A lo mejor por las ganas atrasadas de estar juntas que todavía duran después de la pandemia. Nuestra asamblea es una perra, dijo Verania. Porque así fue.

Este año solo se presentaba un equipo para la coordinación general. Tres mujeres. Por la tarde, el equipo salió elegido, era lo esperado. La noche anterior y durante la mañana nos habíamos ido pasando de boca a oreja la idea de salir todas las mujeres a bailar a la primera fila del salón de actos en cuanto terminase la votación.

Algunas no salieron, quizá pensaban que se debía haber convocado a todo el mundo. No hubo enfado ni división por eso. Salir no era un imperativo, sino una exclamación. Quienes no salieron cantaron y bailaron desde sus sitios, también los hombres.

Alguien se había colado en la zona del equipo de sonido y había puesto a todo meter «Perra», de Bandini. Con el primer compás, más de cien mujeres empezamos a correr hacia la primera fila y llenamos el espacio que nos separaba del escenario. Cantamos juntas la letra y el «la ra la la la la ra» saltando, ladrando, bailando. Y desplegamos la pancarta: «La tierra no es vuestra, nuestros cuerpos tampoco». Fue un momento de euforia compartida.

Minerva
Miércoles, 23.25

—¿Por qué no quieres volver a casa ahora? —preguntó León.
—Empiezas fuerte —contestó Jonás.
—Es que no tengo mucho tiempo. Perdona, si te parece brusco lo retiro.
—No pasa nada. Es que hay… una chica. Y creía que tenía posibilidades, pero me parece que no. Ahora me toca hacerme a la idea. ¿Y tú?
—¿Yo…?
—¿Por qué vienes tanto a la tienda? No vienes a comprar. A ver, los macarrones duran almacenados, podrías llevarte más cantidad. Es como si quisieras estar solo estando acompañado. Disculpa tú también si…
—Sin problema. No estoy en una buena racha. Y tu tienda tiene algo… lejano. Por cierto, huele a madera de enhebro. Pero no es posible que las estanterías sean de enhebro, no tiene ese fuste.
—Son las tapas. Las tapas de algunos recipientes. A mí también me gusta el olor. ¿Puedo preguntar por tu racha?
—Eres muy joven para entenderlo. Lo digo sin prepotencia. Todo lo contrario. Soy más viejo, nada de lo que presumir.
—Ya. Pero si me lo cuentas igual aprendo algo.
—No se aprende en cabeza ajena, ni en cuerpo ajeno. Muchas veces, ni siquiera en cuerpo propio; y reincidimos. De todas formas, quién sabe. A lo mejor tú sí puedes. Me equivoqué con alguien. No. Lo peor es que no me equivoqué. Hice lo que quería. Ahora veo que no me gusta haber querido eso. Pero el hecho es que lo hice.

—Si querías ser críptico, lo has conseguido.

—Corté una relación. Fui yo. Creo que me equivoqué. No pienso en lo que he perdido porque duele demasiado. Pero sé que no habría sido capaz de seguir. No quiero tanto a Tiago.

—Eso pasa. No es culpa de nadie.

—¿Ves como eres muy joven? Quita la palabra «culpa». Si quieres. A mis años sé que es posible decidir cuánto quieres a alguien. No es una mera cuestión de sentimientos.

—Míralo de otra forma, a lo mejor lo que pasa simplemente es que compruebas cuánto eres capaz de querer a esa persona.

—Puedes decirlo así. Pero volvemos al principio. No me gusta darme cuenta de que no soy capaz de querer más a Tiago.

—Igual aparece alguien y entonces…

—Esa es la trampa, Jonás. ¿Y si no se trata de quién sea? ¿Y si es lo que estoy dispuesto a dar a cualquier persona?

Silencio de unos cuarenta segundos.

—No puedes saberlo. Ahora mismo ya has dejado de ser el tú que eras hace dos horas, o dos días.

—Bonita excusa. Pero hay regularidades. Tendencias. Cuando era más joven recuerdo haber querido mucho. Hace ya tiempo, décadas, que no quiero así.

—Y sin embargo me lo cuentas. Es decir, lo ves. Todavía no crees que sea inevitable.

—Suena bien. Pero no me convence. Además de la edad, te saco varios años de terapia de ventaja. Insisto, nada de lo que presumir. Lo mío es narcisismo, Jonás, todo lo que te he contado. ¿De qué le sirve a Tiago que yo siga mirándome al espejo si nada cambia?

—Es que los cambios no los provocas tú. Eso dice un amigo: que, en realidad, nunca los provocas tú. Pasa algo y el cambio consiste en cómo reaccionas. Y cómo reaccionas depende no solo de cómo eres, sino de lo que te haya pasado.

—Bien jugado otra vez. Solo que tu amigo no sabe que tengo poder. No demasiado, pero más que él y tú juntos, probablemente. Y con ese poder puedo hacer que algunas cosas pasen o no pasen. Me tengo que ir, Jonás, ha sido un placer.

—Aún no me has dicho tu nombre.

—Martín. Lamento que hayamos estado hablando de mí, y no de ti. Me gustaría poder resarcirte en otro momento.

No llegué a escuchar la despedida de Jonás, tuve que moverme deprisa para evitar que León me viese.

Solo hoy me he puesto a transcribir la conversación porque se me atragantaba, todavía se me atraganta, una palabra antigua: «fisgar». Dicen que fisga era como llamaban antes al arpón, y me parece que te he clavado un objeto penetrante, León, he husmeado de manera muy inconveniente en asuntos que no me incumben.

Salvo que todo haya sido una representación. Una tapadera para llegar al fondo de Jonás otro día. Mi instinto me dice que son las dos cosas. Que te has usado a ti mismo para alcanzarle más adelante.

Casilda
Jueves, 13.00

Le he llamado por teléfono a las once.

—Escápate, venga. Media hora. Cuelga un cartel de «Vuelvo en treinta minutos». Si los dos corremos, podemos tomarnos un café en el mejor bar del barrio, el de la cuerda de bombillas. Y estarás de vuelta a tiempo.

—¿Y tú? ¿Puedes dejar tu trabajo tanto rato?

Había encontrado un pretexto perfecto y real, una gestión en el Ministerio de Justicia que llevamos días posponiendo. Del bar corriendo al ministerio y volver; mi velocidad intentaría compensar el tiempo del café. Un poco de escaqueo sí que habría.

Fue como lo dijo. Si me pongo folclórica: una luz de desencanto. O me lo estoy imaginando todo porque me habría gustado no ser tan prudente, haber ido a su casa, no tener que andar con pies de plomo.

—Qué va —dije—, no puedo. Pero habría estado bien, ¿verdad?

Me pareció que le oía sonreír.

—Sí, el domingo por la mañana vamos. O el sábado, si lo veo tranquilo.

Ah, bien, no dijo un domingo sino el domingo, o el sábado. Mi exceso de prudencia el otro día no lo había echado todo a perder.

Jonás pasó a otro tema.

—Hoy han llegado unos garbanzos muy buenos. De Ávila. ¿Quieres que te guarde?

Me dio un poco de bajón que se pusiera en ese plan, pero creo que no había ironía. Le dije que vale y dijo que genial y que el sábado podíamos intentar ir al bar y me los daba.

Ahora estoy de vuelta de la gestión en el ministerio. No sé, a muchas personas les parece apetecible lo de la doble vida. En cambio a mí no me gusta esconder cosas a la gente que quiero.

León
Jueves, 18.00

He leído el artículo que me envió mi sobrina sobre los asistentes virtuales. La máquina como aduladora profesional. La adulación como primer paso para acabar dirigiendo y gestionando el pensamiento de cada individuo. No se trata de control mental ni otras cuestiones esotéricas. Tampoco es exactamente el monólogo interior sino quizá el diario mental, el motor cognitivo que da cuerda a quienes somos.

La autora del artículo, Alma Moriano, presenta el sábado su último libro. Espero que haya coloquio, quiero hacerle un par de preguntas.

IG3 de AMX
Viernes, 06.20

Ha dicho Casilda que no hay timón. Por supuesto que no lo hay. Esas teorías de las conspiraciones son un absurdo homenaje que nos hacen. Piensan que entendemos lo que pasa y somos capaces de controlarlo. ¿Quiénes? ¿Un grupo especial de estudios de una empresa? ¿Unos cuantos políticos con sus deseos contrariados, sus malas ideas, sus torpes cálculos ilusionantes? ¿Un conjunto de corporaciones en manos de líderes desequilibrados? La gran maquinaria abstracta del capitalismo cada día choca contra lo real y sigue avanzando pese a llevar encima tal cantidad de parches y remiendos que cualquier día se estrella.

Nadie entiende por completo lo que pasa en este lugar con límites, y nadie puede controlarlo, parar el tiempo, regular un encadenamiento de sucesos poco predecibles.

Claro que no hay timón. Pero hay poder.

El poder se distribuye. Mucho menos de lo que ellos querrían. Mucho más de lo que nos convendría para poder conservarlo fácilmente. Nos salva que en el otro lado sean tan dignos. No quieren el poder, quieren la autoridad. El poder se impone, dicen, mientras que la autoridad te la dan y es colectiva. Pero, almas de dios, ¿cómo va a darte la autoridad quien no tiene poder? Lo que te da no es autoridad, quizá reconocimiento, aprecio. Eso hará que te presten atención, pero no te permitirá tomar decisiones relevantes, modificar lo que está pasando.

Hace años todavía invocaban aquel libro, *Cambiar el mundo sin tomar el poder.* Hoy ya se han cansado. Riendas, dicen, tener más riendas. No van a llegar muy lejos así. Pero avanzan, de eso no hay duda. Y nos toca vigilar.

¿El poder es control? ¿El poder es influencia efectiva sobre la acción ajena? Lo es. Aunque siempre algo se nos vaya de las manos.

Nuestro primer análisis fue correcto, sin ser una conspira-

105

ción. Controlarles resultaba cada vez más fácil, nos lo pusieron en bandeja: a cambio de sentirse únicos y protegidos, nos entregaban sus vidas. Y empezó la gran espiral: ¿perdieron el control y se volvieron irresponsables, o bien estaban ya volviéndose irresponsables y eso hizo que nos entregaran el control más fácilmente? No somos filósofos, nos da igual el huevo o la gallina, cabalgamos sobre lo que hay.

De momento, siguen en nuestras manos; temerían más la expulsión que saber que están encerrados con varios juguetes. El control, sin embargo, nunca es definitivo. El proyecto Recalcitrantes pretende encontrar el último resorte. Nunca hay un último resorte, hay resortes en plural. Y cuantos más consigamos desactivar, más seguros estaremos.

Por lo que respecta a las actividades de Casilda, han abierto tres frentes.

Hoy nos dedicamos al primero, el del Consorcio de Seguros por Catástrofes Naturales y otros Riesgos Extraordinarios, lo hemos llamado OSA, de osadía.

Se han filtrado correos y documentos internos del Consorcio y se han narrado con detalle conversaciones con instrucciones para reducir *drásticamente* las compensaciones mediante peritajes a la baja. Aunque sea una práctica conocida, los detalles llegan en un momento inoportuno. Y hay dos novedades:

Una, el concepto «drástico». No es una mera reducción, sino un cambio enérgico y radical.

En un futuro próximo, ni las compañías ni el Estado van a asumir el aumento progresivo de fenómenos meteorológicos violentos, ya destrocen casas, ya pueblos enteros, ya cultivos o vidas humanas. Se intuía. Lo nuevo son las pruebas: declaran, y así consta, que no van a asumirlo. Nosotros sabemos que no es solo por el aumento de esos fenómenos. La coyuntura bélica, el agotamiento de recursos y sumideros y muchas inversiones equivocadas hacen que los beneficios estén disminuyendo. El clima proporciona la cobertura perfecta.

Lo de siempre, a otro nivel. Las compañías quieren abandonar el barco llevándose solo a unos cuantos clientes que siguen ganando mucho dinero. Pero una cosa es que suela pasar y otra los documentos.

Segunda novedad: es una filtración gradual; no buscan el escándalo, flor de un día. Quieren empezar con una intervención interna.

«En esta fase –anuncian–, no buscamos movilizar a las personas afectadas, sino movilizar nuestra propia actividad dentro de la institución pública y de las empresas privadas colaboradoras. Necesitamos comprobar si podemos o no intervenir para que se corrijan las prácticas reveladas».

Lo que está pasando no parece relevante. Quizá lo sea. Numerosos empleados han perdido la lealtad. Ya no quieren contribuir a salvar los muebles de un conjunto de empresas e instituciones que va a dejarles tirados tal como están dejando tirados a aquellos a quienes deberían proteger.

Damos por hecho que nadie cree en los ángeles. Ni muchos asegurados lo son, ni tampoco las empresas de seguros. ¿Qué esperaban? ¿Sentido del honor? ¿Respetar el trabajo bien hecho por encima del beneficio?

Hasta ahora, consecuencias leves: un par de comisiones de trabajo, algunas denuncias por cláusulas abusivas, aumento de las inspecciones a la labor de los peritos. Creación de grupos de investigación para facilitar nuevos planteamientos. Reuniones donde se escuchan frases acerca de la necesidad de hacer algo más que quedarse esperando a que los más débiles sigan cayendo. Naderías.

Aunque donde hay nada, no hay naderías. Las naderías ocupan lugar.

Jonás
Sábado, 16.05

En teoría hoy iba a ir con Casilda a su bar favorito, pero ha habido un contratiempo. Un amigo los llamaba cortatiempos, porque cuando pasan se corta el tiempo en que tenías previsto hacer lo que consideras tu vida normal.

Para mi abuela no es una cosa ni otra, es una catástrofe. Una persona ha pasado a su lado muy deprisa, la ha desequilibrado, se ha caído y se ha roto la cadera. La persona ni se ha dado cuenta porque para cuando mi abuela se ha caído ya había doblado la esquina. Mi abuela no podía sacar el móvil, ha estado esperando tumbada en el suelo a que pasara alguien y la viera.

Hágase aquí una ramificación del tiempo. Se abre una vía paralela de las horas y mi abuela flota alegremente en el espacio mientras espera que la nave nodriza la venga a recoger. Eso, por no pedir el imposible retroceso de la flecha, la prisa del viandante, suprimida; su ciega indiferencia o su necesidad ansiosa y exigida de llegar pronto, suprimidas; el viandante no la empuja y el cortatiempo no pasa.

Mi madre llamó angustiada. Había aceptado trabajar este sábado y no la dejaban salir. Si lo hacía, la penalizarían con graves consecuencias. Su hermano había ido de excursión con la familia, no daba con él. Y Celia, mi hermana, estaba de viaje en Mannheim.

He cerrado la tienda y me he plantado en el hospital. Mi abuela esperaba en urgencias, serena pero con dolor. Le dieron calmantes. Dos horas después le hicieron una radiografía. Hay que operarla, no puede ser hasta el lunes, intentarán adelantarlo al domingo.

En cuanto la han llevado a una cama provisional, se ha dormido.

León
Sábado, 22.00

El auditorio está lleno. Es amplio, luminoso. Sillas negras, incómodas. Público alternativo, más o menos. El libro de Alma Moriano trata de usos políticos posibles para la tecnología. Con respecto al clima, a las crisis de recursos y al establecimiento de otras prioridades. Una lista de deseos inteligente, aunque solitaria. No sé quién podría hacerse cargo.

El moderador abre el coloquio, parece que nadie se decide a preguntar. Si supieran quién soy, para quién trabajo, quizá no esperarían una pregunta como la que me dispongo a hacer. Porque también a los integrados nos etiquetan. Porque no saben qué queremos y qué querríamos querer. Rompo el fuego:

—Muchas gracias por tu interesante presentación. Has escrito que el mercado en su alianza con la tecnología no solo compite por la atención de los individuos, sino también por su monólogo interno. ¿Dónde crees entonces que pueden atrincherarse los sujetos para no sucumbir a esa captación creciente de lo que les define: su diálogo consigo mismos, su lucha contra el miedo, cierto dominio sobre sus deseos?

Me mira. Es como si estuviera tratando de identificarme. Se toma su tiempo.

—En los vecinos —es su extraña respuesta.

Pregunto:

—¿Puedo volver a intervenir?

—Sí, si es breve —dice el moderador.

—Los seres humanos huyeron de las aldeas, del acecho informal de sus vecinos, en busca del individualismo libre de las ciudades. En mi opinión, como temían la violencia y el caos, aceptaron ser vigilados a través de la tecnología. Creen que es menos invasiva que las relaciones de vecindad, pues les permite manifestarse tal como son. ¿Por qué iban a volver a sus vecinos?

—Para conseguir tener el control —dice.

Luego cuenta la historia de Ciudad del Cabo. En 2018, después de tres años de terrible sequía, la alcaldesa anunció que en el mes de abril iban a activar un sistema de racionamiento del agua, a no ser que antes se hiciera un esfuerzo colectivo para reducir el gasto. Primero se puso en marcha un sistema de subidas de precio y prohibiciones. Y luego se añadió lo que realmente produjo el cambio: un sistema de información que entregaba el control a la ciudadanía. Consistía en

109

instalar medidores en los edificios para que en cada casa y en cada barrio supieran cuánto estaban consumiendo. No fue equitativo, las familias acomodadas podían compensar el ahorro con dinero. Pero dado que se conocía el gasto y el derroche, se pudo intervenir y fue más equitativo de lo que lo hubiera sido el racionamiento impuesto, finalmente evitado pues se logró el ahorro suficiente.

Hace una pausa, deja de mirarme y se dirige al resto del público:

—La otra opción habría sido cambiar los sensores baratos y la organización por barrios por un control desde arriba. Seguir entregando datos para que una gran corporación los gestionara con toda la opacidad, es decir, los intereses ocultos, y el exceso de vigilancia a que nos tienen acostumbrados las grandes corporaciones. O, dicho de otra forma: no gestionar la sequía, sino gestionarnos a nosotros durante la sequía.

Entonces lo dice: «Recuperar el control permite recuperar la responsabilidad».Y sé que he encontrado una interlocutora.

Tengo tantas preguntas que hacerle. Pero no es el momento. ¿De dónde sale el impulso para exigir ese control cuando las autoridades no lo entregan? Después de que los individuos hayan ido cediendo sin resistencia sus patrones de comportamiento, ¿por qué va a cambiar la tendencia? ¿Solo por unos sensores baratos? ¿Dónde está el punto de apoyo?

Escucho el resto del coloquio. Casi todo lo que dicen es bastante sensato.

Minerva
Sábado, 22.00

No me gustan los hospitales. Intento vivir como si no existieran. Cuando, de repente, llega el día en que existen, tengo que acudir a la química, pastillas que me tranquilicen y endulcen la realidad.

A nadie le gustan los hospitales, supongo. Pero hay quien se sabe acostumbrar. A mí me cuesta. Demasiados recuerdos. Aunque otras personas, no lo dudo, tendrán más y peores recuerdos que los míos. Imagino que maduraron hacia un espíritu más animoso.

Por otro lado me pregunto a qué se debe que nadie legisle para ellos: tanta progresía que alcanza el poder, ¿acaso no podría legislar para que no hubiera una sola habitación de hospital desde donde no se vieran árboles? Por no hablar de más personal, o de reponer los centros de urgencias de los barrios que descargaban las hospitalarias. Incluso yo me manifesté para pedir esto último, en un arranque de impaciencia ardiente que no logró nada.

Tengo siempre al menos dos Minervas dentro de mí. La que prosigue y prosigue en el carril predeterminado, y la que, como nuestros observados, también exclama, también se asombra ante lo que no se hace, también escucha esos bellos discursos sobre los cuerpos vulnerables y quiere que estalle la inacción, y comprende la guerra de Casilda contra las palabras vacías, y desearía forzar un careo entre los discursos y las vidas que no pueden poner el dolor entre paréntesis.

Jonás ha vuelto por la tarde al hospital. Me las he ingeniado para escuchar la conversación con su abuela.

Mis jefes, y los jefes de mis jefes, han comprado la retórica de los cuidados por el negocio que proporciona. Pero no los contemplan con seriedad. Los sujetos imaginarios con los que trabajan están al margen de esa quebradura que es la parte delantera de la vida, la quilla que rompe las aguas y permite avanzar.

Para ellos, la caída de la abuela de Jonás es una oportunidad de negocio: desplegarán su publicidad segmentada y Jonás, su madre, su tío, su abuela si usa internet, empezarán a recibir anuncios de clínicas de fisioterapia, de empresas de seguridad y otras que gestionan cuidadores a domicilio, de servicios médicos privados y de alquiler o venta de sillas de ruedas inteligentes. En la empresa donde trabaja la madre de Jonás saltará un aviso con respecto a un posible descenso de su productividad.

Lo que tengan que decirse Jonás y su abuela no les interesa; en principio. Digo en principio porque proyectos como Recalcitrantes deberían contemplar otras variables, las de difícil medida.

Jonás entra. No puedo verle. Deduzco, por el tono de su voz, que está muy cerca de su abuela. Aventuro que le ha cogido la mano.

—Hola, Jonás. Ya me ha llamado tu madre. Dice que vendrá a las nueve. Le he dicho que no venga, estaré durmiendo.

—Seguro que viene.

—Sí, ya lo sé. Pero tú puedes irte. Estoy bien.

—Me quedo un rato.

—Pero poco, ¿eh? Las visitas cortas son las mejores.

—¿Cómo lo haces, abuela? Yo, si fuera tú, estaría pidiendo compañía y hasta la exigiría, te la has ganado.

—La compañía no se puede exigir. Si están obligados, no es compañía.

—¡Eh! ¡Que me acuerdo! Eso te lo dije yo cuando estaba con una novia que, en realidad, no quería estar conmigo.

—Soy muy buena alumna. Como no pude estudiar, nunca desaprovecho la ocasión de aprender algo. También decías que era como los chistes. No puedes pedir a alguien que tu chiste le haga gracia.

—Sí, me lo contó un amigo.

—Ah, pues muy bien. Aunque los pensamientos no son de nadie.

—Tienes razón. Están por ahí, como el polen.

—Jonás, me han dicho que seguramente no necesitaré prótesis. Me pondrán unos clavos y en cuatro semanas, con rehabilitación, podré volver a andar.

—Eso me han dicho a mí también.

—El nieto de Lola es fisioterapeuta. Hablaré con él para que me rehabilite. Y tú, ¿te has rehabilitado ya?

—Yo no me he roto nada.

—¿No te habían roto el corazón?

—Eso ya pasó.

—¿Hay alguien?

Silencio de dieciséis segundos.

—Hay alguien —dice su abuela.

—No, o sea, podría, pero, de momento, no. Oye, estás preocupada y no me lo dices. ¿Te duele?

—Me han chutado dos calmantes. Es la vejez, Jonás.

—Lo de la cadera va a salir bien, abuela. Incluso si saliera mal, que no va a pasar, ahora hay unas sillas de ruedas que son medio motocicletas, serías una conductora fantástica.

—No me hagas caso. Me quejo pero mira, lo mejor de mi vida empezó a los sesenta. Ahí fue cuando me eché a perder.

—¡Tú no te has echado a perder!

—Claro que sí. Y estoy muy orgullosa. Me eché a perder. Salía a bailar con las amigas. Desatendía a los nietos y a tu abuelo. Tampoco es que me largara. Hacía teatro de calle en la asociación de vecinos. Alguna vez te llevé. Si me necesitaban mucho, cuidaba, pero ya de otra manera. Cuando tu madre se separó, cuando tu abuelo enfermó. Cuando tu prima tuvo el accidente y se rompió cuatro costillas y una pierna. Aunque ya nunca dejé de estar echada a perder. Ay, hijo, qué lata te estoy dando. Es que aquí se piensa mucho.

—Nada de lata. Me parece que tú llamas echarse a perder a vivir la vida.

—No... Es que no sé por qué todo es como un péndulo siempre. A mí me enseñaron que la vida eran las obligaciones. A vosotros os han enseñado que la vida es lo que no es obligatorio, la pasión, ¿no? Eso solía decir tu padre: quería que trabajaras en lo que te apasionase.

—Es una frase de cuento de hadas, abuela. Hay muy pocos trabajos que puedan apasionarte todo el tiempo.

—Ahí hay mucha tela que cortar, sí. Pero a lo que voy es que la vida son las dos cosas, Jonás, pasiones y obligaciones, es todo el caminito que hace el péndulo, no solo un lado, o el otro. Yo cuidaba mejor cuando volvía de mis teatros y mis bailes. Cuidaba menos tiempo, pero las cosas hay que repartirlas.

Corto y cierro.

León
Domingo, 15.30

Un hombre de edad venerable me dijo una vez: «Hay que apelar a los comienzos». No quería detenerse, no quería mirar atrás, sino probar nuevas rutas hasta el fin de sus días. La primavera empieza a abrirse camino en el frío del mes de enero. Puedo notarlo. El sol de hoy conoce su poder, ya no hay retroceso, los días serán cada vez más largos.

Sobre el ladrillo, sobre las mangas de mi jersey de lana y filtrándose por el tejido hasta tocar mi piel, ese sol dice: hay que apelar a los comienzos.

Con veinte años menos habría obedecido. Y ahora, ¿es que no sueño con salir de casa y dirigirme a un café, un local, una aplicación donde un nuevo comienzo pudiera estar esperando? No voy.

Tampoco confió en la virtualidad. Aunque se diga que las partículas virtuales no ocupan lugar, es falso. Todo mancha, todo emite calor, todo deja huella.

Además, esas aplicaciones me importan solo si se materializan, si me llevan a un encuentro físico bajo este sol casi de primavera. Pero a mis años, ya no se recomienza igual.

El deseo sin control se manifiesta unas horas y luego aterriza. El sol me llena de nostalgia, es una mariposa, la apreso en el bote de cristal. Cierro la tapa, la miro. Si te dejo salir, tendrás que irte.

Minerva
Miércoles, 02.08

Tareq me es infiel. A estas alturas de mi vida espero que no sea un drama, aunque me muerda el alma. O el ánimo.

Yo también le he sido infiel. Hace tiempo.

No voy a decirle que lo sé. Tampoco él me lo dijo, aunque creo que lo supo.

Esta vez no es igual. Lo presiento, lo percibo y casi puedo tocarlo. En aquel tiempo yo tenía hambre de vida. No digo que él no la tenga ahora. Lo que advierto es que, además, quiere poner sus fichas en un lugar distinto. Ponerse él en un lugar distinto.

Está en esa edad. No va a aceptar que ha alcanzado su tope y que solo le queda mantenerlo, afianzarlo quizá, y luego, la caída. Se irá. Lo veo. No pienso espiarle.

Cuando noto el mordisco, algo dentro de mí clama venganza. Tramar una. No obstante, si ocurre tampoco me vengaré. No tengo demasiada confianza en los argumentos, pero a veces una idea es como una demostración matemática. Leí que la venganza se quiere cuando te encuentras impotente; si se elimina la impotencia, el deseo de venganza desaparece. Habrá quien no lo comparta. A mí me cuadra.

¿Vengarse de la tercera en discordia? No vendría a cuento. ¿Vengarse de la persona en que Tareq se ha convertido? ¿De la persona que fue y que está desapareciendo?

Sigo viviendo como si no supiera nada. El tiempo dirá.

En mi trabajo sí me encuentro bastante impotente. Quieren que sea eficiente pero no me permiten escoger los fines. Por eso tramo.

Casilda
Miércoles, 08.05

Después de un día entero de reuniones en una ciudad gallega, por fin un rato libre.

He salido a pasear, aún era de noche. Ahora ha amanecido. Entre los arbustos, en el verde del suelo, de las hojas, y en algunas camelias rojas pequeñas, prematuras, encuentro una fuerza difícil de abatir. Digo mi plegaria laica: «El silencio es la voz de la tierra y de las generaciones que ya no están».

Nuestros pensamientos son células, sangre, oxígeno, además de formas estructuradas mediante el lenguaje. Intento creer que esta materia nunca separada de su forma tendrá la capacidad necesaria para generar una reorganización del mundo. Que lograremos frenar a quienes ya han elegido la muerte de millones de seres humanos.

Noa ya ha vuelto. La acabo de llamar para describirle lo que veía, esa fuerza. Me ha dicho que no me haga ilusiones. Ella no ha estado en un bosque. Ha estado allí donde se deciden los sacrificios ajenos: una reunión de las filiales europeas de un gran fondo de inversión. Tiene mucho que contarme.

TERCERA PARTE

DOS MESES DESPUÉS

IG3 de AMX
Jueves, 06.30

Nos interesan los dilemas comunicativos. Uno de los más conocidos es el doble vínculo. Se produce cuando una persona, o también, por qué no, una empresa u otra institución, emite dos mensajes contradictorios e imposibles de satisfacer por quien los recibe: «Me gustaría que fueras más espontáneo», o «Es que nunca me das una sorpresa». La persona que escucha queda bloqueada: no puede planear un acto espontáneo, tampoco puede dar una sorpresa pues ya no será una sorpresa sino la obediencia a una petición, y en ambos casos temerá el reproche implícito: no lo estás haciendo porque te salga, sino que he tenido que pedírtelo.

Nuestra corporación emite a gran escala mensajes de doble vínculo, entre otros: «Tienes que disfrutar» –pero ¿cómo va a ser el disfrute obligatorio?–, una variedad del «Relájate», «Sé tú mismo», «Cumple con el mandato de no cumplir con el mandato».

Quizá no lo saben pero el segundo frente abierto por la organización de Casilda ataca nuestras estrategias de doble vínculo, en concreto una que llamaríamos: «Honra las concepciones éticas que has elegido». ¿Dónde está lo contradictorio en ese aserto, dónde el dilema, cabría preguntar? Está en lo que no se dice: «Hay que –y a continuación, pongamos– tratar a las personas como fines y no como medios», cosa que, se sabe, no se hará dadas las actuales circunstancias porque quien lo desea no puede hacerlo, y quien puede no lo desea.

A este segundo frente lo hemos llamado HUMA, de humanidad, según un sentido leve de la palabra. El sentido no leve sería el de humanidad como conjunto de rasgos esenciales, supuestamente, de nuestra especie. El que usamos designa lo amable y otro pequeño abanico de comportamientos no ligados a la rentabilidad inmediata.

En principio es un frente poco preocupante. Sin embargo, nos constituyeron como grupo para considerar lo trivial que un día se transforma en sistema capaz de reproducirse y mantenerse por sí mismo.

Los hechos. Una de las personas contactada por la organización es enfermera. A la salida de una reunión les cuenta el conflicto que se está viviendo en su servicio.

Dos bandos. Por un lado: quienes quieren salir una vez terminado el trabajo, consistente en practicar determinado número de pruebas complejas; si todo va con rapidez, salir al terminar podría suponer ganar media hora o cuarenta y cinco minutos a su horario.

Por el otro: quienes dicen que entonces el trabajo se hace con prisa y, aunque sea correcto, se pierde humanidad. El tiempo ganado para salir antes se le quita al trato humano con el paciente: una broma, una pregunta, un apretón tranquilizador en el hombro o en la mano.

Se vota. Salir antes: treinta y tres personas. Cumplir el horario: cuatro, incluidas la supervisora y la enfermera que lo cuenta.

Exclamaciones de incomprensión. La enfermera responde:

—No es tan fácil. Las que estamos a favor de quedarnos llevamos muchos años trabajando. Tenemos complementos, trienios, y una vida más asentada. A veces ganamos hasta mil euros más que las jóvenes. Ellas tienen alquileres, hipotecas, letras de coche. Alguna tiene niños pequeños. No lo justifico. Digo que esta forma de vida no ayuda.

Siguen hablando. Alguien de la organización propone redactar un texto y moverlo por servicios de distintos hospitales. Lo hacen. Y lo titulan: «Humanidad».

Lo escriben sin demagogia, sin ocultar las diferencias de sueldo ni el deseo de llegar antes a casa, ni el largo combate por mejorar las condiciones laborales; sin ocultar tampoco la diferencia radical entre un trato meramente productivo y uno humano, menos apto para ser valorado con incentivos empresariales. Y en dos trazos hacen aparecer la llama pequeña, como de una vela, de la persona que se acerca indefensa a la prueba, una, veinticinco, dos mil quinientas, un incendio de vidas desazonadas por un cuerpo que no responde, temiendo menos al dolor que al resultado, solas, mientras la prisa las deja todavía más solas.

No cuelgan el texto en redes, piden que nadie lo haga. Cuando, como era previsible, alguien lo muestra, los debates ya se han extendido.

Hemos tenido acceso a algunos. Son pausados y contribuyen a estrechar vínculos. Eso nos perjudica. No se han planteado como una pelea entre bandos, sino como una necesidad de poder intervenir en el sentido de lo que se hace. El argumento del dinero, que siempre contribuye a opacar a los otros, se aborda de forma diferente.

Porque la premisa la comparten los dos lados. Nadie defiende que sea mejor apresurarse con los pacientes, aun cuando quieran salir antes.

Aquí tampoco hay ángeles. El tiempo pesa y el cansancio también. Pero han adoptado la humanidad como principio. No nos conviene nada.

Estamos en un punto de inflexión. Si hacemos ahora bandera publicitaria del trato humano, nadie nos creerá. Y con nadie nos referimos a ese porcentaje decisivo que inclina la balanza. Ese porcentaje se nos está yendo.

Les impusimos el cansancio, que resultó ser un activo, una ventaja comparativa para aplacar tanto el sentido crítico como la acción. Hoy empieza a convertirse en causa de una inquietante inestabilidad.

León
Sábado, 10.30

Me preocupa Minerva. Una vez me dijeron: es mejor estar perseguido que estar solo. Aunque tiene un hijo y una pareja, es posible que esté tan sola como yo. La compañía acompaña. Pocas veces mata la soledad.

Minerva ya apenas comparte archivos conmigo. Ni siquiera sé si lee y escucha lo que yo le mando.

Está buscándoles. A quienquiera que sea que nos tenga en su punto de mira. Si es que hay alguien.

El proyecto es mío y voy a seguir adelante. Seré prudente como me ha pedido, no digitalizaré todo. A mi vez le pediré: no te excedas, no les provoques.

Casilda
Sábado, 23.00

Hoy no tenía que haber ido a la reunión. Ha tocado una de esas discusiones cíclicas, no sé cómo Verania consigue atenderlas. Aunque a veces no atienda del todo. Pone cara pero sé que está en otra parte.

Colapso: la ley de la selva, la rapiña, la naturaleza humana que saca lo peor de sí misma en las situaciones de escasez.

¡No, no! Paraísos en el infierno, solidaridad, apoyo comunitario, la naturaleza humana que en la adversidad muestra lo mejor de sí misma.

Y hablar como si tuviéramos pruebas de lo que va a ocurrir. Pero nadie las tiene.

Hay una forma de conocer que consiste en actuar. Militamos, también, por eso. Querría decirlo y sé que, precisamente porque hay una forma de conocer que consiste en actuar, no puedo adelantarla con una frase.

Escucho, aprendo, con estilos y credos diferentes nos acercamos a la verdad concreta. Luego, camino de casa, recuerdo.

El otro día Jonás me llamó por teléfono. Nunca llama directamente, siempre pregunta antes por escrito. Así que contesté aunque estaba en el trabajo. Me propuso quedar a las nueve en el Juglar, un bar cerca de su barrio. Habrá música en directo, dijo.

El bar era pequeño. A las nueve y media pasamos a una sala más grande al fondo. Los instrumentos ya estaban en el escenario. Fueron saliendo los cuatro músicos. Después llegó Piluka, una mujer nave, carnal, alegre, misteriosa sin tener que fingir misterio sino por lo que irradiaba, valor de valentía. Se hacía cargo de su envergadura, del paso del tiempo, y daba vida, vida entre su gente.

Cantaba boleros y algunos otros temas aleatorios. Aquello era lo que suele llamarse un recital o un concierto, y también algo que nunca volvería a suceder igual, pues dependía de las personas que estábamos ahí, muchas del barrio, fieles, otras nuevas, del sitio, del día que traía ella, traían los músicos, traíamos. Iba más acá y más lejos de la atmósfera creada por nuestra respiración conjunta y de la sensación de estar viviendo exactamente a la vez en aquel bastión donde nos defendíamos de saber que tantas letras eran mentira y que no importaba porque merecían ser verdad aun si solo fuera una noche como esa al mes.

Más acá porque no buscaba trascendencia alguna. Al no buscarla, amaba lo que éramos. Más lejos porque nos hacía ver que era posible existir con un impulso liberador en medio de las melodías que ceñían nuestros cuerpos bamboleantes, nuestros amores bamboleantes, los que fueron, los que ya no serían, los que aún, quizá.

Nos hacía pensar con los corazones y sentir con las cabezas de las personas fatigadas, sobrecargadas y, sin embargo, radiantes, que en un contoneo casi instintivo se mecían a nuestro lado, ella lo llama la energía circular, lo que nos dan vuelve al escenario y gira en una espiral de fuerza y de felicidad que se ríe de si misma mientras pasa.

El público sabe que a todos se nos transformará en un momento, en un abrir y cerrar de ojos, por la voz, la guitarra, la batería, el bajo, la trompeta. «¡Brava!», exclama alguien, «¡Hoy la luna te tiene envidia!», dice otra voz, y cuando aquella mujer exclama: «¡Qué verídica eres!», Piluka reflexiona sobre el adjetivo, lo acepta, lo canta. Le acompañan sus vecinos músicos que son con ironía y realidad sus internacionales. Como conoce la repercusión de los micrófonos, a veces recuerda lo que está pasando fuera, su música prepara la resistencia, la necesidad de convertir la inercia en aprender a tener poder.

Piluka baja del escenario, le hacemos el pasillo mientras canta a nuestro lado para saber si la canción es nuestra o de la noche.

Minerva
Domingo, 08.30

A juzgar por el sexo y el resto de la convivencia, nadie diría que no estamos bien. Yo apenas pienso en nosotros. En mi interior, nos hemos dado un tiempo. En el exterior, no hemos hablado, ni falta que hace; lo que tenga que ser, será.

Entretanto, sigo con Recalcitrantes. Quienes nos vigilan no son analógicos, estoy segura. Acaso les interese nuestra búsqueda de la diferencia individual, pero ellos no van a mancharse las manos.

Se limitarán a hacer unas cuantas operaciones a través de los dispositivos que usamos. Lo malo es que tampoco puedo dejar de usar el mío, porque levantaría sospechas. En realidad, debo de haberlas levantado ya. Porque ahora intento dosificar la información. Una cosa es que me escuchen y otra que escuchen a Jonás y a Casilda a través de mí. Algunos archivos ya no los paso al móvil, no se los merecen. Y espero que León esté haciendo lo mismo.

Es complicado. Tengo que permitir que me vean trabajando para que se confíen, necesito una prueba de su vigilancia.

Conozco a los jefes y a los jefes de mis jefes. Van por el mundo como esos sopladores de hojas, perdido ya el rastrillo y el silencio, solo les queda ensordecer de ruido y depender de un combustible escaso. Los sopladores lo hacen por imposición, para ganarse la vida. En cuanto a los jefes de mis jefes, contratan gurús que les enseñan atajos para obtener la concentración propia de quien sabe meditar y conseguir controlar sus estados mentales, el paso de uno a otro. Creen que así el exceso de ruido no les afectará y que el combustible estará siempre a su disposición como ahora, o como cuando deja de estarlo y envían a gente común a luchar por él. Creen, sobre todo, que nunca dejarán de pensar.

Pero están dejando de pensar. Bajan la guardia. Ya les han sorprendido por distracción varias veces. Menos de un diez por ciento sale en las noticias. No deliro, no pretendo derribarlos, ni exponerlos. Solo quiero comprar mi libertad futura.

IG3 de AMX
Lunes, 06.30

VORA, de voracidad, es el nombre del tercer frente abierto. ¿Exagerado, dramático? Ironía. Una forma de decir que no pueden hacernos daño.

Voracidad de datos, nuestra. Ansia de privacidad, suya. Voracidad de control, nuestra. Ansia de libertad, esto es, de responsabilidad, suya.

Toda esa hambre un día no demasiado lejano podría ser hambre de alimentos.

El hecho es que están deshaciéndose de sus teléfonos inteligentes. La tendencia tiene varios años. Pero en su caso no es moda, sino acción organizada. La mayoría los está sustituyendo por móviles no inteligentes, o tontos, aquellos ladrillitos de antaño sin conexión a internet.

A veces les cuesta y van cambiando la tarjeta del tonto al

125

inteligente según sea o no día laborable. Otras veces el cambio es radical. Al menos, algunos han vuelto al mp3 con bluetooth para escuchar música mientras se desplazan, sin advertir que así abren una brecha y volvemos a alcanzarles. Como no sospechan, no perciben nuestro aliento en el cogote.

Siempre hay díscolos. Gente que se harta o que intenta innovar retrocediendo. Esto es distinto. Se ocultan. Ponen pretextos, por ejemplo, que no quieren ser usados en el futuro inmediato, no quieren acabar viéndose obligados a comprar dispositivos que aporten una parte de la capacidad necesaria para el desarrollo de la inteligencia artificial. Se niegan a formar parte de la red de millones de procesadores individuales trabajando para nosotros.

Si vamos a exigir colaboración a cada persona con un dispositivo, alegamos, es porque luego todas ellas querrán beneficiarse de los avances que se produzcan. Entonces exigen que demostremos que esos avances se ofrecerán con justicia a todas las personas según su necesidad y no según el precio que puedan pagar. Y preguntan si lograremos hacer algo más que paliar levemente algunos de los problemas que nosotros hemos creado.

¿Una respuesta honesta?

a) No se ofrecerán con justicia ni según la necesidad. No somos un Estado con ínfulas socialdemócratas. Somos empresas. Y

b) Esperamos obtener un veinte por ciento de soluciones a problemas que no hemos creado, enfermedades infrecuentes, cosas así. Otro veinte por ciento a problemas que, directa o indirectamente, sí hemos creado: alivio o cura de algunos cánceres y enfermedades degenerativas en poblaciones por cercanía de vertidos y otras emanaciones, o por presencia de contaminantes en toda la cadena de la vida, o por, entre otros pormenores, angustia ante diagnósticos cuyo único fin es poder aplicar medicamentos de graves efectos secundarios, propiedad de empresas que suelen tener relación con las nuestras.

Lo que nos deja un sesenta por ciento de problemas que

no vamos a poder resolver pese a haberlos creado o, al menos, acelerado.

De acuerdo, ¿y? Deben reconocer que además de crear problemas hemos hecho la vida más interesante y vivible para un conjunto amplio de personas. Cosa que saben. Incluso cuando huyen y se van a un pueblo lo primero que piden es que tenga internet.

¡Monopolio radical!, resoplan ellos. Veamos. Hacen uso del contenido que ofrecemos y al que están dispuestos a reconocer algunos méritos, la gran biblioteca de tutoriales, los ríos de conocimiento compartido. Pero, argumentan, hemos hecho que la conexión sea obligatoria, forzosa para la vida diaria, para la comunicación con familiares, el trabajo, el banco, compañías administradoras de salud, energía, ocio, logística, ministerios, todo. Convertimos los servicios en inaccesibles si no es a través de nuestras autopistas. Cerramos las otras vías. ¿Y qué? No hay ángeles, repetimos. Si quieren otras vías, que las construyan. Ah, pero les falta empuje, capital, y sus tan loadas instituciones también dependen de nosotros.

Ahora se alejan. No es una moda. Las modas van y vuelven. Es un plan. Parece una minucia. Ciento treinta individuos contabilizados. Si cada uno convence a tres que a su vez convencen a otros tres, rebasaríamos el millar. Sigue siendo una minucia. Pero nos mosquea. La fantasía de la cadena exponencial tiene una base material. El siguiente paso son tres mil, nueve mil, veintisiete mil, ochenta y un mil, doscientos cuarenta y tres mil.

Seguimos preguntándonos hasta qué punto la fe nos conviene. Creen que pueden hacer cosas, se esfuerzan, siguen aspirando a mejorar lo que hay.

Supimos incentivar el cinismo. Que no creyeran en nada. Que pensaran que cualquiera les podía estar mintiendo, se aislaran y fueran a lo suyo. Porque entonces aparecíamos nosotros. Venderles «lo suyo» es nuestra especialidad.

Pero estaban empeñados en creer. En qué parecía lo de menos: la tierra plana, las soluciones imposibles, distintas variedades de lo espiritual, lo común, la dignidad, el enemigo. Nos diversificamos. También podíamos venderles sabores de todo eso. El consumo, sin embargo, empieza a peligrar. Racionamiento, qué palabra tan fea. Mucho mejor: sistema de precios. El racionamiento es más justo. Pero es feo. El sistema de precios exhala una frenética ilusión de libertad y ha funcionado hasta ahora.

¿Qué haremos cuando el desabastecimiento, que asoma de vez en cuando, nos alcance de lleno? Ni siquiera con los precios dinámicos, ajustados no al nivel de renta, ni al de necesidad, sino al de lo que podemos extraer de cada uno, podremos afrontar lo que se nos viene encima.

Necesitamos toda nuestra vigilancia corporativa. Ampliar y no ceder ni una gota del poder que conquistamos para gobernar sus decisiones.

Y, como espolvoreados por el azar, en distintos entornos se resisten. Nos interesa este al que nos ha llevado León. Son pocos pero lo hacen a conciencia. Rechazan la transcripción digital. Exigen la dichosa materia: el cómo, el tempo, la desviación, la cualidad que surge de la conciencia individual imbricada en lo colectivo y convierte cada acto en irrepetible.

Confiamos en que su fe les distraiga y al final les equivoque. No es una fe religiosa, homogénea, no contiene promesas de otra vida. Aprecian esta vida. La aprecian demasiado. Y no nos conviene la determinación que tal aprecio trae consigo.

Jonás
Martes, 20.00

«Todos comprenden que la vida es una cosa de siesta postergada».

No sabía que Casilda fuera lectora de poesía. Le dije que yo no logro entrar en esos libros, que nunca he podido, y ahora me manda versos de vez en cuando. El de la siesta me gusta. No lo entiendo del todo y al mismo tiempo está muy claro.

Mi abuela ya ha vuelto a casa. Anoche la llamé y le dije que gracias a ella me estaba echando a perder con una chica y que todo iba bien, aunque no sepa lo que va a pasar. Se rio como en cascada. Le alegraba y lo mostraba. Luego empezó a contarme sus aventuras con el fisioterapeuta. «Es un encanto —dijo—. Me enseña yudo colaborativo. Dice que las edades en su grupo van de los diecisiete a los ochenta y tantos. En cuanto me rehabilite quiere que me una. Deberías apuntarte conmigo».

Le digo que quién sabe, que me lo pensaré. También le digo que si me apunto, ella tiene que venir conmigo a ver a la Piluka y sus internacionales del bolero. Se vuelve a reír. Y me dice que va a colgar, que le está sonando el teléfono fijo.

En el fondo no soy tan distinto de Casilda. Me resisto a su modo de actuar precisamente porque reconozco esa pulsión y no quiero despertarla otra vez en mí. Esa especie de energía sobrante o desencajada. He intentado templarla, esparcirla en dosis pequeñas. Como cuando pulverizas el agua sobre las hojas de las plantas. Pero no puedo.

En lugar de algo que falta, hay en mí algo que sobra. No es ir de sobrado, para nada. Al revés. Eso que sobra me propulsa contra las cosas, me hace meter la pata, ser impremeditado. Estoy tranquilo, pero esta vez no debería equivocarme. Tiene que haber alguna manera de sortear mi piedra, de no cometer los errores que ya cometí. Porque sé que algo se está preparando en mi cabeza, algo que, cuando menos lo espere, me arrastrará.

León
Miércoles, 06.40

Minerva lo sabía y no me lo dijo. Admito parte de culpa. Voy más lento. ¿Son los años, es por Tiago? ¿O es solo que Minerva ha hecho de esto una cuestión personal?

Sin embargo, también para mí es personal. El trabajo, en mi caso, siempre ha sido una cuestión personal. Minerva sabía que Casilda iba a deshacerse de su smartphone. No solo no me lo advirtió, sino que se niega a darme el número de prepago del nuevo teléfono de Casilda. Dice que no lo tiene. Sé que no es verdad. Cada vez amanece antes. Lo celebro. No me gusta levantarme de noche. Ayer vi a los amigos de siempre. Exceptuando a los que han ido a parar al lado de Tiago. Me acosté tarde, pero es inútil, aunque no quiera sé que entre las cinco y media y las seis me despertaré. Antes, en aquella otra vida, me gustaba quedarme un rato más en la cama. Mis amigos están tranquilos: casa propia, sueldo, fondo de pensiones. Tranquilos e inquietos. Puede que estos tiempos sean inestables como todos los tiempos, pero la sensación de final de trayecto está aquí y se acentúa mes a mes. La sensación de que no hay nadie a los mandos y esto se nos va de las manos. Casi todos, me pareció, prefieren entregarse a la ingenuidad. Eso sí, pretextan, una ingenuidad informada. La tecnología, dicen, será cada vez más fácil de usar y será infinita. La mano de obra hay que pagarla, dicen, pero podrá haber, por ejemplo, infinitas líneas telefónicas a las que llamar para que te solucionen todo tipo de problemas: gestiones administrativas, supervisión médica, hasta las ganas de hablar.

No puedo creer que lo crean, pero sí, lo creen, porque un amigo de un amigo trabaja en tal lugar y les ha dicho…, o lo han leído, o lo han oído en una conferencia.

Quiero preguntarles si habrá también cables infinitos y satélites infinitos, baterías infinitas en sus móviles, dinero infinito para alimentar a los supervisores humanos infinitos y combustible infinito para trasladar a mecánicos que, en algún momento, tengan que reparar una avería analógica, por no hablar de otros sectores más peliagudos, agua infinita, alcantarillado eterno, mantenimiento infinito de suelos, paredes, cocinas, vigas, hospitales, obras públicas.

Claro que tal vez no haya supervisores ni reparaciones porque el error será también cotidiano e infinito. Callo. Si hubiera una salida intentaría llevarles la contraria. No la veo, al menos de momento. Solo esta sensación de prisa con la que se avanza a trompicones. En mi sector hay personas honestas; no muchas, pero las hay. Una gran parte ocupa puestos de vanguardia. Son las que acaparan los recursos pero no para sí mismas, sino porque honestamente esperan encontrar una solución.

Por ejemplo: que la inteligencia artificial se enfrente al problema de la energía tal como se está enfrentando al plegamiento de proteínas. Y que una vez solucionado, se encadenen los avances: la síntesis de materiales, el agua, el sistema inmune, la fotosíntesis artificial, la recuperación de los océanos.

A mí, que también soy honesto, me cuesta creerlo. Quizá deberíamos haber sido más claros con las metáforas. Ni nube ni pequeños conos de sol con partículas de bits. Humo, minerales, el ruido de la refrigeración y de las fuentes de alimentación, la goma de los cables en el fondo del océano, la respiración de las personas que en distintos lugares del mundo trabajan exánimes. Todo eso se parece más a una cocina industrial donde la mayoría de los trabajadores no tienen papeles ni seguro médico, que a una suspensión de microscópicas gotas de agua flotando en azul aparente de la atmósfera.

El grupo de Casilda y de Verania habla de sacrificio. Si tiene lugar, si nos sacrifican, no vamos a librarnos: ni mis amigos, ni Minerva ni yo mismo. Ni, por supuesto, Casilda y compañía, por más que con sus móviles antiguos pretendan colocarse fuera de nuestro radar.

Ya viví, Tiago, y me voy para soñar que puedo vivir otra vez. ¿Volveré a ver en tus ojos un pequeño destello de aquella admiración que me tuviste? La respuesta, en la cocina, ardiendo. En archivos digitales que no quiero mirar. En mi pobre memoria.

Lo que Minerva no sabe es que conozco el número de su

móvil de prepago. El suyo, sí, comprado hace semanas, antes incluso de que empezara este proyecto.

Mi empresa tiene contactos con un bazar que vende tarjetas vinculadas a DNI de ancianos y otras personas que jamás sospecharían que alguien está usando un móvil con su nombre. Hacemos nuestros intercambios.

Un día vi a Minerva en la zona, dos bocacalles delante de mí. La seguí involuntariamente, íbamos en la misma dirección. Ella entró en el bazar. Pensé que sus dueños suministraban a otras empresas, no solo a la nuestra, como nos habían dicho. Minerva salió pronto. La dejé ir y entré bastante enfadado. O estaban con nuestra empresa, o con la de Minerva, les dije. Y añadí que rompíamos nuestro acuerdo. El dueño parecía genuinamente sorprendido. Le describí a Minerva.

—Esa mujer —dijo— solo ha venido a comprar un móvil.

Como prueba de su lealtad para con nosotros, aceptó darme el número. El móvil ha permanecido inactivo. Pero si lo conecta me enteraré.

Jonás
Sábado, 17.00

—Fue una tontería y una imprudencia, Casilda. Y para nada.

—No hemos sido nosotras —dijo—. No podemos controlar a cada persona.

—Os van a encontrar. Os juzgarán.

—Pero si tú mismo lo has dicho: es una tontería. No ha habido daños de ningún tipo.

—Sí, pero en dos aviones. Los aviones les obsesionan. Además, han quedado en evidencia. Aunque la brecha de seguridad se haya usado para una tontería, podría haber sido muchísimo peor.

—Pues se equivocan. Un papel no es metal, no es líquido. No puede causar ningún daño y no lo ha causado.

—Dime que no lo sabías.

132

–No lo sabía. Pero si lo hubiera sabido a lo mejor no me habría opuesto. Son cuatro frases, Jonás. Estábamos al aire libre. Andábamos deprisa. Yo había apagado mi móvil. Casilda también había apagado el suyo, aunque ahora usa un Nokia antiguo y de prepago. De buenas a primeras, le he dicho:

–Te quiero. Vale, no sé cómo, no sé qué tipo de relación quieres, o queremos.

–Hmmm… Con la calma. Y yo también te quiero, Jonás.

Voy a comprarme uno de esos móviles. Sabrán que es mío porque te piden el DNI y me niego a ir a las tiendas que te los venden con datos robados o yo qué sé. También pueden saber que el de Casilda es suyo. Sí parece más difícil meterse dentro porque no hay aplicaciones que sirvan de tapadera y tampoco datos que puedan conocer más allá de tu posición y de algunas conversaciones.

¿Paranoia? Quizá. Pero después de Pegasus ha venido Patternz, que hace casi lo mismo por mucho menos dinero, Predator, Intellexa, y los que habrá. Muchas organizaciones los usan. Se vio con Snowden en Estados Unidos, ¿por qué no iba a pasar aquí? Y, aunque no sea así, es que me mataría si por mi culpa encuentran a Casilda.

La noticia del avión no ha corrido como la pólvora; incluso quienes van por libre son prudentes a la hora de colgar las cosas. Una de las personas que encontró el papel lo fotografió, lo colgó, y se ha difundido bastante. Espero que se piense que es una acción de adolescentes románticos. Que nadie lo relacione con lo que están haciendo en su colmena, como a veces la llama Casilda.

Leo otra vez el texto. Lo introdujeron a traves de una empresa de cáterin aéreo en la caja de cartón del menú en venta de algunos aviones. Con qué candor reclaman que de una vez decrezca el número de vuelos que deteriora las condiciones de vida en la tierra.

«¿Por qué vuelas? No digas quién te espera, qué verás, qué recuerdos estás buscando. No juzgues eso, nadie lo juzga. Un billete más o menos, piensas, no cambiará nada. A lo mejor tienes razón. Recuerda solo que el fatalismo es fácil y nos gustaba lo difícil. Aún no digas no. Vuelas para salir de ti, porque a veces lo habitual es asfixiante. Piensa en otras formas de lo inhabitual que también te sacarían de aquí, piensa en bandadas de animales no alados pero invencibles».

Minerva
Lunes, 14.30

Reunión en las altas esferas. Me han convocado. Subo desde el submundo de lo analógico hasta la décima planta. Han cambiado la decoración. Ahora es más nórdica, madera clara, moqueta de sisal, tapicería de lino color marfil.

La conversación está prevista para que transcurra con rapidez, se palpa. Su orden del día tiene tres puntos:

• Recriminación por no haber detectado a tiempo el mensaje en el cáterin de los dos aviones.

• Salvada por la campana de la irrupción de los móviles tontos. De lo contrario, me recuerdan varias veces, ya estaría fuera del proyecto.

• Y triple dosis de condescendencia. Esperaban más de mí. Última oportunidad. La obligación de convencerles de que el proyecto vale la pena recae ahora sobre mí y no me dan más de dos semanas.

Esperan que asienta y me marche por donde he venido. No esperan el contragolpe.

Les digo que puedo convencerles en dos minutos. Incómodos, me los dan.

—Me han llegado noticias de que en AMX están interesados en Recalcitrantes.

Hago como si no hubiera notado el revuelo y la inquietud.

—Eso significaría... —prosigo segura de que van a interrumpirme. AMX no es como nuestra empresa, una compañía de accionariado mayoritario holandés solo presente en algu-

134

nos países europeos. AMX es una de las seis grandes, la meca, el sueño húmedo de cualquier directivo: que AMX le descubra, que le fiche, que le compre. Por eso sé que van a creerme. Quieren creerme y eso hace que ni se les pase por la cabeza que estoy yendo de farol.

Me interrumpen:

–¿Cómo lo has sabido? ¿Qué parte de AMX?

Esbozo una sonrisa lógica y suave, mi tono de voz fluye ahora con dulzura pero sin vacilar.

–Un contacto de un contacto (lo siento, no puedo dar su nombre) ha oído que tienen su propio grupo de investigación en muestras individuales. Y que les sorprendió saber que estábamos trabajando en la misma dirección. Les interesa lo que llaman refractario al análisis. Parece que se han inspirado en el título de la famosa conferencia de Richard Feynman que abrió camino a la nanotecnología: «Hay mucho sitio al fondo».

Les miro. Están atentos a mis palabras, pero no demasiado. Una parte de cada uno, me apuesto lo que sea, ha empezado a calcular posibilidades de éxito, de negocio, y también de cambio de compañía. Sigo un poco más.

–El arte, la naturaleza, las personas: en todo ello queda una parte refractaria al análisis. Lo consideran un campo que permitiría expandir el control de un modo nuevo y poco perceptible.

Ahora sí me miran. Me piden que les tenga al tanto de cualquier información que me llegue. Ellos también harán averiguaciones.

–¿Y su trabajo –pregunta la única mujer del comité– sigue la misma línea que el nuestro?

–Presumo que sí, pero no tengo información.

–De acuerdo, Minerva. Un fallo como el de los aviones no puede volver a producirse. Te vendría bien un colaborador. Joanot Puig tiene formación en escuchas y...

Interrumpo:

–Lo agradezco pero, sin duda, perderíamos el sentido del proyecto. El observador también es parte de lo observado.

135

Tenemos a León Martín, a los dos sujetos y me tienen a mí. Ir más allá supondría dejar las causas y volver a las correlaciones. Justo lo contrario de lo que AMX y nosotros estamos ensayando. Hay que estudiar con el máximo detalle a cada individuo. El infinito pormenor, y no las burdas coincidencias.

La reunión se está acabando, tengo que borrar su crítica:

—En cuanto a los aviones, mis noticias son que la propia Casilda no estaba al tanto. Tan pronto pueda confirmarlo haré un informe. Si el grupo se está ramificando y descontrolando, quizá sí convenga otro tipo de seguimiento, pero no para Casilda. Sería mezclar dos proyectos diferentes.

Miro mi móvil, quiero irme, jugar de farol cansa y me viene bien que vuelvan a su agenda, que el ajetreo devore sus dudas.

El efecto del móvil es inmediato. Tres de los cuatro sacan a su vez sus móviles. El cuarto me dice que puedo irme, que esperan mi informe y que me volverán a convocar.

Salgo victoriosa aunque desconcertada. Tenía preparado el farol de AMX y la alusión a Feynman. Ha funcionado. Pero ahora ya no estoy segura de que me estén espiando. Parecían deseosos de librarse del proyecto. ¿Y si León tiene razón y lo que ocurre es que tantos años de observar, escuchar y extraer información ajena me están pasando factura?

Dejaré abiertas ambas posibilidades. Que haya algo y que no haya nada. He de darme prisa. Si me equivoco y no nos observan, aún me quedaría una carta, más difícil de jugar; la de nuestras propias ilegalidades. Necesito un buen acuerdo de despido.

Casilda
Miércoles, 19.00

Noa se va del todo. Es lógico. Se va a vivir con su novio. Menudo palo. Aunque me alegre por Salva y por ella, estos días con Noa en casa de vuelta me he dado todavía más cuenta de lo que la echaba de menos.

Que ella se vaya, que en este momento no pueda estar con Jonás todo lo que querría, que a mi padre le duela la espalda y se pase la semana encerrado en casa, que en mi trabajo todo el mundo esté de mal humor porque los usuarios protestan y muchas veces tienen razón y lo sabemos, pero no siempre depende de nosotros arreglarlo. ¿Es todo esto lo que hace que hoy tenga unas estúpidas ganas de llorar?

¿O es que nuestra organización ha llegado a una encrucijada y ningún camino parece bueno? ¿O será aquella vieja estrofa: «Cuando quiero llorar no lloro y a veces lloro sin querer. Plural ha sido la celeste historia de mi corazón»?

Me he bajado a la calle a llorar. Es que llorar en casa es lo peor. En la calle tienes que disimular. Te vas pasando las mangas por la cara, andas deprisa para que no se fijen en ti, y siempre acabas en un rincón un poco protegido donde las lágrimas se desbordan pero te vas calmando porque te da el aire frío, aunque estemos en esta extraña primavera invernal.

Noa trabaja en una filial de una de las dos grandes compañías de inversiones del mundo. No es lo que ella quería, pero ahora le resulta complicado cambiar. Nunca le hablé de nuestra organización, la oculta. No podía comprometerla, el control en su empresa es brutal.

Esta vez ha ido dos meses a una formación que les pagaban en una ciudad de Austria. Y ha vuelto muy tocada.

«¿Te acuerdas de lo que te dije, que iba a donde se decidían los sacrificios ajenos? Pues ha sido literal. Están limpiando sus activos. Empresas que les parecían aceptables ya no lo son. Eso significa librarse de personas. En las residencias de ancianos imponen reducciones de personal por planta, abaratamiento de menús. Así con todo. Cuando la hoja de ruta no asegura la rentabilidad buscada y son empresas pequeñas, las arruinan de golpe para que una grande las compre baratas. A las grandes les dictan el número de recortes y despidos. Si los Estados no aportan lo suficiente, a costa de mil servicios necesarios, el

137

número aumenta. La digitalización y el poder de cálculo son armas, mis compañeros y yo las disparamos. Intento irme, Casilda, pero no sé cómo».

Quiero pedirle esos documentos, saber a qué llaman riesgo exactamente y cuántos despidos están generando. Pero no sé a qué se arriesgaría, qué acuerdos de confidencialidad habrá tenido que firmar. Y no quiero dejarla con el peso de haberse negado por más que hubiera sido muy comprensible. Ese peso queda, lo sé.

Según Noa, falta poco para que los Estados se vean obligados a elegir entre aliviar las crisis y controlar a la población. Entretanto, imprimen velocidad a las privatizaciones y demás saqueos, y crean la sensación de que el número de sacrificados es inevitable.

Plural ha sido, sí, la celeste historia de mi corazón. Ahora me gustaría descansar un poco. Quizá volver a quedarme embarazada. Imaginar una vida con hijos, en plural celeste. Más de dos. Parece tan loco. El mundo se está cerrando. Cuanto más nítidas son las pantallas, más luminosas, con mejor definición, más sucio y borroso se va quedando el mundo.

De pequeña, iba al monte y los monitores nos decían que había que dejar el lugar mejor de como lo habíamos encontrado. ¿Quién, ahora y a gran escala, lo hará?

Supongo que no soy más que una variable: mujer joven con cansancio, trazas de ecoansiedad y tal vez una depresión incipiente. Excepto que también soy lo contrario. Una mujer adulta que apenas necesita tomar un poco el aire y se serena también cuando las cosas se ponen difíciles, y se enorgullece de la gente buena a quien conoce y que le da fuerzas para seguir.

Vuelvo a casa. El domingo ayudaré a Noa con la mudanza. Por la tarde, cuando en el grupo hablemos de las próximas acciones, me encontrarán con ganas de jugarme un poco la piel.

Jonás
Lunes, 22.20

Ya está. Móvil nuevo. El inteligente, guardado sin batería gracias a que Bernardo tiene un amigo que sabe quitarla.

Sí, voy a preguntarle a Casilda si cree que puedo aportar algo en su grupo. Vuelco de ciento ochenta grados, ¿eh? Tampoco es para tanto. Al fin y al cabo, una de las cosas que hacía en mi anterior trabajo era encargarme del abatimiento de gases nocivos de la industria semiconductora. Abatir gases nocivos es casi una misión, ¿no?

Además, a lo mejor estoy dos meses y me salgo. Bernardo dice que me he pillado tanto por Casilda que estoy haciendo lo contrario de lo que le dije que iba a hacer.

No lo dice para meterse conmigo. Al contrario, se alegra. Pero creo que no es exacto.

No niego que pueda llegar a pillarme. Sin embargo, soy honesto cuando digo que no lo hago por ella. Si ese grupo suyo tiene comisiones o como las llamen, preferiría entrar en una donde no estuviese.

León
Martes, 21.00

Fragmento de la entrevista entre un periodista y el CEO de la empresa holandesa que posee el sesenta por ciento de las acciones de la empresa de Minerva. Se filtró ayer:

—Se rasgan las vestiduras pero les gusta. El lema del «Don't be evil» ha perdido vigencia. No es que no queramos hacer el mal por si nos detectan, es que preferimos que nos detecten a que nadie nos mire.

Va en su coche. No hay imágenes, solo el audio. Tanto el periodista como el CEO alegan falsedad, *deepfake*, prefiero forzar la traducción y llamarlo bulo profundo. Enseguida se ha difundido el análisis que así lo afirma. Pero en mi mundo algo sabemos. No parece un *fake* en absoluto. Aunque sería casi imposible demostrar que no lo es.

—Además de ser mirados —dice el periodista—, necesitamos que nos entiendan.

—Eso es una fantasía. Nos da igual. Las personas se sienten acompañadas por chat GPT, les observa, les escucha, les habla al oído. Muchas saben que no les entiende. No importa. Les basta con que parezca que sí lo hace. Y con que parezca que sí entiende lo que dice. La inteligencia analítica está sobrevalorada.

El periodista insiste:

—Al menos sí debería importarnos comprender lo que está pasando. Y así poder prepararnos para lo que pueda pasar.

El CEO emite algo parecido a una risa.

—¿Conoce usted a Edward Casey? Lo digo porque piensan igual. Según Casey no es la definición lo que importa, sino el dónde: «Ahí, en el dónde las cosas existen y se desvelan como conflicto». Nosotros prescindimos del dónde porque somos capaces de encontrar fórmulas que sirven para millones de casos, y sabemos rentabilizarlas masivamente. Acertamos muchas veces, eso es lo que cuenta.

Ahora viene lo mejor. El periodista vuelve a la carga:

—Pero no se puede eliminar el dónde.

—Yo no he dicho lo contrario. El dónde, el terreno concreto, se lo dejamos a la infantería. Y preferimos que muera a pagar por ella. Por supuesto, hacemos análisis sobre el terreno para cuando las cosas se ponen feas, y se los ofrecemos a quien pueda comprarlos. Nosotros mismos, por ejemplo. —Risas—. En eso consiste tener dinero.

«Preferimos que muera a pagar por ella». «En eso consiste tener dinero».

Los grandes medios han asumido la versión del bulo y han retirado la entrevista. Es el famoso dividendo de los mentirosos: cuando el problema pasa de no poder demostrar que algo es falso, a no poder demostrar que es verdadero. En redes se ha controlado la difusión. No es imposible encontrar el audio, pero hay que saber buscarlo: algunas de las páginas que aún lo tienen han sido infectadas.

Ni por un momento he creído que la filtración provenga de la organización de Casilda.

Ahora que lo pienso, es hábil que no se hayan puesto nombre; el grupo de Casilda solo nos sirve a Minerva y a mí. No podemos vincularlos a la organización de ecología política a la que pertenecen porque, aunque puede haber sido una incubadora, actúan completamente al margen y muchas de las personas reclutadas no pertenecen a esa organización, sino a otras o a ninguna.

De cualquier modo, las filtraciones públicas no son su estilo.

Creo que ha sido una coincidencia; tal vez un síntoma del hartazgo de mucha gente.

Durará nada, lo sabemos. Se extinguirá en tres días, harán un meme: «Preferimos que muera a pagar por ella». Vale para todo, en la sanidad privada expulsaron a mi cuñado con un cáncer metastásico, y menos mal que le acogieron en la pública: «Preferimos que muera a pagar por él». Ja, ja.

Las únicas consecuencias posibles serán internas. Espero que no afecte a nuestro proyecto, que no lo tomen ahora como buque insignia y nos asignen un contingente de vigilantes. Se equivocarían. Recalcitrantes tiene que ser ligero. Posarse lentamente para no espantar nunca a los sujetos observados.

Minerva me ha convocado otra vez. Me ha contado su encuentro con sus jefes. Luego, de la entrevista filtrada, toma la frase que cita el CEO, el dónde, ahí las cosas existen y se desvelan como conflicto. Minerva piensa que eso es cierto, y que deberíamos estar ocupándonos más del dónde de Jonás y Casilda y menos de eso que yo propongo: la piedra preciosa, la variable que no se puede modelizar porque es distinta en cada persona. Encontrar esa variable.

El dónde, Minerva, se trabaja todo el tiempo: los vínculos de cada individuo, la tierra o el asfalto que pisa. Eso da lugar a un dibujo diferente en cada caso: los vínculos van formando redes distintas que amplían la peculiaridad. Pero estamos hartos de analizar los grafos, cada figura en la que, una vez más, los individuos son solo puntos sin nombre.

Yo quiero la piedra preciosa, no porque piense que la verdad está dentro o está fuera, sino porque nunca lo buscamos todo junto. Y le digo a Minerva que no podía habérselo explicado mejor a sus jefes: lo refractario al análisis.

Ella me dice que solo ha sido un invento para ganar tiempo. Minerva se está descolgando. ¿Es que no se pregunta por qué, cuál fue el detonante, cuál, de entre todas las causas, fue la repentina, la ardiente, la que le impulsa? Por supuesto que no hablo de nada inmaterial. Pero la materia se ordena de muchas maneras.

Minerva se burla. Tiago también lo haría. El capitán Nemo de lo inasible, en busca de causas sumergidas, remotas, que puedan convertirse en justificación. Pero no. Lo que yo busco es el sitio donde se gesta lo contrario: en vez de la excusa para seguir igual, la rectificación; o, dicho de otro modo, en vez de la adulación, la negativa y la obstinación.

Ese lugar está fuera, insiste Minerva. En las irregularidades del terreno y las formas de adaptarse a ellas. Lo de dentro no nos compete, genes, corteza frontal del cerebro, bloques de neuronas, reacción a los estímulos.

Omite recuerdos, omite miedos, errores, alabanzas, marcas, omite la historia. Omite por qué unas formas de adaptarse y no otras. No es que no me entienda, es que no me quiere entender.

Vuelve a la carga: quienes estudian lo de dentro hacen experimentos. Intervienen en lo que hay, lo fuerzan para comprobar una hipótesis. Tú solo miras. Es interesante, León. Pero ¿qué puedes conseguir? La organización de Casilda pone fuera lo de dentro y se nos está escapando. Mientras tanto, yo necesito ofrecer algo para ganar tiempo.

Ni tú ni yo, digo, miramos solamente. Seleccionamos. Nos inclinamos, nos alejamos. Buscamos una caja transparente, tal vez virada un poco por la niebla. Claro que formulamos hipótesis, qué pasaría si. Y las contamos.

¿Hasta cuándo, León? Esa filtración nos perjudica, dirán que pudimos haberla evitado. Van a controlarnos más. Hagamos un documento de los que les gustan, vínculos externos, estructuras organizativas, estrategias, vulnerabilidades, lo que en el fondo siempre les interesa. Necesito una salida.

Es raro ver a Minerva con esos ojos vagamente suplicantes. Una mirada que contradice su voz desapegada, la que me habla como si todo fuera un capricho mío y ella se hubiera mantenido a una prudente distancia. No es cierto. Está, puedo jurarlo, tan dentro de la historia como yo mismo. Pero, lo admito, es halagador que me pida ayuda.

Ya he escrito mi informe. Lo llevo siempre conmigo. En casa guardo otra copia. Ninguna en el ordenador. Se lo doy. En un sobre cerrado. No quiero que empiece a leerlo ahora.

Como me has contagiado tu paranoia, le digo, léelo al aire libre y a ser posible bajo los árboles. Te has arriesgado jugando de farol con lo de AMX y estoy seguro de que nos has conseguido más tiempo del que crees, incluso a pesar de la filtración. Mi informe también nos hará ganar unos días. Luego, veremos.

Minerva me da las gracias. La veo salir de nuestro bar ruidoso y sin embargo acogedor. Me quedo.

Minerva
Miércoles, 12.00

Les he visto. Por segunda vez. No iban de la mano, sino hombro con hombro. Da igual. Podrían haber estado a medio metro de distancia. La atracción mutua cantaba. Tareq resplandecía y ella también.

La primera vez fue un poco al azar. Solo un poco, lo reconozco. Había tenido que seguir a Casilda. Como no estaba lejos de la Ciudad Universitaria, decidí darme un paseo por allí y, según tuviera el ánimo, ir o no a visitar a Tareq. Les vi salir juntos hacia el aparcamiento. La furia es una forma de pensar, lo sé, lo he aprendido. Se suspende el pensamiento a medio y largo plazo. Y se piensa solo a un plazo muy corto mientras la respiración se acelera y el rostro se enrojece para amedrentar al enemigo. Sentí furia y también, tal vez segundos después, sentí que no sabía quién era el enemigo.

Hoy es la segunda vez. He vuelto a la facultad. No me he tomado la molestia de inventar un pretexto. Me he sentado en la cafetería y me he puesto a leer el informe de León.

Han entrado y no me han visto. Ha sido una media hora después de mi llegada. Estoy, como siempre, en un lugar discreto, detrás de la columna. Pero podrían haberme tenido delante y tampoco me habrían visto. Están en esa fase en que no miran. Solo se miran.

De hecho, cuando ya tenía cada uno su café para llevar en la mano, la entrada de un grupo grande ha hecho que pasen muy cerca, sin verme.

Mientras esperaban en la barra, Tareq puso la mano en la espalda de ella. Y mi mirada se quedó congelada en esa mano.

Leo:

RECALCITRANTES

¿Qué dispara una neurona?, se pregunta la neurociencia. ¿Qué dispara un comportamiento?, se preguntan la psicología y la red de ventas.

La pregunta de este informe no es: ¿qué dispara la diferencia? Sino: ¿qué la sostiene?

Hemos trabajado siempre con la idea de que la información está en la anomalía. Parece obvio. Un valor se separa de lo previsto, en la sangre, en una organización, en el pensamiento, y esa anomalía indica que algo debe ser investigado.

No es incorrecto, tal vez sea insuficiente. Un sector de la

producción en una fábrica empieza a producir mucho más o mucho menos que los demás. Hay que mirar ahí, saber qué pasa. A veces se aspira a llegar antes, ver antes qué condiciones de ese sector empezaron a incubar la anomalía.

Llamamos instancia crítica del pensamiento a cada proceso que advierte que se han hecho ya muchos intentos sin obtener éxito alguno. A continuación, dice: selecciona, por favor, otra forma de abordar el asunto. Pero ¿cuántos intentos son necesarios para que la instancia crítica actúe? Lo que pregunto no es: ¿qué la hace saltar? Sino: ¿de qué manera y durante cuánto tiempo se prepara eso que la hace saltar?

Considerando la idea conocida, aunque no siempre tenida en cuenta, de que los conflictos no aterrizan sino que se gestan, observo cómo el conflicto se va gestando en el interior de Jonás.

¿Cómo se gesta una diferencia? ¿Por qué no todo es adaptación y docilidad? ¿De dónde salen las fuerzas para el rechazo? Nadie se obstina en someterse, simplemente se deja llevar. En cambio, en quien se somete puede haber una obstinación sostenida, oculta, un propósito de no claudicar que sigue latiendo; que, en contra de lo previsible, no se cansa, y un día, por azar, el motor que parecía apagado ruge, y aunque no grita, dice un no. Un no para el que no estamos preparados porque no es instantáneo, no se disuelve, sino que continúa. Informo sobre lo observado, concluyo que el motor de la terquedad de Jonás y lo que finalmente la ha convertido en acto es el arrepentimiento.

Lo descompongo en tres secciones.

1. LAMENTO.

2. LA LUZ EN LAS ÚLTIMAS HOJAS DE LOS ÁRBOLES.

3. MUTANTE Y CONTRAAGENTE.

Levanto la mirada del papel. No están. Podían haber vuelto, pero no.

Mi desgarradura, el mordisco de los dientes de un animal de presa clavados en mí al ver la espalda de ella y la mano de Tareq no ha desaparecido pero, diríase, duerme.

145

El informe de León me interesa. Hoy que las cosas parecen estar dejando de apoyarse en lugares, en el tiempo, en lo que me atreveré a llamar las verdades sucesivas, como si nada tuviera ya coordenadas nunca, el informe sí tiene intención de apoyarse, lo cual me produce una rara serenidad. A León le importa el dónde, aunque ayer me lo negara. Y todo dónde tiene su cuándo.

Vuelvo a sus folios. Olvidada, un poco, de Tareq, de mí.

Nos remontamos tres años atrás. Jonás (escribo su nombre y no un número o un enunciado abstracto tipo «sujeto» porque aquí se trata de lo singular: no el sujeto tipo, sino el sujeto único) trabaja en una gran empresa de ingeniería dedicada a las soluciones de vacío. Tiene una hermana menor, y hace años que conoce a Mario, el mejor amigo de su hermana. Cuando termina la carrera Mario pide ayuda a Jonás, quien le sugiere buscar trabajo en su empresa.

Allí, Jonás apoya la solicitud de Mario con convicción. Mario no solo tiene un buen expediente, también ha hecho un interesante trabajo de fin de máster sobre evacuación del aire en cámaras para grabado de semiconductores.

Contratan a Mario. Pasan tres años trabajando en la misma empresa, en departamentos distintos. No se ven mucho dentro, pero sí quedan a veces los dos con Celia, la hermana de Jonás. En uno de esos encuentros Mario le habla a Jonás del proyecto que está preparando, se lo explica brevemente.

Tres meses después, Jonás llega a una reunión en la que se van a evaluar varios proyectos de I+D. Jonás tiene que hablar de tres, uno es el de Mario, aunque Jonás no lo recuerda porque todos son parecidos y no estuvo demasiado atento en aquella conversación.

Jonás es el último en hablar, llevan ya casi tres horas. Se propone ser breve, matiza poco y se muestra muy crítico con los tres proyectos. Todos saben que él ha trabajado en el mismo asunto con excelentes resultados. Por eso le han convocado.

Jonás es consciente de su sesgo. Prefiere el enfoque de su

equipo. Pero se considera lo bastante objetivo, dado que son proyectos de ingeniería y los flancos débiles se pueden exponer con claridad y con algunas demostraciones. Señala los problemas de cada uno y también salva lo que le parece estimable.

Le toca el turno al tercero. Jonás está al mismo tiempo cansado y un poco encantado de conocerse. Sabe que sus objeciones han sido útiles y brillantes. Por otro lado, es consciente de que ese proyecto en concreto trabaja con el mismo enfoque que su equipo pero desde otro ángulo, y que tiene dos aportaciones originales que si llegan a ser viables serán magníficas y, si no, en cualquier caso abren caminos interesantes.

Piensa en empezar por ahí, pero no puede contenerse y empieza por el fallo más importante del proyecto. Está seguro de que nadie más se ha dado cuenta. Cuando lo muestre, su perspicacia causará admiración. Explica el fallo, un error de partida que condiciona todo lo demás. Ve que acaba de ganar varios puntos, y se abandona. Comienza a hablar sin filtro, con un humor certero que desata las risas y roza la burla. O, tal vez, algo más que rozarla.

Los demás también están cansados. Se da por hecho que la reunión ha terminado ahí. Jonás no ha tenido tiempo de hablar de los hallazgos originales del tercer proyecto. En ese momento ni se acuerda. Lo piensa cuando vuelve a su despacho para recoger las cosas y marcharse. Es viernes. Decide hacerlo la semana que viene. Pedirá que le digan quiénes eran los miembros del equipo y hablará directamente con ellos. Les felicitará por los hallazgos. Incluso se plantea incorporar una o dos personas a su proyecto.

El lunes surge una misión crítica. Jonás tiene que desplazarse a una planta que está a trescientos kilómetros para solucionar el problema. Cuando regresa, se entera de que han despedido al tercer equipo. Le llama la atención la rapidez. Comenta que es una pena porque había soluciones brillantes y esas personas habrían podido aportar bastante a su propio equipo. Le dicen que ya es tarde, que en cualquier caso había que reducir plantilla y que se ocupe de recuperar esas soluciones. Jonás se siente mal diez minutos. Después, la rueda de trabajo le absorbe.

Cuando llega a Madrid, recibe una llamada de Mario. Quedan. Jonás propone avisar a su hermana.

Mario dice:

—No. No quiero que escuche nuestra conversación.

Cuando se encuentran, Mario especifica:

—No quiero que Celia escuche cómo te insulto.

Jonás palidece. Ni siquiera preguntó los nombres de las personas despedidas. No se le pasó por la cabeza que Mario fuera una de ellas. La vergüenza es un olor que trae a la memoria algo que hicimos y quisiéramos olvidar. Jonás recuerda que Mario le habló de aquel proyecto, aunque entonces aún estaba en ciernes; recuerda que no prestó atención a sus características. Trata de convencerse de que no era lo que se mostró en la reunión. Pretende alegar eso, la cara de Mario le impide hablar.

—Me han contado la reunión. Si el diseño está mal, está mal. Pero hiciste sangre. Te burlaste. Nos usaste para medrar, para molar, para divertir al personal.

Jonás esboza por dentro su lista de justificaciones: cansancio, no saber que era el suyo, la misión crítica que le impidió retomar la conversación. Y se le caen de las manos.

—Nunca te he pedido ningún favor —sigue Mario—. Fuiste tú quien me animó a entrar. Acepto la crítica; aunque tenemos varias soluciones muy buenas, entiendo que el núcleo está mal. Ni siquiera nombraste lo que sí está bien. Pero, sobre todo, ¿burlarte? ¿Precisamente tú? No me habría parecido bien aunque hubiera sido el proyecto de otro. Es que, además, sabías que era el mío.

—Voy a arreglarlo —dice Jonás—. Es verdad que hay soluciones muy buenas, Mario, originales, perfectas para seguir trabajando con ellas. No me dio tiempo a decirlo. Pensaba hacerlo el lunes pero tuve que estar tres días en…, da igual. Mi plan era sumaros a mi equipo. Y voy a insistir hasta conseguirlo.

—No te lo crees ni tú. Si hubieras visto la condescendencia con que nos despidieron. No tiene arreglo, Jonás. Y no quiero que lo tenga.

—Sí que tiene arreglo, ya verás. No sabía que eras tú. Lo olvidé. No lo relacioné.

—¿Y eso qué me dice, Jonás? Que eres gilipollas y tratas de pena a todo el mundo, y que te importo una mierda y no escuchas cuando hablo.

Jonás no puede evitarlo, hace la peor pregunta que puede hacer:

—¿Se lo has contado a Celia?

Mario se levanta. Paga las cervezas y se marcha.

También yo me levanto aunque no para marcharme, pediré otro café, miraré un poco a mi alrededor antes de sumergirme en el texto de nuevo.

León
Miércoles, 12.45

He escrito muchos informes para mis jefes y no he experimentado esta inquietud. Ellos solo leen instrumentalmente. En cambio, Minerva es como yo. Me gustaría estar en su cabeza mientras lo lee. ¿Qué imaginará?

Es el durante lo que me preocupa. Las conclusiones, mucho menos. Quizá su lectura instrumental coincida con la de mis jefes, o quizá no. De eso podremos discutir. Pero me gustaría oír cómo pasa su vida mientras lee.

¿Le asaltará una especie de tristeza pensada por lo que también hizo, por sus arrepentimientos? ¿O mantendrá su experiencia lejos del texto y se convertirá, por un momento, en intérprete de Jonás, como si se pudiera tocar la música de un ser?

¡«La música de un ser», León! No tengo ya a quien desate con sus frases su propia carcajada y me contagie. Tiago no está. Recuerdo a una amiga que podría haberlo hecho. Murió. La convoco. Me burlo de mí y es como quedarme en manga corta. Respiro.

Imagino a Minerva con un relámpago de alegría al darse cuenta de que está comprendiendo, y no solo a Jonás.

Minerva
Miércoles, 12.55

1. LAMENTO

Después de que Mario se haya ido, Jonás permanece un par de horas en el bar. Comienza el lamento. Es una fase intermitente, que se prolonga durante días, semanas, incluso años según los casos. La frecuencia va decreciendo, la intensidad se atempera. No tengo pruebas de que se extinga.

Jonás rememora su intervención en la reunión y el rubor de la vergüenza le sube a la cara desde el estómago, quema. ¿Quién ha sido, quién se lo ha contado a Mario? Una pregunta le sobresalta: ¿le dolería igual si no hubiera habido testigos?

Y se detiene, y dedica horas a observarse cuando la vergüenza llega y le arde el pecho. Y se dice que lo que no existe es la vergüenza sin testigos, pero cree y quiere creer que el arrepentimiento quemaría igual.

Comprende la gravedad de lo ocurrido. No puede esperar a que llegue el lunes para tratar de solucionarlo. La vergüenza, se dice, es como un arrepentimiento en interés propio. La culpa suele ser retórica, o algo que te exigen las instituciones. En medio, el arrepentimiento es algo que te quema por alguien que no eres tú.

Se levanta para pedir otra cerveza. Como si el mero movimiento físico hubiera desordenado de golpe la superficie del agua que tan cuidadosamente había ido aquietando, llega otra gran ola de rubor, vergüenza, rabia contra sí mismo.

Y un atisbo de rabia contra Mario. No sin esfuerzo consigue descartar esto último. Sería, se dice, demasiado rastrero.

Vuelve con la cerveza. Imagina lo que le dirá al director para recuperar al equipo de Mario. Empieza a darse cuenta de que Mario tiene razón. Es demasiado tarde. No servirá de nada. Jonás no tiene tanta relevancia en la empresa. Y nadie va a admitir un error, aunque sea delegado, cuando se puede dejar correr el asunto.

Jonás no se atreve a llamar a su hermana. Le dice a su novia que no puede salir, está muy agobiado, tiene mucho trabajo acumulado y se va a encerrar todo el fin de semana. Pero no se encierra. Sale a correr temprano. Se agota. Cuando vuelve intenta dormir. No duerme. La he cagado, dice en voz alta.

El lunes Jonás habla con el director, pero en cuanto ve que no está dispuesto a la más leve modificación, cambia de tema. Y van pasando los días.

El lamento se hace más sordo. Como un dolor nocturno que desata la hipocondría. Se pregunta si lo que le abruma es saber que Mario sabe.

Nota un trallazo cuando de repente le llama su hermana para hablar de otra cosa. Luego se acostumbra a verla algunos días. Y otro sobresalto cuando por un compañero de empresa se entera de que Mario está en Alemania, en Mannheim.

Jonás deja su trabajo. ¿Es antes o después de que su hermana le diga que Mario se lo ha contado? Es antes. No es que Jonás se enorgullezca de ello. Sin embargo, ha respondido a mi pregunta elevando un poco el tono de su voz. Como diciendo: «Al menos fue antes, no me quites eso».

Tengo que irme. No sé si Anxo comerá en casa pero, para un día que puedo comer con él, no quiero faltar.

León
Miércoles, 13.10

Me pregunto si Minerva habrá llegado al final. Si habrá encontrado en la descripción de lo que hace la luz no una digresión, sino un camino para asentar lo representado, para calzarlo en la materia efímera.

Nos consta, a veces, que podríamos habernos comportado de otro modo. Confiamos en que sirva para comportarnos, en efecto, de otro modo la próxima vez. ¿Podríamos?

He aquí mi teorema: Puesto que la corrección no siempre pasa, o no pasa casi nunca, y reiteramos modos de ser, tropiezos en la piedra, y a la tercera pocas veces va la vencida, resulta por tanto que el arrepentimiento no es una pena, ni una espina, sino un motor viviente mediante el cual una determinada concepción de lo inaceptable logra mover un cuerpo en dirección contraria a la inercia social y personal.

Vuelvo al trabajo.

Minerva
Miércoles, 14.40

Escribo a Anxo para saber si vendrá. Si no viene comeré sola y saldré luego a la pequeña plaza pavimentada que hay cerca de casa. Leer ahí no es lo mismo, pero a esa hora estará casi desierta, tendré silencio, espacio, luz solar y ausencia de cámaras. Aunque esto último aún debo comprobarlo.

Minerva
Miércoles, 15.20

No hay cámaras en la plaza, ni en los tres únicos comercios de las calles contiguas. Nadie en la calle. Leo a una hora bien distinta de esa que evoca León cuando describe la tercera fase del arrepentimiento.

2. LA LUZ EN LAS ÚLTIMAS HOJAS DE LOS ÁRBOLES
El sol ya se ha puesto. Pero, como es sabido, la luz del día no comienza en el mismo momento de salir el sol ni se apaga súbitamente en el ocaso.

La luz tiene sus particularidades. Los astros se mueven, es fácil olvidarse del gran mecano donde pasan nuestras vidas.

El fenómeno de la luz que da solo en las últimas hojas de los árboles fue avistado por este observador en una salida al campo. Anochecía. Algo más lejos debía de haber una tapia, un muro o un pequeño relieve del terreno. Quizá una formación boscosa de árboles bajos. El hecho es que la tierra estaba en sombra y a las últimas hojas de unos abedules llegaban todavía los rayos del sol.

Aquello me sacudió. No lo vi como una advertencia, sino como si estuviera siendo emplazado. A ocuparme de lo que queda de la tarde, ese lapso de tiempo sobre el que leí una vez: cuando, en el campo, las gentes se retiran a sus casas y los pájaros cantan «en lo último de los chopos esa loca felicidad melodiosa que cantan cuando se van quedando solos y altos», y la cantan, según cuentan que dijo un hombre de campo respondiéndose a su propia pregunta interior, porque «todo lo que queda de la tarde es para ellos».

Llamo, pues, la luz en las últimas hojas de los árboles a una fase en que el lamento se ha asentado, se cobra conciencia y, entonces, el arrepentimiento deja de ser una pena o el recuerdo de un error para convertirse en una facultad. Porque nos emplaza. Nos hace humanos, explica lo que solemos buscar en los datos sin comprender.

Tener la capacidad mental para considerar resultados y cursos de acción alternativos es solo una parte de esta facultad. La otra consiste en mantener la llama y avivarla cuando sea necesario. De este modo el error imperdonable, o muy poco perdonable, podría dar lugar a un comportamiento que, con resabio antiguo, voy a llamar decente, bueno.

He terminado la sección segunda del informe, la tercera y última es muy corta. Entiendo, creo, lo que ha visto León.

Jonás, incluso después del gesto visible de abandonar su trabajo, pudo haber «pasado página».

No sé si hay manera de abandonar el arrepentimiento, esto es: manera de hacer que nos abandone. Pero está claro que amaina con el tiempo y que evitar que amaine demasiado depende de una combinación entre el contexto y cada cual.

Me voy. Quiero y no quiero terminar de leer este informe. Me ha guarecido del viento, de la tormenta que el propio

Tareq, hace unas horas, desató en mí. Espero agradecértelo pronto, León.

Aunque no va a ser tan fácil sortear esta tormenta. Como la furia, también enamorarse suspende algunos recursos del pensamiento lento. Suspende la capacidad de percepción de los defectos del ser amado. Claro que eso es solo una parte de la emoción. La otra parte es la de los recursos que activa. En el enamoramiento aumentan, por ejemplo, la capacidad de asignar un cero a valores como reserva y prudencia, y un uno a generosidad y riesgo.

Tareq debe de estar ahí, sin reserva, sin prudencia, sin percepción de los defectos. Con generosidad y riesgo. ¿Dónde me encuentro yo? ¿Soy acaso tan soberbia que no me arrepiento de nada y tu informe, León, me interesa pero me queda lejos? Fui cumpliendo las etapas de un recorrido diseñado por otros, como en una vuelta ciclista.

Lo que ahora tengo es lo que llaman arrepentimiento anticipatorio, cuando sientes que estás a punto de hacer algo que saldrá mal, que lo harás de todos modos y que tanto tú como otras personas sufriréis por ello.

Sin embargo, mi arrepentimiento anticipatorio no es singular. No obedece a lo que estoy a punto de hacer, sino a lo que estamos a punto de hacer. Tú, León, yo, tus jefes, los míos, los jefes de mis jefes. Y por lo que estamos a punto de no hacer.

Vuelvo a casa. Durante un tiempo hubo chopos en esta plaza. Los derribaron. Ahora no hay sombra.

A cámara rápida pasan los días que vendrán con Tareq. Imagino que se irá él. Ella no me ha parecido muy joven, quizá tenga una casa propia y no en alquiler. O quizá esté casada.

Si consigo la indemnización, podría irme yo. ¿Y Anxo? Más que conmigo o con su padre, preferirá, creo, vivir en un piso con amigos o irse a estudiar fuera. Tendremos que costearlo.

Me gustaría decirle a Tareq que cuando las crisis se desaten cada vez en mayor número, cuando empiecen a acercarse demasiado, habría estado bien que nos encontraran juntos. Pero ni siquiera sé si lo pienso. En lo único que pienso ahora es en avivar la llama del arrepentimiento anticipatorio. Si puedo.

Casilda
Miércoles, 16.00

Van a interrogar a Vázquez. Le han llamado a su casa, a pesar de estar ya jubilado, y le han citado en la empresa para hacerle unas preguntas.

Me mandó un sms en clave con su teléfono tonto. Nos entendimos. Hoy le he visto en la parte más abandonada del parque del Oeste. Era un manojo de nervios.

Entre los dos hemos pergeñado la historia que contará para explicar por qué me llamó y que yo repetiré si me preguntan. Hemos repasado la procedencia de los archivos. No hay ninguno al que solo él tuviera acceso.

Anoche pedí consejo a Leire; es profesora en un laboratorio de teatro y me ha dado algunas instrucciones que deberían ayudarle durante la entrevista. Las he trabajado con él.

Tiene que presentarse vestido como el jubilado que es ahora, no como el trabajador que fue. Imaginará que le han llamado para ofrecerle algún trabajo parcial y empezará la entrevista disculpándose por no aceptarlo y hablando de sus actividades de jubilado. Todas ellas previsibles, convencionales.

Hemos acordado que muestre, de vez en cuando, lagunas, dificultades para recordar una palabra y también alguna salida un poco improcedente, hemos preparado varias. Si puede, dejará caer que están valorando posibles signos de deterioro cognitivo.

Me dice que lo lógico es que su jefe prefiera no haber sido el culpable indirecto de las filtraciones, que el error no provenga de su área de responsabilidad. Esa idea le tranquiliza.

Si lo ve oportuno, deslizará una alusión a los fallos de la empresa subcontratada que se encarga de la seguridad informática. Esta tarde buscará un pretexto para poder colarlo. Vázquez no sabe lo que nos está pasando. Primero lo de los aviones. No le dimos demasiada importancia, solo era un gesto entre simbólico y romántico. Debimos habérsela dado porque han participado personas a quienes habíamos reclutado, aunque haya sido al margen de nuestra organización. Ahora tenemos otro episodio más grave, con el agua, pero él tampoco lo sabe.

Por la noche quedé con Jonás y al cabo de un rato vino Bernardo, la primera persona que me presenta. Es biólogo, aunque creo que vive de dar clases de música. Pero yo, al principio, no lo sabía y empecé a hacerle preguntas sobre la evolución.

Es que tengo la impresión de que nuestra organización se está convirtiendo en una especie de organismo vivo y está evolucionando.

Eso no se lo dije. Le pregunté por el papel de los más débiles en la evolución. Lo leí en alguna parte. Que no solo los más aptos evolucionan, también los más débiles evolucionan y cambian las reglas del juego.

—Sí —dijo—. Es uno de los motivos por los que la evolución no es tan lineal como parece. Ciertas pautas que son descartadas, por supuestamente débiles, vuelven, sin embargo, una y otra vez.

Miré a Jonás como diciéndole: ¿ves? Eso es nuestra colmena.

—¿Y se pueden prever?

—No mucho. Toda interacción aumenta la complejidad. Aumenta la autoorganización. Y emerge lo que no estaba previsto.

Esa vez dije en voz alta:

—¿Lo ves?

—Eeeeh… —Bernardo miró a Jonás—. ¿Me estoy perdiendo algo? ¿Me he metido donde no me llaman? Que esto no iba de autoemergencias poliamorosas ni nada parecido, ¿eh? Estaba hablando en general. No pienso meterme en vuestra pareja.

—No somos una pareja —dijimos a la vez.

Bernardo se encogió de hombros.

—No tiene que ver con eso —seguí—. El otro día intentaba explicar a Jonás que la teoría de las organizaciones no siempre funciona. Hablábamos de mi trabajo. No es que pretenda encontrar una justificación biológica, solo me parece una buena imagen. A veces las personas se autoorganizan en especies de colmenas, que a su vez se autoorganizan en otras y quedan fuera de control.

—Pero ¿tú no eras funcionaria? Primera noticia de que los funcionarios hagan esas cosas.

—Sí, bueno, a veces.

Jonás me echó un cable. Sabe que no me gusta mentir, no es moralina, es porque las mentiras casi siempre vuelven con más fuerza.

—No te recomiendo estar cuando Casilda se pone a explicar los niveles en la administración y las formas de trabajo. —Y me miró sonriendo—. Lo digo con cariño…

Los tres nos reímos y Jonás cambió de tercio.

—Oye, ¿mañana me podrías sustituir en la tienda un par de horas? Veinticinco euros la hora.

—Depende de a qué hora, pero tú no ganas eso ni de casualidad.

—Ya, es solo esta vez, me hace falta.

Cuando Bernardo se fue, Jonás y yo fuimos paseando hasta su casa y el deseo, el abrazo con goce, esa escapatoria que no me aleja de ti.

Minerva
Miércoles, 19.00

He venido a la terraza que le gusta a Casilda. No estoy siguiéndola. Quería ver si, desde el promontorio, puedo atisbar ese fenómeno: la luz que da solo en las últimas hojas de los árboles. Y, entretanto, terminar de leer el informe de León. Aunque los móviles tontos nos están dificultando la tarea, aún tenemos acceso a mucha información, tanto de Casilda como de Jonás. Sé que hoy no vendrá. León ha quedado encargado de intentar seguir sus pasos esta tarde; pasos que, con toda probabilidad, se dirigirán a un punto acordado en la ribera del Manzanares.

Me extraña el título de esta segunda parte: «Mutante y contraagente». Esperaba algo más cálido. Será porque estoy viendo gorriones posarse en una mesa cercana y puedo imaginar el calor de sus pequeños cuerpos vivos. Será porque si en este momento se me acercara un perro y pusiera la cabeza en mi regazo, lo acariciaría. Aunque saltara para apoyar sus patas en mis muslos y me rasgara esta vieja falda a la que acudo en los días ligeramente descorazonados para que me dé color y me espabile.

«Nada de cánticos: ir por delante». Sí, estimados Jonás y Casilda. Yo también fui joven, leí a Rimbaud y quise entrar en las espléndidas ciudades. No diré que ahora todo se desvanece. ¡Nada de cánticos! Por delante, con paso firme pero también precavido, atento.

No flaqueo, llevo junto con León este proyecto que es una llave de libertad. Sigo:

3. MUTANTE Y CONTRAAGENTE

Se yerra. Jonás erró, pero no fue por azar, como quien no adivina el número premiado. O como quien elige mal el día de su vuelo o del vuelo de su amigo y el avión cae y se arrepiente de no haber elegido el día anterior pese a que estuvo dudando.

Jonás erró, pongamos, por emborronamiento y precipitación. Erró también por parcialidad y por una variedad del interés, el servilismo. Intenta disculparse. Excusas siempre hay, incluso motivos comprensibles. La vida nos despeina, el timbre de una voz desconocida te agrada sin porqué, suena la sirena de una ambulancia, la canción pegadiza reaparece sin que te des cuenta. El perfeccionismo es o podría ser delito.

En el lado opuesto, el arrepentimiento es una mutación. Con ella, cada sujeto de forma única, singular, combate la sensación de estar siendo movido por fuerzas que no controla.

Vamos a fabricar el contraagente que desactive esa mutación, que apague por fin el anhelo de libertad, tímido pero radiante y vigoroso, que es el arrepentimiento.

Nuestro trabajo tal vez no logre acabar pronto con grupos como los del entorno de Casilda. Pero en un plazo no muy largo evitará que surjan nuevas Casildas, nuevas Veranias, y que se les unan ambivalentes como Jonás.

No habrá más desvíos: una sola ruta previsible y aceptable.

El arrepentimiento precisa recursos, pues posee un objetivo aun cuando el sujeto mismo no acierte a definirlo con precisión. El sujeto barrunta que este proceso no está ligado en exclusiva al ego. En palabras de Jonás, «El arrepentimiento te quema por alguien que no eres tú».

Propongo añadir un «también»: «Te quema también por alguien que no eres tú». Pues casi es imposible dejar fuera el «yo», el anhelo de que el arrepentimiento cure un poco la vergüenza, ese desajuste entre los hechos y la imagen que se tiene de uno mismo. Aquí también encuentro una vía de ataque para nuestro contraagente. Somos especialistas en yoes, sabemos acceder, hemos creado mil caminos.

Hago una pausa. Nunca supuse que Recalcitrantes iba a desembocar en el arrepentimiento.

Lo entiendo, pero no del todo. ¿No te parece el arrepentimiento demasiado personal, León? Los individuos no pueden vivir aislados, su historia previa está atravesada de hechos sociales, como el lenguaje, por más que quieras darle forma nunca terminas de conocer el eco de significados en liza que las palabras traen consigo.

Casilda
Miércoles, 19.30

Verania me espera, camino entre el humo y el ruido. Lo que está pasando con el agua no es violento en el sentido de que haya víctimas. Sin embargo, en algunos casos, es delito. Ya sé que la desigualdad es violenta cuando se trata de privaciones. Me preocupa que no lo esperábamos y que ya no podemos saber si quienes lo hacen forman parte de nuestra colmena o han construido una nueva, al margen.

Ha habido varias acciones. En distintas sedes del conglomerado de empresas privadas que distribuye la mayor parte del agua en zonas de escasez entraron personas con mascarilla a preguntar algo cordialmente y consiguieron aprovechar el momento en que el empleado se levantaba para enchufar memorias en la parte de atrás de los ordenadores situados encima de las mesas y, tras hacerle nuevas preguntas a su vuelta, retirar la memoria y llevarse los datos. No todas lo lograron, no se ha dicho cuántos intentos hubo. Por otro lado, en la organización pensamos que fue solo una maniobra de distracción, una forma de proteger a las personas de dentro de la empresa que estaban ayudando al grupo.

En otros sitios se ha intervenido el circuito de riego de los campos de golf, con hackeos digitales y también analógicos, inutilizando aspersores. Lo mismo en dos complejos hoteleros de lujo y en dos macrogranjas, que sepamos. Parece que el colectivo «Tu nube seca mi río» se ha unido; en dos centros de datos han hecho pintadas gigantes con las cifras del agua que gastan, y con esta frase incompleta pero cierta: «La nube no existe, es el ordenador de otra persona».

Han vuelto a investigar a las organizaciones públicas más conocidas, incluida la nuestra.

Y, justo ahora, Jonás se compra un móvil tonto, queda conmigo y me dice que quiere apuntarse.

Le he dicho que no.

Me ha dolido en el alma, pero no; ahora no podría responsabilizarme de que le pase algo. Además, estamos recogiendo velas.

Inmersión, inmersión. Estamos avisando una por una a todas las personas implicadas para que cesen en su actividad y borren cualquier posible huella o la cubran con otra de algo distinto, turbador pero inocuo, que meta ruido, confusión, y así despiste a quienes nos busquen.

Jonás es insistente. Casi me convence de que sería la persona indicada para llevar los avisos. Sin móviles, a pie. Él nunca ha formado parte de un movimiento. No le pueden relacionar con nosotros.

Le he dicho que no tiene tiempo. Lo niega: antes de abrir, a mediodía, después de cerrar, los fines de semana. También puede colgar el cartel de cerrado por motivos familiares un par de días. Buscaría una buena excusa para el dueño. Mientras siga recibiendo su renta, dice, no se inmutará.

Le he vuelto a decir que no. A lo mejor en algún momento cambio.

Verania está ya en la ribera del Manzanares. La veo de espaldas mirando el río. Me acerco y me pongo a su lado. Toma mi mano un segundo, luego la suelta. Dice:

—Me preocupa la policía. —Y su expresión es tan risueña que no sé si intenta despistar a alguna posible cámara. Creo que no, solo se niega a que le quiten el buen humor.

Hablamos un rato. Han descubierto a dos agentes de policía encubiertos, un hombre y una mujer, en los colectivos de acción directa y desobediencia civil por un clima habitable. Sabemos que el cerco aumenta y las medidas represivas también. Pero después de los juicios contra los infiltrados en otros movimientos, no esperábamos esto.

Me dice que ahora, puesto que ya no controlamos las colmenas, debemos hacer compartimentos estancos y no dejar que fluya ni una gota de información de una parte a otra, ni de una colmena a otra.

Quedo encargada de doce personas. Tengo que asegurarme de que ninguna pueda ser un infiltrado. Quieren dividirnos, enfrentarnos, crear desconfianza y, sobre todo, que no intentemos nada por miedo a que haya alguien dentro. Estaremos atentas, pero no vamos a parar. Puede que tengamos miedo. Otras personas tienen muchísimo más miedo con muchos más motivos. Y siguen.

Acompaño a Verania a la boca del metro. Nos abrazamos. Baja las escaleras y, al llegar al primer descansillo, se da la vuelta con un paso de merengue y me da la risa.

Minerva
Miércoles, 19.30

Un día preparábamos una cena en casa con conocidos de Tareq y míos, varios procedían de nuestros respectivos trabajos. Tareq había ido a comprar las bebidas que faltaban y se lo había tomado con calma.

Yo llevaba platos y fuentes de la cocina a la mesa, con prisa. Anxo, que entonces tenía cuatro años, quería ayudarme. No sé cómo se las arregló para coger una bandeja con tartaletas pequeñas. Las había hecho a media tarde, aunque no creo en las tartaletas ni en los canapés ni en las cenas de conocidos. Solo creo en las cenas con amigos.

Así va mi recuerdo. Trato de justificarme incluso ahora, al recordar. No me di cuenta de que Anxo llevaba la bandeja y de pronto le vi: se había distraído, miraba uno de sus cordones desatados, la bandeja se desequilibró antes de que pudiera alcanzarle, todas las tartaletas cayeron al suelo, se desarmaron, se espachurraron.

Anxo me miró y vi que iba a reír porque el aspecto de las tartaletas espachurradas era bastante divertido, y estuve a punto de reírme con él, durante media décima de segundo esa reacción fue posible pero me pudo la inmadurez, el estúpido agobio innecesario.

Grité:

—¡No puedo más! —Y se me escapó un sollozo mientras Anxo me miraba asustado.

He aquí mi arrepentimiento nocturno. Estoy tratando de dormir y, de repente, algo que vi durante el día, algo que omití hacer, o sin motivo, cuando creí que lo había olvidado, reaparece. Pasa la noche, la luz entra en la habitación, el recuerdo pierde fuerza y se disipa. Dicen que el arrepentimiento de cada cual tiene que ver con las marcas, lo que en mí rebota como algo imperdonable tú ni lo consideras, y lo que hace que arda tu pecho yo lo disculpo sin dudar.

No sé con qué conecta la bandeja volcada, en qué partes de mi historia, de lo que quise ser, de lo que me hicieron, recae y se amplifica. A Tareq, me dirían mis amigas, no le sobrevendrá un arrepentimiento así, no tuvo que convivir con la presión de algunas expectativas sobre la maternidad y es probable que eso le ayudara a estar más sereno y equivocarse menos. Por otro lado, en mi caso, aquel momento conecta también, creo, con el empeño en madurar que perseguí desde muy pronto, o que las circunstancias me hicieron perseguir.

Lo reconduje. Le dije que no se preocupara, que no pasaba nada, y me reí tarde y mal y con los ojos aún llorosos de la pinta de las tartaletas. Le abracé. Me puse a recogerlas. Dejé que me ayudara aunque manchaba más que recogía. Al final él se rio también, pero el susto le duraba o eso me pareció, la compasión me impedía ver con nitidez. Afirmo que fue compasión verdadera, no la que mira desde arriba sino la que retuerce el corazón como una bayeta y lo escurre hasta que ya no quedan lágrimas hipotéticas, las reales había logrado apagarlas por él.

Qué nanocatástrofe. Fue, lo hice. Si más tarde Anxo recordaba mis fallos, tal vez asumiera que tenía una madre imperfecta, con algún intervalo de inmadurez y rachas ocasionalmente fuertes de chapucerismo. Esa idea me apaciguó sin mitigar el arrepentimiento.

Aciertas, León. Necesité creer que en adelante cambiaría,

que aprendería a no comportarme así. Aunque hubo otros errores, algo aprendí. Seguí cometiendo errores con Anxo. Y quiero creer que cuando ese recuerdo vuelve a mí, me libra de cometer algunos más; me frena.

¿Te contaré otro? ¿Bailaré sobre mi tumba? No te lo contaré. Porque si lo hiciera tendríamos que seguir hablando. De lo que no es íntimo, León, y está en la intimidad. El feminismo lo enunció pero no siempre se entendió bien. Aquello de que lo político era personal (ya sé que lo digo al revés, ¿o no tanto?); no es solo que lo restringieran a una parte de los comportamientos, es que seguía viéndose como una balanza con dos platillos, lo personal, lo político: introduzcamos la política en el sexo, en la medicina, en la ginecología, en el amor romántico. Quienes gozaban de más poder prefirieron ignorar que la frase apuntaba contra la imagen de los platillos, que mostraba el entrelazamiento.

Jonás
Jueves, 22.00

Casilda ha tenido que aceptarlo. Mejor así. Es completamente mi decisión. Ni puede ni debe sentirse responsable.

Ahora vuelvo en el metro desde un extremo de la periferia a donde he ido para avisar a un enfermero de la inmersión. Hay que tener cuidado, la presión policial aumenta.

Ni siquiera me he llevado el móvil tonto. Y he observado el entorno cuidadosamente, como si fuera el perseguido imaginario que empiezo a ser.

¿Servirá de algo este repliegue? Eso espero. A la vez están abriendo otros caminos, otras rutas. Cuentan que si un depredador persigue a una bandada y esta huye con movimientos coordinados, el depredador se desconcierta y la bandada gana tiempo. Confío en que sea verdad.

¿Me gustaría decir «estamos» abriendo en vez de «están»? No lo sé.

El transbordo me lleva por túneles de largos pasillos. A continuación, escaleras de las que parecen bajar al fondo de la tierra. Ya solo me quedan siete estaciones. Más las doce anteriores. Diecinueve para algo que habría podido hacerse con un clic. Pero acepto la prudencia. Hace poco se ha sabido que una empresa contratista del Departamento de Defensa de Estados Unidos vende datos al sector privado. Y que se los ha estado vendiendo a grupos antiabortistas para que geolocalizasen a las mujeres que iban a abortar. No quiero participar en eso ni en nada parecido. Acepto la pulsión por desaparecer de unos mapas donde no somos más que puntos en movimiento generando información involuntaria.

Sube al vagón un hombre mayor con dos bastones: una muleta y un paraguas. Nadie hace amago de levantarse porque miran sus móviles y no pueden verle. Yo estoy de pie, no tengo asiento que ceder. El hombre mayor no parece ofendido, mantiene el equilibrio, mira lejos.

Su imagen me trae algo que leí en un obituario. Hablaban de una persona luchadora y recordaban sus intervenciones en un foro de debate. La discusión había derivado hacia la posibilidad de confundir la lucha por la justicia con algo demasiado parecido al paternalismo. Esa persona había dicho, lo recuerdo bien: «Oye, no somos de izquierda ni comunistas por generosidad, ni por piedad, ni por compasión, sino porque antes de poder tomar partido por una causa hacemos de ella nuestra propia causa. Ponemos el pellejo por ella, nos jugamos la piel».

Diecinueve estaciones de metro no están desde luego a la altura de jugarse la piel. Hay quien las hace cada día por una causa impuesta, ir al trabajo. La cosa, supongo, es que te vas decantando.

Otra racha de túneles y escaleras. Aglomeración, malestar, quejas porque una está averiada.

Salgo. Con el otro móvil podría enviar ahora una foto a Casilda de estas farolas anaranjadas y de la cinta de luces rojas de los frenos. Sería como decirle: «Si sabes que estoy aquí, hago que tú estés también un poco aquí, aun cuando sea trastocando el tiempo, pues mirarás la foto y, seguramente, yo ya me habré ido».

No te mando nada porque no tengo móvil. Te lo describo, te pienso. Y esta libertad tan vasta de repente, por no vigilada, no hace, como pensé, que me sienta más solo.

Al contrario, sucede que en cada paso asumo los lazos que creé, los que rompí. Un ser humano, apenas un nudo de venas y sangre que se desarma enseguida. Sin embargo, cuando lo masacran, desde un río de siglos regresa en otros seres. Gigantes. Y eso no borra ni por un instante lo irreversible e imperdonable de la masacre. Eso solo añade.

Entro en una franquicia de fideos para llevar. El apetito me baja a tierra. Un camarero medio dormido me pregunta qué quiero. No sé dónde meter esta añoranza alegre de tu cuerpo, esta alegría introspectiva y pegada, sin embargo, a los sentidos. Pido. Espero mi cartón de fideos. El último poema me lo pasaste en una hoja arrancada de un cuaderno en espiral. La llevo doblada en el bolsillo. Es de Emily Dickinson, tiene una puntuación extraña, la que usaba la autora. Lo leo.

¡Yo no soy Nadie! ¿Quién eres tú?
¿No eres - Nadie - tampoco tú?
¡Entonces somos un par!
¡No lo digas! ¡Nos desterrarían - ya sabes!

¡Qué aburrido - ser - Alguien!
¡Qué vulgar - como una Rana -
decir tu nombre - durante Junio entero -
a un Cenagal admirado!

Minerva
Viernes, 14.00

He podido acceder al interrogatorio de Vázquez. Ha sido en su antiguo lugar de trabajo, se presentaba como una conversación afable con un exempleado jubilado pero contenía un tono suavemente amenazador.

Catorce preguntas concretas y muy poca tolerancia a la imprecisión y a las divagaciones. Me ha sorprendido su habilidad. No se daba por aludido. No acusaba la violencia en la voz del jefe de seguridad. Seguía hablando como si fuera uno de esos jubilados británicos que en primavera cultivan dalias y en invierno se marchan dos semanas a Benidorm. Eso irritaba cada vez más al jefe de seguridad y distraía a su antiguo jefe. Al hilo de cualquier asociación absurda les contaba sus proyectos en el jardín, o sus pequeñas dolencias insinuando que quizá no fueran tan pequeñas.

Ante la pregunta sobre Casilda, ha negado conocerla. Le han acorralado: el nombre del hotel en que se vieron, el día y la hora, la amenaza de mostrarle el vídeo.

Su reacción ha sido brillante:

—¡Ah, Carmina, del ministerio!

Para explicar ese encuentro ha montado una historia llena de cabos sueltos, y entre medias ha preguntado por un excompañero suyo que solicitó la baja por un enfisema. Ha recordado su nombre pero ha dicho mal su apellido.

Su exjefe le ha corregido, luego le ha dicho que el enfisema se había agravado. Vázquez ha replicado murmurando como para sí: Hay que vivir el momento feliz, y gozar lo que puedas gozar, la vida es un sueño, todo se va.

Lo ha hecho sin descaro, parecía sentirse consternado por el destino del compañero y, en cierto modo, también por el de las personas que le estaban interrogando.

En lo que ha sido su golpe maestro, como si la frase se lo hubiera evocado, ha contado que hace poco se encontró en la consulta de neurología a alguien de la subcontrata de seguridad informática.

Al momento, ha pedido disculpas: «Olvídenlo, es confidencial, lo siento, supongo que a mí tampoco me gustaría que alguien contara que me vio allí. ¡Cómo es la vida, ¿eh?! A veces también las personas tenemos fallos de programación».

Ha habido otras preguntas; se notaba, sin embargo, que ambos habían perdido convicción. Aquel hombre lleno de lagunas y frases inconvenientes no merecía tanto interés. Sí convenía en cambio revisar los errores, o quizá la complicidad, de la empresa de seguridad informática.

Termino de oír la grabación. El grito del viento atraviesa los patios interiores, se hace oír a pesar del aislamiento aséptico de las instalaciones de mi empresa y consigue que hoy no quiera buscar un bar al aire libre, ni quiera, tampoco, recordar mi vida al leer tu informe, León, sino vivir en las quimeras. Pues también yo tuve quimeras. Sueños de torpes candidatos a eso que alguien llamó «clase gozante» y a la que Tareq y yo, e incluso Anxo, no sin alevosía, hemos querido pertenecer. Diviso a lo lejos otras quimeras, corsarias las llamaría. No sé si me alcanzarán.

Última sección: Mutante y contraagente. Buen nombre. Hoy necesito poderío, León. Dame poder. Dame la llave para activar y desactivar algunas conductas.

Esta noche, cuando vuelva a casa y duerma sola, ya que Tareq tiene, ha dicho, un viaje de trabajo, protegeré tu informe de cualquier cámara y lo terminaré.

IG3 de AMX
Sábado, 06.50

Las organizaciones del entorno de Casilda, colmenas, como a veces las llaman, están enjambrándose. Aparecen grupos nuevos que guardan alguna conexión con los anteriores y a la vez tienen conexiones y rasgos diferentes.

No queremos ser alarmistas, describimos hechos. Hemos perdido el control del debate dentro de los hospitales. Lo atribuimos a que, al menos de momento, han dejado fuera el dinero. Pero no porque sea un debate idealista, sino porque desde el principio han establecido cuidadosas distinciones.

Debaten por orden. Presienten que llegarán a nuestro terreno: lo medible, las cantidades, las pequeñas y grandes prebendas cuya función es dividir. Sin embargo, ahora solo se están ocupando del sentido de su trabajo, nuestro punto flaco. Y ahí se hacen fuertes.

Tampoco estamos consiguiendo controlar los ataques a las empresas privadas de distribución de agua. Ni nuestra compañía ni las fuerzas de seguridad con quienes colaboramos. Solo hemos logrado reducir su difusión. Ha habido más apagones de riego de los que se han dado a conocer. Los cortes habían cesado, pero al parecer solo duermen, ayer mismo se reactivaron. Proliferan los colectivos que denuncian a los centros de datos por su consumo excesivo y opaco.

No hemos visto venir los textos depositados sobre los asientos de salas de residencias de la tercera edad y hospitales privados. Las palabras pasan. No obstante, y aun siendo anecdóticos, algunos se han convertido en bengalas de rencor. Dos versos de la lírica popular anónima: «Veo que todos se quejan, yo callando moriré», así reconvertidos: «Nos alegra que ya no te quejes y que, callando, mueras». Incordian.

Perdura el revuelo causado por la filtración interna de las previsiones de reducción sostenida de los fondos para desastres.

Y el número de móviles tontos aumenta. Nos viene mal. Tenemos previsto aumentar la distracción al introducir hasta en la sopa las nuevas aplicaciones de la IA. Y con la distracción, la vida de cada cual despachada como lo que no importa, la falta de intención. A los huidos, les afectará menos.

Creíamos tener las fábricas de armamento perfectamente vigiladas. Los sistemas de seguridad son tan férreos como los sistemas de recompensas. Parece que también han llegado ahí. Siempre hay un eslabón más débil. Y el castigo nos delata, nos hace parecer vulnerables ahora que, en cierto modo, lo somos.

Nuestras telarañas mantienen su eficacia, marketing perpetuo e individualizado en dos direcciones: el que vende experiencias y productos a los sujetos, y aquel por el que los sujetos se venden como producto o como experiencia. Junto con lo de siempre, el miedo a caer, la satisfacción de no haber caído. Hemos forjado la conciencia de un afuera peligroso, las cámaras proyectan paisajes de terror. Hay que aferrarse a lo seguro. Aun con todo, han comprendido que su afán por mejorar las cosas puede requerir atacar.

Hay quien propone suprimir Recalcitrantes y poner nuestro grupo a disposición de un mando que controle distintas divisiones para destruir las muestras de deslealtad.

Disentimos. Aconsejamos mantenerlo. No podemos llamar lealtad a lo comprado. No existe la lealtad mercenaria, es solo una contradicción y puede estallar, o encallar, en cualquier momento.

Estamos perdiendo la lealtad interna. Creímos que sueldos y presiones bastarían para garantizar la confianza de los que ya están dentro, los «nuestros». No teníamos su lealtad, teníamos el control por soborno o por miedo, y no es suficiente. Dar el paso hacia la represión equivale a avanzar por la segunda vía, el miedo. No desaconsejamos aumentar el control y los castigos. A la vez, fieles a nuestro papel de agente crítico, decimos: es necesario probar una vía distinta.

Consideramos que Recalcitrantes puede serlo.

Tenemos la oportunidad de usar a Casilda como plomada de este caos incipiente. La actitud de Jonás, por otro lado, está cambiando. ¿Dejará de ser un ambivalente para convertirse en *lover* o convencido?

Además, tenemos a León y a Minerva en el punto de mira. Nos ofrecen, sin saberlo, aunque algo puedan sospechar, una muestra dinámica de la fe del empleado.

Casilda
Sábado, 16.30

Vázquez ha salido airoso de la entrevista, menos mal. Ahora acosan a Verania. Está serena.

Como trabaja en una cooperativa con personas amigas,

tampoco su reputación ha quedado en entredicho, cosa que, al parecer, también buscaban por cómo se presentaron, dando por hecho que allí nadie conocía su militancia.

Entraron en las oficinas. Exigieron registrar los archivos de toda la cooperativa además del despacho de Verania. Llevaban una orden, motivada por su supuesta relación con un delito de desórdenes públicos agravados. Verania no está en el colectivo que llevó a cabo la acción de colgarse del puente a la entrada de Madrid. Podría haber participado en ella, pero se ha mantenido completamente al margen para salvaguardar nuestras colmenas, que buscan otro camino.

Esa misma mañana también han entrado en la casa de Pol, un chico de veinte años miembro de Acción por el Clima. Eso podría significar que si han ido a por Verania no es por nuestras organizaciones. Pero también nos dice que están matando moscas a cañonazos.

La represión nunca es solo el resultado, que haya condena o no, o multa o no. La represión rompe. Y ¿adónde van esas roturas? No podemos permitir que quiebren nuestros vínculos, el apoyo mutuo que sabemos darnos. Pero Pol quizá no ha tenido tiempo de conocerlos.

Se han llevado el ordenador de Verania y su móvil listo. Les ha contado que acababa de recogerlo de la tienda de reparaciones y que llevaba tiempo sin usarlo. El tonto, por suerte, no lo han buscado.

Aún no la he visto. Me han dicho que estaba bien.

Voy a llamar a Jonás. Ojalá pueda quedar, hoy me gustaría dormir con él.

Jonás
Sábado, 18.00

Le he dicho a Casilda que no viniera hoy a casa y que no podía ir a la suya. Dentro de un rato veo a Mario, estoy demasiado intranquilo y no tengo ni idea de lo que va a pasar.

Todavía no doy crédito a que la única persona que conozca la historia sea ese tipo que apareció por la tienda, Martín, un completo desconocido.

Se lo conté una noche, al salir de la tienda. Me debía una invitación, dijo. Fuimos a un sitio de cócteles, me recomendó uno, estaba bueno. Me tocaba pagar la segunda y repetí. Y empecé a hablar.

Su comportamiento fue exquisito. Debí de hablar más de media hora seguida. No me interrumpió ni una vez. Hacía apenas esos comentarios que demuestran atención y te invitan a seguir. Se lo conté todo. Fui hasta más sincero de lo que había sido conmigo mismo.

Pero no le dije que ese día había recibido un mensaje de Mario: iba a venir a Madrid a hacer gestiones y me proponía quedar. Parecía que el plazo estaba lejos. Ha llegado. Dentro de media hora le veo.

León
Sábado, 23.00

Sigo sin respuesta de Minerva. Me da reparo llamarla.

Minerva
Sábado, 23.30

Me acuesto sola, pero no del todo.

Hace tiempo que quitamos la televisión del dormitorio. El móvil de Tareq no está, el mío lo he dejado en otra habitación. No hay ningún otro dispositivo que pueda contener una cámara, y doy por hecho que no me han allanado la casa, no estamos en ese punto.

Me acuesto con el informe de León. Proyecto sobre sus últimas líneas el haz de luz de la lámpara de lectura. Ay, León, ojalá no me empujaras a la introspección, a mí, que he sido

172

una mujer danzante, a mí, que taconeaba en las fiestas y me reía a carcajadas en las noches de copas y olvido.

[…] Llegué a conocer el secreto de Jonás porque inferí, casi aposté, que estaba arrepentido. Tuve en cuenta la relación entre su trabajo anterior y el actual, tanto el descenso económico como el cambio radical de actividad y el hecho de que la nueva no tuviera aura.

Lo investigué. Como los datos no siempre bastan, me fui acercando. Tuve suerte y un día llegó el momento de la confidencia. Usé lo que sabía para asentir o para desviar la mirada en los momentos justos y que no se sintiera juzgado.

De las dos fases: lamento y luz en las últimas hojas de los árboles, entiendo que la segunda es decisiva y puede proporcionarnos un punto de apoyo.

Aunque el nombre contenga vaguedad, lo vago no es ambiguo. Lo ambiguo juega con dos barajas, confunde. Lo vago es un enunciado errante en busca de lo que todavía no sabemos.

Y todavía no sabemos qué hace que el lamento se enquiste en una cáscara de nuez siempre presente pero ya inofensiva, o bien, por el contrario, dé querella, sea semilla. Que en la noche, cuando todos duermen, el dolor causado se recuerde.

Acabar con esa luz contribuirá a evitar que su cansancio y la falta de confianza pasen a ser una amenaza para nosotros.

Debemos apagarla y llevarnos el interruptor. Suprimiremos la secuencia de latidos por la que un ser evalúa su comportamiento, evita que la justificación se instale y anhela corregir no lo hecho, pues no puede, pero sí sus nuevas acciones.

Por fin tendremos lo que siempre quisimos, hordas maleables.

Generamos individuos aislados, que solo saben proteger lo propio, o bien masas que entregan su desesperación más intransigente al líder de ultraderecha. Y no conseguimos acabar con las excepciones, los sobresaltos, la lucha de los núcleos organizados. Cuando ya no quede un resquicio para el arrepentimiento, no habrá golpes de timón.

Los tendremos peleándose entre sí, ausentes del sentido de las causas, del frescor añorado de la brisa. Aturdidos y completamente nuestros.

El informe de León ha terminado.

Me levanto, voy a la cocina, me sirvo un vaso de agua y me siento a la mesa imaginando la noche.

Es casi la una de la madrugada. Por la ventana entra el resplandor de las farolas y otras luces. La noche, bella y sobrecogedora, queda lejos.

Quizá León, desde esa casa en la sierra donde vive, pueda verla. O quizá tampoco, debido al alumbrado de su urbanización y del entorno.

Pero los dos sabemos que está ahí. La noche gigantesca, cuando todos duermen menos los que velamos. Por el dolor que infligimos.

También por el dolor que nos causaron. De esto has hablado poco, León.

IG3 de AMX.
Domingo, 06.30

Hemos accedido a partes del informe de León.

Parece que se centra en el arrepentimiento, algo que no es una pasión, un estallido momentáneo de amor o patriotismo, de envidia o mezquindad, agresividad o desprecio.

Conocemos bien las pasiones, sabemos manejarlas. Las consecuencias pueden ser destructivas para los sujetos en quienes las desatamos, pero no para nuestra industria.

El arrepentimiento combina memoria, pensamiento, emoción y voluntad. Perdura. Aunque sea un fenómeno infrecuente, es cierto que tiene poder.

Tanto a ellos como a nosotros, desde distintas posiciones, nos importa el momento excepcional, el que despierta «las energías dormidas», en expresión de William James, quien también habló de las crisis y las catástrofes como situaciones que pueden «encender el temperamento cívico».

Pero cuando la crisis se convierte en habitual, el civismo y lo heroico se abandonan, cansan.

No podremos acudir a esa confianza en la vida que despierta las energías dormidas, porque muchas se han consumido ya. Por un lado, sobornos y rentismos les han convertido en aprovechados nada diligentes. Por otro, privaciones, recortes y desgracias se instalan a medida que caen los apoyos públicos y el rencor crece. Como no tiene cauce, genera mayor soledad, más caos.

Ahora bien, los individuos con dilemas internos no son los que ponen en peligro la estabilidad necesaria para que nuestra actividad continúe. Son las masas, con especial atención a las trabajadoras. Nos preocupa su capacidad de intervenir en los suministros generales. También pueden negarse a practicar los famosos cuidados que sostienen la vida.

Cierto que esas masas están compuestas de individuos. La sutileza, sin embargo, la vida examinada nos parecen propias de diletantes. Ingenieros convertidos en tenderos, sí, acaso artistas, profesores universitarios.

No creemos que quienes malgastan toda su energía en el trabajo tengan tiempo de avivar llamas.

Aunque… ¿y si el arrepentimiento no es un lujo, a secas, sino que bombea la conducta de casi cada persona con más o menos asiduidad?

Casilda
Lunes, 20.30

Ayer detuvieron a Verania, tuvo que dormir en comisaría. Esta mañana la han dejado ir. No tenían una sola prueba. La trataron regular. Dicen que eso pasa por lo que hacemos. Pero es al revés: lo hacemos para que no pase.

He vuelto a llamar a Jonás. Aunque no comento nada, hay angustia en mi voz y lo nota.

175

Me dice que sigue con un asunto. Repite tres veces que lo siente. No puede contarme más, pero que quiere tanto como yo que nos veamos y nos abracemos. Intentará por todos los medios quedar conmigo mañana o pasado mañana.

No pregunto. Aunque me gustaría saber, no soy la persona más indicada para preguntar a nadie. Menos, cuando me ha dicho que no puede contármelo. No le doy vueltas. Confío en Jonás y todo se está poniendo ya bastante difícil.

Incluso Noa me ha dicho que tiene que verme en un sitio «de los míos». Deduzco que es su forma de decirme que necesita discreción.

Llego a casa. Meto la llave en el portal. Ayer, mientras me distraía un poco mirando las redes, encontré esta idea de un arquitecto. La arquitectura, decía, se practica. Nos ofrece hospitalidad, pero tenemos que devolverle urbanidad. No eres un usuario. Eres una tripulación.

No soy una usuaria ahora cuando enciendo la luz del portal, cuando subo por las escaleras, cuando abro la puerta de casa y la cierro para resguardarme.

Pienso en nuestra colmena. Y en todas las personas que están a nuestro lado. En las que caen. En las que no aceptan ser empleadas, usadas por quienes no respetan la vida. Temblad los que abusáis, los que saqueáis el mundo y al hacerlo nos destruís, los que no nos veis. No somos usuarias. Somos una tripulación.

Minerva
Martes, 00.30

Te escribo una carta que te daré en mano, León, o tal vez no.

Te felicito. Me has sorprendido, me has hecho pensar, y a tu manera me has acompañado. Echo en falta las causas: cuánto interviene esta clase de vida en los motivos del arrepentimiento.

Me refiero a todo lo que se cruza, nos atraviesa, nos hace.

Vivir donde las tareas están mal repartidas, poder pagar poco por lo que vale mucho, estar siempre a la zaga de una zanahoria que no quisimos pero sin la que no es fácil mantener el empleo. Suma los errores que unas veces sin querer, otras queriendo, añadimos al día. ¿Por qué no prestamos más atención? Si la prestásemos, ¿podríamos vencer la hibris, el exceso que no solo está dentro, León, que también está fuera y nos hace no ver al otro?

Conoces, seguro, la famosa frase de Spinoza: «El arrepentimiento no es una virtud, o sea, no nace de la razón; el que se arrepiente de lo que ha hecho es dos veces miserable o impotente».

Y supongo que conocerás también la explicación que da el autor. Yo he tenido que buscarla en el armario de los papeles y libros viejos, no quería ir a la red.

Los seres humanos raramente viven según el dictamen de la razón, y por eso el arrepentimiento puede ser útil. Dado que se equivocarán, viene a decir, mejor que no sean soberbios y mantengan la capacidad de avergonzarse para así poder, supongo, rectificar. No es nada religioso. Sería, creo, algo así como no alentar el crecimiento exagerado del yo, para que no se quede solo y se vuelva más débil y capaz de hacer daño al más débil todavía.

Escucha, León: si ayudas a acabar con el mecanismo del arrepentimiento, habrá cada vez más yo, más soledad, menos fuerza colectiva. ¿Te da igual?

Me solivianta que no dudes.

¿O mientes, y no crees que tu informe vaya a ser tan útil como dices? Al menos, quiero pensar, consideras que a nuestros superiores les falta la inteligencia y la paciencia para saber hacer algo con él.

Porque si no es así, León, lo que estamos vendiéndoles caerá sobre nosotros y lo lamentaremos.

Porque lo grave no es si pudimos haber hecho otra cosa, sino si podremos hacerla. Si podremos, tal como se propuso, según parece, Jonás, situarnos en una posición que nos lo permita.

CUARTA PARTE

UNA SEMANA DESPUÉS

IG3 de AMX
Martes, 06.30

Ya tenemos el informe completo.

Esperábamos otro tipo de recurso, fácil de aplicar y generalizable. No obstante nos vemos obligados a apoyar la pertinencia de continuar con Recalcitrantes porque estamos en una encrucijada.

Deseos y obligaciones. Adoptamos la síntesisde la abuela del sujeto observado, Jonás. No todas las obligaciones ni todos los deseos. Cuáles sí y cuáles no y quién podía determinarlo fue cambiando y democratizándose.

Luego llegamos nosotros. Un tornado individualista digital para barrer la idea de que las obligaciones podían formar parte de la identidad. Quedó solo el deseo para construirnos. La obligación era lo otro, la carga, lo que estaba fuera y jamás nos haría distintos, especiales.

No hubo un plan previo. A un lado, un clic para el deseo. Al otro, lejanos, insulsos, el espacio y el tiempo exigidos por las personas de quienes sentirse responsables. Les fuimos malcriando.

Quedaron las obligaciones que imponíamos mediante el poder y la violencia: presiones laborales, policiales, económicas... Y, para consolarse, acceso rápido a deseos, digitales y analógicos.

No se interprete esto como un alegato moralista contra la pantalla que liberó saberes, nos descargó del secreto vergonzante, nos entregó consejos, experiencias, formas distintas de

181

vida. No es lo que les dimos lo que les cambió. Es lo que les quitamos.

Les hicimos pensar que no tenían que ir al gimnasio, sino que querían ir. Y que no querían estar con el amigo lastimado sino que, en ese caso, les obligaban a estar. Cumplieron las obligaciones que supimos vestir con el manto del deseo. Contra esas tampoco se rebelaron.

¿Excepto quiénes? Excepto muchas personas y conjuntos de personas. La rebeldía nunca fue, como se piensa, una excepción. Ha habido demasiada. Y sigue.

Se organizan contra lo que llaman el altruismo obligatorio, contra la explotación y la falta de recursos. Van al corazón del asunto, la desigualdad: mujeres condenadas a asumir las obligaciones de varias personas mientras que el resto no asume apenas ninguna. Trabajos que destrozan vidas. No podemos permitir que avancen. Necesitamos la desigualdad para que nunca pierdan el miedo a caer.

Las rebeldes no aceptan nuestra retórica. No compran que lo malo sea la obligación. Se dan cuenta de cómo, mientras procuramos que miren a otro lado, seguimos acaparando materia.

Por eso recomendamos asumir la propuesta de León: quitarles, también, el arrepentimiento.

«Decidí no comprar algo. Por la noche me arrepentí. Por la mañana fui a comprarlo pero ya no quedaba». Que, poco a poco, este sea el único uso de la palabra, al menos el único uso de la inmensa mayoría. Que los demás usos queden engullidos por *tips* o consejillos, y por justificaciones.

Hemos premiado la polémica. Hemos penalizado la construcción colectiva. Ahora penalizaremos una determinada variedad de rectificación, de responsabilidad, de sensación de poder actuar de otra manera.

Imaginen, por un momento, que este IG3 de AMX no dispusiera del resorte del arrepentimiento. ¿Nos impediría eso corregir un informe, mejorarlo? Entendemos que no. El arrepentimiento no es el criterio. No hace desaparecer el agente crítico.

El arrepentimiento es como una inteligencia de la tristeza. Si no lo tuviéramos, lo que no podríamos plantearnos sería corregir un informe porque, aun careciendo de errores, algo nos atenaza. El pensamiento vuela sobre las posibles consecuencias de nuestros actos y se aflige.

Vino, música, cerveza, cotilleos, un buen plato de pasta, *muffins* de arándanos. Y las imágenes de ficción, reales, indiscernibles, una tras otra: un superávit de historias pertinentes para una identidad muy frágil que cada día necesita su alimento.

¿Quién, es posible que piensen, se arrepiente? ¿Quién tiene tiempo?

Hemos jugado a que la bola de nieve, a medida que rueda por la ladera y crece, olvide la piedra escondida en su interior y, de paso, olvide la montaña.

El deseo es vida. Al colmarlo al instante, les saciamos y enseguida presentamos otro deseo. Anulamos el tiempo en el que aprendes a fabricar el deseo sin que otro lo fabrique por ti.

Pero debemos prepararnos para el momento en que ya no podamos satisfacer los deseos que implantamos.

Mientras tanto, vuelven. Construyen compromisos, promesas mutuas, colectivas, de acción transformadora.

Les aturdimos y vuelven. Les agobiamos con mil requerimientos, les causamos ansiedad, pesadumbre, y vuelven. Incluso cuando los masacramos vuelven. No son mayoría, pero están siempre al borde de conformar la masa crítica necesaria para que su actitud se propague peligrosamente.

¿Es solo sed de justicia? Pensamos que no. Que perdura un sustrato y no hemos conseguido barrerlo.

¿Cómo se ha creado ese sustrato? No es meramente biológico, la expresión confunde: lo meramente biológico interacciona siempre con el contexto. Y más aún cuando involucra pensamientos, juicios, escalas de valores.

Ese sustrato, ¿por qué no?, podría estar compuesto en parte por lo que León ha llamado la luz en las últimas hojas de los árboles.

183

Jonás
Martes, 23.00

No voy a contárselo a Casilda, ni a Bernardo, ni a las otras personas que me quieren ni, desde luego, a Martín, ese cliente un tanto entrometido.

Me lo cuento a mí, todavía no lo entiendo.

El perdón es un regalo. Regalar implica no exigir algo a cambio.

Necesito buscar el punto en que ya no puedes seguir reduciendo una cosa, descomponiéndola en partes, porque dejaría de ser lo que es. Si descompones el agua y le quitas el oxígeno deja de ser agua, aunque puedas descomponer los átomos de hidrógeno en partículas menores. Un regalo deja de serlo si lo exiges. O si quien te lo da exige algo a cambio.

Visto así, no estoy seguro de que fuera perdón lo que me entregó Mario el otro día.

A lo mejor yo se lo exigí de algún modo. Y, desde luego, Mario sí me exigió algo a cambio. Si hubiera sido una reparación, lo entendería más. Por ejemplo, si él no hubiese encontrado trabajo y necesitara dinero, entendería que me hubiera pedido, o exigido, que me implicase en su búsqueda de trabajo hasta el final.

Pero no me pide una reparación. Tampoco una penitencia que me cause, como mínimo, incomodidad. Ni quiere lo que en la confesión religiosa llamaban «propósito de enmienda».

Me pide que vuelva a mi trabajo de antes.

Fuimos a una vieja cafetería al lado de la que era la casa de sus padres. Antes solíamos quedar con mi hermana allí.

—No quiero cargar —dijo— con el desperdicio de tu inteligencia. No quiero saber que por mi causa, aunque no sea por mi culpa, estás perdiendo dinero y oportunidades de hacer buenas aportaciones. Celia siempre se puso de mi lado, pero le pesa tu decisión, no solo por ti. Es tu hermana, a tus padres les afecta y eso también la influye.

Mario me conoce. Se adelantó a mi respuesta:

—No vayas a venir con que estás contento y con que a lo mejor habrías terminado haciendo lo mismo solo que más tarde. Eso no me vale, Jonás. Aunque no lo hagas aposta, me obligas a vivir con un peso que no es mío.

—Pero...

Me cortó:

—Si vuelves a tu trabajo y te vuelves a marchar, ahí ya no entro. Me parece que tengo derecho a pedirte que me liberes de esta historia. No te pediré nada más. Yo también te libero. Estoy bien. Me gusta mi trabajo en Mannheim. Han abierto una filial en España y el mes que viene me traslado a Madrid, es lo que quiero ahora.

Mi sorpresa había ido derivando hacia el enfado. ¿De verdad Mario podía exigirme cambiar de vida tres años después?

Entonces me contó la causa. Celia y él siempre habían sido amigos y solo amigos, se conocían desde los seis años, nunca se les había ocurrido verse de otra manera. Pero cuando Mario se fue a vivir fuera la distancia hizo su labor. Estaban muy enamorados. Iban a vivir juntos y me dijo:

—Todavía es secreto. Celia está embarazada. Lo contaremos pronto, cuando esté de tres meses.

Su nueva relación, entendí, lo cambiaba todo. Mario quería un borrón y cuenta nueva familiar.

A lo mejor la clave está en que no me exige, sino que me lo pide. Había usado la expresión «tengo derecho». Pero lo que dijo exactamente fue: «Tengo derecho a pedirte». De alguna forma, si yo no hago lo que pide, la carga ahora será mía.

He querido creer que lo de la tienda era porque estaba arrepentido y nada más. Como ya no podía volver atrás, me puse en una situación que no me permitiera hacer algo parecido a lo que le hice a Mario. En mi nuevo trabajo nada me

185

obligaría a dejarme llevar por deseos de complacer serviles, narcisistas, que dañan.

Quise creer que no estaba jugando la carta de la culpa. Esa culpa que acaba convirtiéndose primero en queja y luego en una acusación. La culpa con aspavientos. La culpa que sobreactúas y exageras porque no sabes asumirla y lo más probable es que acabes volviéndola contra alguien, a lo mejor contra la misma persona a quien hiciste daño.

Ahora ya no lo sé. ¿Exagero, o de verdad he aprendido a estar contento con la tienda, con Casilda, con la vida que llevo?

Han pasado varios días desde que vi a Mario y sigo igual, estancado en la duda. Si se lo contase a Bernardo, capaz sería de decirme que Mario debe estarme agradecido, que si no hubiera sido por mí y toda la movida a lo mejor Celia no se enamora nunca de él. Pero lo diría para provocarme.

Con Casilda ha empezado algo, los dos lo sabemos. De pronto es como si nos conociéramos desde hace mucho.

Sabemos poco de la vida del otro y prefiero seguir así. Dejar que el pasado aparezca en lo que somos, y no en lo que tengamos que contar.

Pero si de repente mañana me pongo a enviar currículos y me aceptan en una ingeniería inglesa o sueca, ¿cómo se lo explico? Aunque hay algunas aquí, ninguna se ocupa de lo que conozco mejor.

Mario volverá pronto a Madrid. Celia ya está buscando una casa para los tres. Ni Mario ni Celia me preguntan. Me gustaría hacer como que ya ha pasado todo. La conversación con Mario fue una especie de episodio, pero a lo mejor estamos en la nueva temporada.

Seguro, me digo, que prefieren que el bebé tenga a su tío cerca. Les ayudaría encantado, es que además me hace ilusión. Pero del trabajo, la verdad, tengo dudas.

León
Miércoles, 12.00

No me concentro. Me halagaron las palabras de Minerva. Me enorgullece haberle entregado algo que seguramente ni siquiera es mío, pero no importa: he sido el vehículo de una interpretación que, me gusta imaginar, le ayuda a pensar lo que acontece. A amar las horas de su ser en sombra. Y no me afecta que le haya, como dijo, soliviantado.

¿Quién cree Minerva que soy? Ayer me hizo unos comentarios como si los dos tuviéramos veinte años. No los tenemos, Minerva. El tiempo que nos queda se mide ya en muy pocas décadas. Sí, querida, estoy dispuesto a defender mi hallazgo. Quiero que me valoren.

Si atenúan el arrepentimiento conseguirán también atenuar la mayor parte de la obstinación. Les interesa saberlo. ¿Y tú juegas a sopesar la posibilidad de que me mantenga puro? Tú, Minerva, tú que sigues buscando tu gran indemnización.

Insinúas, irónica, que me arrepentiré. No creo. Si no usan mi hallazgo, usarán otro. Mi hallazgo, como tantas ideas, está en el aire. Además, si sale bien, te dije, vamos a ahorrar unos cuantos fracasos a los movimientos sociales.

Mira, retiro lo último, me da igual. No pienso justificarme. Solo espero felicitaciones de nuestros jefes, junto con una recompensa.

Sugeriste que un día podrían usarlo contra nosotros. Repito: nos queda poco tiempo. Cuando se multipliquen las carencias espero haberme jubilado, tras varias subidas de sueldo. ¿Qué haré entonces? Invitaré a Tiago a mi pequeña mansión de líneas griegas. Ven conmigo, le diré, a vivir en un cuadro de Guillermo Pérez Villalta.

Y no vendrá, eso insinúas. No vendrá porque no supe amarlo y por eso, o por otros motivos, se habrá convertido en uno de los obstinados.

¿Qué puedo contestar? El camino recorrido me ata. Si Tiago no viene, habrá otros amigos. Gozaremos del confort, un poco de seguridad entre los avances del espanto. No seremos los primeros en caer.

Si vienes a visitarme, Minerva, te haré un arroz con pescado, veremos atardecer, reflejos rojos en los charcos de la arena de la playa.

Casilda
Miércoles, 22.00

No podemos replegarnos. Es demasiado tarde. Tenemos que reproducirnos.

Nadie nos enseñó el precio, el dolor y la potencia de la confrontación.

Ni la rueda de los tiempos fáciles y difíciles. Las generaciones fuertes hacen tiempos fáciles. Los tiempos fáciles hacen generaciones débiles. Las generaciones débiles hacen tiempos difíciles. Y los tiempos difíciles hacen generaciones fuertes que harán tiempos fáciles para quienes van a venir.

Luego resulta que hay más factores. ¡Siempre hay más factores! La trama de la vida es tan sutil, y tan feroz, y todo está tan relacionado… A veces eso es increíble. Cada especie, cada soplo de viento y grado de temperatura en el agua en equilibrio.

Pero el equilibro se derrumba. No es que los tiempos sean difíciles, es que se precipitan hacia algo peor que el vacío a toda velocidad.

A muchas personas de mi generación no nos ha tocado ser débiles ni fuertes, sino regulares. Una adolescencia desconcertante, abarrotada de pérdidas y protección, desconcierto, hipocondría, soledad, bastantes extravíos. Caprichos por un lado, agobio por otro.

En entornos cercanos, la angustia era constante y no tenía que ver con la ambición sino con hechos enormes, losas de cemento que no hay manera de mover.

Fuimos saliendo. Ahora no hay tiempo para dar rodeos ni para pensar en lo que nos pasa.

Algunas de nosotras fuimos a manifestaciones con nuestras familias. Nos aburrían y al mismo tiempo nos gustaban, luego íbamos al parque o a tomar algo, nos juntábamos bastante gente. Todavía nos sale ese reflejo. Salimos a las calles, marchamos con pancartas pintadas con ceras donde escribimos cosas a veces muy serias. Avanzamos. Milímetros. Además, a veces avanzar es no dejarte avasallar y conseguir que no te muevan. Acudimos a marchas y a cadenas que organizaron otras personas; aguantamos bajo la nieve para rodear una embajada, para decir que no en nuestro nombre. Y no era suficiente.

Aprendimos solas a rebatir argumentos en unos pocos caracteres, a encontrar la música adecuada para un vídeo emotivo, a elegir la foto mejor, inventamos coreografías. En defensa propia aprendimos el sentido del humor porque formaba parte del modo en que nos comunicábamos y era nuestra herramienta más vital.

Lo que no aprendimos, de lo que no tenemos práctica, lo que no estudiamos para entender sus consecuencias y saber qué hacer con ellas, fue el sentido de la confrontación. De la analógica, de la que no es un zasca hecho de bits, una foto con tres frases, una recolección de firmas de clic en clic.

Incluso nuestra calle era, a menudo, simbólica. Íbamos, sacábamos las pancartas, gritábamos, volvíamos. Tenía, sí, valor y nos daba fuerzas para seguir. Pero ahora lo que toca no es seguir, mantener la posición, sino plantar cara y echar a andar hacia delante.

Nos manifestábamos tras pedir permiso, y el permiso nos lo daban lejos de los despachos donde se decidía el daño. ¿Por qué esperábamos que el sonido de nuestros pasos les llegase como una golondrina y que, al oírlo, nos tomaran en cuenta?

Cuando ocurrió, raramente, fue casi siempre una décima parte de lo que solicitamos. O nada.

A veces hay encierros. Eso se parece un poco más al conflicto. Parar desahucios fue un paso más. Vinieron otros. A veces alguien es detenida, o detenido, y tiene que mirar con entereza lo que le está pasando aunque no nos hayan enseñado. ¿Sabré yo mirar con entereza cuando un peligro encarnado se me presente delante? No nos enseñaron, pero podríamos haber aprendido.

Si preguntas a una persona que se ha tirado a un río revuelto, casi helado, para salvar a otra, por qué lo ha hecho, suele contestar que no hay razones ocultas, lo ha hecho porque tenía que hacerlo.

Si preguntas a alguien por qué lucha, muchas veces te dice lo mismo. Y, también, por la confianza en las compañeras, en los compañeros.

Pero cuando preguntas hoy a alguien que lo ha pasado mal, que ha sido detenida injustamente, que ha sido golpeada, que ha padecido la desconfianza de su entorno, que sabe, porque lo ha vivido, que aún no está a salvo, a veces te habla de un daño que sabe cómo procesar.

Quedarse alerta cuando ya no hay motivos para estarlo. Lo hemos visto en tantas películas, síndrome de estrés postraumático, a alguien se le cae un cuaderno al suelo y quien oye el golpe reacciona como si hubiera sido un disparo. El cuerpo vigilante no descansa ni en el sueño. Y ya se sabe que no hace falta haber vuelto de una guerra. Ese estado de alerta que no se puede desactivar, que causa ansiedad o tristeza o ambas juntas sin que pueda explicarse, a veces tiene su origen en la exposición a distintas formas de represión violenta.

Lo sé. Me digo que si fuéramos muchísimas personas luchando, las huellas duras de esa lucha serían menores y mayor la capacidad de volcarlas en el río de la vida.

No está bien hablar de que tengo miedo. No me gusta ni escribirlo. Habrá quien piense que sí está bien. A lo mejor en grupo sí es útil decirlo. Lo escribo ahora como un conjuro. Tengo miedo a la presencia fantasmal de la policía.

Y tengo miedo a nuestra debilidad. No sé si débil y deber tienen una raíz común. Quizá nos toca hacer lo debido.

Alma Moriano
Jueves, 00.00

Tecnología y poder, se supone que es mi tema. Como suelo decir: la vigilancia es una herramienta para la predicción, y la predicción es una herramienta para la manipulación.

Soy periodista, escribo libros, investigo, pertenezco a varias organizaciones del lado claro, el lado hacker de sombrero blanco que investiga, denuncia y construye herramientas para detectar a quienes vigilan en lo oscuro. Suelo saber lo que pasa en las grandes tecnológicas antes de que se dé a conocer.

Ahora me falta información, pero hay algo en marcha. Se habla de una fusión que dejaría a Europa aún más endeble en este campo. He oído también rumores sobre un grupo de estudios con un proyecto que enfoca las cosas desde otro ángulo. Y el otro día me hicieron una pregunta un tanto inesperada en una presentación. La persona que me la hizo se fue pronto. Ninguno de mis amigos que estaban en el público le conocía.

Cuando mis contactos lo confirmen, voy a proponer un reportaje sobre los grupos de estudio, inteligentes los llaman, cómo no, en las grandes tecnológicas.

Minerva
Viernes, 01.00

Cuatro capítulos seguidos, me los he ventilado a pesar de que sé que no debería haberlo hecho porque mañana tendré sueño. Una serie de un exmarine que sabe rastrear personas, averiguar lo que piensan mediante deducciones, pillar desprevenidos a quienes le persiguen, escapar cuando cinco tipos le apuntan con una pistola mientras dos más, en otra habitación, retienen como rehenes a una madre y dos hijas y han esposado a su novia. Uno de esos tipos con una amiga francotiradora que aparece en el momento justo con buenas ideas, capaz de no perder nunca el control.

Mi intención era ver solo un capítulo, me quedaban cuatro y he terminado la temporada. No sabía que se podía disfrutar viendo una pelea tras otra. Será porque ahora a las mujeres en las series no solo se nos trocea y se nos mata. Cada vez hay más que saben usar armas, hacer llaves, pelear limpio y sucio, encontrar el modo de acabar con el rival cuando parece imposible.

Es viernes. El avión de Tareq ha aterrizado hace media hora. Ha insistido en que no vaya a buscarle y yo no he insistido en ir. Porque a lo mejor es ella quien va a buscarlo, o a lo mejor van los dos en el mismo avión.

En todo caso, está granizando, el catarro merodea y agradezco no estar en el aeropuerto o atravesando un parking frío a medianoche, sino aquí, tumbada en el sofá con una manta mientras veo capítulos inverosímiles de una serie con traca final, incendio, humo, disparos, golpes, coches que rompen paredes. Al final, la chica no se queda llorando por el chico sino que se despiden porque cada cual tiene su camino y sus cosas que hacer.

Tareq, supongo, espera encontrarme dormida. No creo que piense que ha llegado el momento de que tengamos la conversación, aunque quién sabe.

Es tarde. Sabe que suelo acostarme sobre las doce. Lo extraño es que no me haya dormido, será por las explosiones.

¿Cómo puede ser que esté yo tan contenta? ¿Que no me duela el pecho, se me cierre el estómago y un nudo en la garganta me impida, casi, respirar?

Pues lo estoy. Lo digo sin cinismo. Sé que el nudo vendrá, a ratos. Habrá otros ratos de dejar que la vida me roce la cara con sus dedos, como ahora el agua de la ducha.

Tengo que escribir mi informe. Ya ves, León, me solivianto pero luego obedezco. ¿No hacemos eso la mayoría de las veces? Te indignas, de algún modo te causas buena impresión. Pasar a los hechos ya es otra historia.

¿Quién nos usa, León? Porque eso es emplear, usar. «El empleado», solía llamarte cuando casi no nos conocíamos. Me parecía que eras más dócil que yo. Aunque también a mí me emplean. Me usan. ¿Quién usará nuestros informes?

No te sobrepienses, le dijo Clitemnestra a Casandra, algo parecido a no te sobrestimes, pero no igual.

León y yo, en cambio, subestimamos a Casilda, nuestra Casandra. Es tan fácil. La juzgamos culpable de ingenuidad, de exageración: ¿cómo pretende poner tal carga sobre sus hombros? Ingenua, decimos, por ausencia de malicia. ¿No será acaso ingenua por su condición de libre?

Ah, pero no creas que me ves venir, León. Que detectas eso que ahora llaman síndrome de Lima, o de Estocolmo inverso, los captores que se identifican con sus capturados y se preocupan por ellos. No me identifico con Casilda, mi observada, mi sobrepensada.

Sí quiero que sepas que nunca, ni siquiera en el momento de mayor apogeo profesional, dejé de preguntarme para qué me empleaban.

¿Has sido del todo honesto en tu informe, León? ¿Crees que yo lo seré? ¿Merecen, dime, nuestra honestidad? O tal vez es que ya no podemos hacer otra cosa. De lo contrario, detectarían el engaño, se desharían de nosotros: no con una bala, como en mi serie, sino con una muerte laboral.

Tareq no llega. Me voy a la cama.

León
Domingo, 17.00

Tengo el informe de Minerva. ¡Dos folios, ni una línea más! Dudo: o ha querido ponerme en ridículo, o está ya falta de fuerzas.

Son las cinco, no me gusta beber solo. Sin embargo, me he preparado un coñac con soda. El momento lo requiere.

Nuestros respectivos jefes saben de sobra que estamos trabajando juntos. Cuando entreguemos esto pueden darnos una palmada en el hombro y relegarnos, o darnos el espaldarazo final, un bonus más que significativo y más tiempo para culminar nuestro trabajo. Desde luego, también pueden quitarse de en medio a Minerva y dejarme seguir solo. He terminado por apreciarla, le tengo cierto afecto, pero me irrita que haya escrito tan poco. Podría estar jugando a ser pura y escamotearles lo que sabe. Hace frío, no me importa. Salgo al jardín diminuto de mi casa. Llevo la copa, una bufanda, una manta escocesa y me dispongo a leer bajo este sol de invierno.

LA CULPA AJENA O EL DOLOR QUE NOS CAUSARON

Creíamos saberlo: la culpa ajena era la causa del rencor. Aunque a veces resultaba tan apabullante que paralizaba a quien la padecía. Había, no obstante, quienes lograban mantenerla a buen recaudo, la domaban y la convertían en un deseo de venganza, no siempre personal.

La venganza personal no nos preocupaba: desahogos, traiciones, peleas intestinas, todo eso les mantiene entretenidos y ausentes.

Pero cuando se doma y luego se articula, cuando una culpa ajena se conecta con otra y con otra, desemboca en un adjetivo inquietante para nuestros intereses: estructural. Entonces debemos prestar atención. Impedir que la venganza también sea estructural.

El sujeto Jonás ha sido analizado desde el punto de vista del arrepentimiento. Me dispongo a analizar a Casilda desde la culpa ajena.

Esta clase de culpa puede ser deliberada o no. Hay familias incompetentes, no por egoísmo sino porque arrastran su propia cadena de culpa ajena y les empuja, no pueden parar la corriente con que son impelidos y, sin querer, derriban a quienes tienen cerca.

194

Interrumpo la lectura, el viento casi me arrebata los folios. Llevábamos días como de una primavera repentina dentro del invierno; pero ayer granizó y hoy este frío me resulta insolente, descarado. No aguanto. Me vencen los elementos. Se me entumecen los dedos, tengo frío en los riñones, el viento sube por las perneras de mis pantalones. Dos casas más allá, alguien ha salido a podar las ramas de un árbol, el ruido taladra el tiempo. Me voy, como se van los pájaros en estampida. La manta en vuelo, la copa y los folios en la misma mano. Ya en casa.

Dejo a un lado el rencor y la venganza individuales. Sitúo la culpa ajena y el dolor que nos causaron en largas cadenas de comportamientos urdidos en el tiempo.

Casilda padeció la culpa ajena. No fue una culpa puntual, pongamos el error de un médico irresponsable. Más bien, un conjunto ordenado y desordenado de normas, malversaciones políticas y otros procedimientos convirtió varios errores en posibles y aceptables.

¿Por qué esos errores llevan, o así parece, a Casilda a enrolarse en un movimiento más amplio, en una tripulación, según ella misma dice, mientras que otras personas aceptan el daño, asumen que ya no tiene remedio, siguen con sus vidas como si les hubieran extirpado una parte del hígado, un hemisferio de su alegría, y no alcanzan esa clase de furia social un poco o muy reparadora que practica Casilda?

No tengo manera de demostrar ni cuáles fueron los hechos causantes de un embarazo no viable, ni que eso fuera causa a su vez de una bifurcación tomada. Por desgracia hay muchos casos por el estilo y las reacciones son diversas. Lo mismo sucede con la explotación, y hay que llamarla así, aquí no hay error, padecida por su padre y su madre, el origen de clase.

Quizá el rencor y la culpa ajena sean como esas figuras simétricas incongruentes, son semejantes aunque no sean superponibles, sucede con la mano izquierda y la mano derecha.

Quiero, por cierto, afirmar que ni el arrepentimiento ni determinada forma de elaborar la culpa ajena son un lujo de la clase media. Podrían serlo en determinados casos, pero no seamos paternalistas, no despojemos a nadie de la capacidad de experimentar lo que nosotros experimentamos.

Entre quienes no han atravesado episodios nítidos de culpa ajena, a veces para movilizarse les basta con conocer la culpa ajena abstracta, el dolor, aun lejano, que está siendo y será.

A otras personas, ese dolor las interpela pero no las saca de su casa. Ya sea por una desconfianza en las organizaciones que nos hemos ocupado de alentar. Ya por la costumbre de no abrir el ámbito íntimo, o bien por cómo se disipa aquello que se llamó toma de conciencia cuando carece de cauce.

Debo pues responder: ¿por qué Casilda sí eligió la furia reparadora? Celebro aquí el acierto contenido en el informe previo de León Martín. La culpa ajena, estimo, se conectó en Casilda con una modalidad de arrepentimiento colectivo, a la vez retrospectivo y anticipatorio.

Lo que Casilda metamorfoseó no fue solo su dolor, sino uno anterior que incluye al de su madre y su padre y el siguiente en otras vidas. La injusticia arbitraria arrasa mediante diversas formas de prepotencia y se obstinó en que al otro lado no tuvieran solo impotencia, resignación.

A diferencia de León, yo nunca me he acercado a Casilda. Pero sí he escuchado muchas de sus conversaciones. Me he remontado bastante atrás, hay maneras.

Conservo una frase dicha, un día cualquiera, mientras compartía una cerveza con su amiga Noa:

«Yo lo que no quiero es estar triste».

Nuestras plataformas difundieron la idea de que rectificar no es posible. Favorecimos el presentismo y su otra cara, la rapidez, la prisa: la vida en un *scroll* infinito, en un deslizamiento imparable. Al principio parecía extraño; ahora ya no solo parece natural, sino, también, necesario.

Por eso mismo recelamos de quienes no lo aceptan. Acampan en su dolor no para quedarse, sino como en una sala de máquinas. No se mueven mucho, se diría que no hacen mucho. Pero alimentan la caldera y un día, consecuencia de esos muchos o pocos otros días en que domaron su propia intemperie y la encendieron, dicen: «Yo lo que no quiero es estar triste».

Esta frase, de apariencia ingenua, es un torpedo en nuestra línea de flotación. La culpa ajena cayó sobre Casilda. Recibió daño, alguno también venía de atrás, de abuelas y abuelos, de padres y madres. Hizo entonces malabares. Fue saltimbanqui sin mandangas, sin decir que el sufrimiento enseña o nos hace más fuertes.

Con inteligencia, azar, y con la obstinación que perseguimos, una Casilda no triste salió del círculo vicioso del daño recibido.

Y un día, el resorte clama, se dispara, libera la energía almacenada en el muelle: Casilda llega a los lugares donde se organiza la furia.

La escuché también recordar a su amiga una canción: «"Me voy a marchar a la Conchinchina, y vais a quedaros todos aquí", gritaba mi madre desde la cocina, mientras preparaba rosquillas de anís».

Casilda elige volver su mundo un poco Conchinchina, un poco Kimbamba, un poco todo lo que le falta, lo que no es. Su elección nos puede provocar risa. Pero ya está fuera del alcance de nuestra condescendencia, y acaso fuera de nuestro control.

La próxima vez que un proceso como el de Casilda dé comienzo en otra persona, en muchas otras personas, nos convendrá reconocerlo, y atajarlo, que es como segar de un tajo, a tiempo.

Ahí termina.

Jonás
Lunes, 12.00

Ha entrado sin que me diera cuenta, cuando la tienda estaba llena de gente. Al cabo de un rato le he visto, se ha llevado la mano al móvil como si le llamaran y ha salido deprisa.

Juraría que ha sido una representación, no quería que le viera ni saludarme. Yo también prefiero no verle. ¿Por qué me observa? ¿Por qué se ha convertido en el destinatario de algo que no había contado nunca?

Ya he tomado una decisión. Nadie va a hacerme dudar ahora. Mi decisión puede estar equivocada, pero no lo sabré si no sigo adelante.

Hoy he encontrado una frase. Suele pasar: cuando ya has decidido algo, no cuando aún estás dudando, lo que lees, escuchas, incluso pequeñas cosas que te suceden, vienen y te reafirmas.

«Por malo que sea el mundo, tú has nacido para enderezarlo»: la mencionaba un autor alemán en internet, no sé de quién es. Si en lugar de «enderezar» hubiera escogido otro verbo: «arreglar», «mejorar», la habría descartado como lo que seguramente es, una frase de juventud. «Enderezar» no es una palabra que use a menudo. La lejanía con el término, su precisión, apuntala mi suerte, luego se va.

Las frases, lo sé, no bastan, pero de vez en cuando uno de esos goles semánticos ayudan a seguir, como cuando en un día frío y gris algunas farolas se quedan encendidas por error, y ves los grandes goterones de luz anaranjada suspendidos junto a los chopos, colgando, se diría, de ninguna parte.

Seguir, ¿para qué? Pues bien, ahora me gusta mi para qué. No discuto los ajenos de mi entorno. Cada cual con los suyos y bastante complicado es ya tenerlos. Pero conocer a Casilda me ha hecho pensar que puedo soplar sobre esta mansedumbre, pensar que no estoy del todo a merced de los titulares de periódico y de los fondos que impulsan la gestión de residencias de ancianos inhabitables, por decir algo.

Mi decisión es hablar con Mario y con Celia, los dos juntos. Les diré la verdad: al principio el estar bien en la tienda pudo tener algo de culpa ejercida como una acusación. Les pediré perdón si es que lo han vivido así. Les hablaré de Casilda. De la organización pública a la que pertenece. De nuestra relación. Les diré que ahora estoy aquí, y aquí voy a quedarme.

Casilda
Lunes, 23.00

Noa me ha llevado a un bar cerca de su casa nueva. Ponían buena música. Casi no nos oíamos. Ella ha dejado el smartphone en casa. Yo tampoco he llevado mi móvil tonto o que no va de listo.

—¿Por qué lo haces, Noa? Necesito saberlo.

Me he sentido mal preguntándoselo. No tenía que haber dicho que lo «necesito». Ella me lo habría contado igual y no habría percibido desconfianza.

Me lo explica. Y sigo sin saber si puedo creerla.

No es por Noa, es por cómo están las cosas. Parece que hay alrededor de trescientos mil policías en total, sumando también la policía local. Son pocos cuando no sacan a las empresas de los paraísos fiscales. Son pocos cuando no evitan que maten a las mujeres, cuando no inspeccionan las casas de apuestas, ni los delitos de los poderosos. Son pocos para las ilegalidades grandes. Pero son muchos para las ilegalidades menores. En prisión hay unas cuarenta y ocho mil personas. Serían unos seis policías y medio por cada persona presa. Hacen otras cosas, vale, pero es un cálculo para imaginar. Ayuda a ver que para el tipo de personas a quienes persiguen hay mucha policía. Y ahora, nosotras hemos pasado a formar parte de ese tipo de personas.

Desde algunas instituciones quisieron evitar que calificaran como terroristas a quienes habían echado agua teñida con remolacha sobre la pared del Congreso. Dijeron que el activismo climático era necesario. Lo dijeron con la boca pequeña. Al menos lo dijeron.

A lo nuestro no lo llaman activismo climático, y supongo que hacen bien. Podríamos llamarlo sentido de lo común, pero es demasiado bonito. Podríamos llamarlo querer tener riendas, aunque sea el título de una canción de amor. También podríamos llamarlo complot: conjuración o conspiración de carácter político o social. Una amiga hizo su tesis sobre el complot en la literatura y todavía sigue publicando artículos. Le interesaban, me decía, sus efectos metafóricos y paradojales. Pero cuando esos complots literarios tocan la realidad se hacen pedestres. Como si tener un plan concreto no fuera de lo que están hablando. En nuestro caso, no usamos la palabra «complot». Su etimología, sin embargo, se ajusta a lo que hacemos. Viene de los acuerdos que la gente hacía en el campo de batalla. Se tomó, dicen, de *complicitum*, con la misma raíz que cómplice y complicado.

Pues en eso estoy con Noa. En cómplice y en complicado. Noa y yo. El vínculo es demasiado directo. ¿Y si la han enviado? No a cambio de un soborno, de eso estoy segura. Pero pueden estar chantajeándola, o haberla intoxicado con una información que ella cree sorprendente, relevante y casualmente accesible. Ella se enorgullece de entregárnosla, sin saber que es una trampa.

Noa ha titubeado al responder:

–Porque puedo, Casilda. He encontrado estos datos y me queman las manos. Son años de vivir en la contradicción, tú lo sabes. Tantas bromas sobre el lado oscuro. Me estimula lo que me pagan, habla del talento que han visto en mí. Pero también me avergüenza. Por una vez, puedo poner de acuerdo lo que soy con lo que hago. O lo que creo que soy. Porque van a quitarse de encima a cien empleados. Y aunque ahora no me toca, me tocará la siguiente. ¿Por rabia? No lo sé. Quiero hacerlo.

La escucho con atención. Todo encaja. Supongo que es mi miedo el que me hace pensar que hay demasiados argumentos.

Se ha dado cuenta, creo, de que no confío completamente en ella.

Dicho así suena duro. Confío en Noa hasta el final, que es lo mismo que decir: le confiaría mi vida.

200

El caso es que hay un pero: ¿le confiaría la vida de otras personas? Me temo que no.

Tenemos amigos con juicios pendientes. Cada vez más. A unos les piden veintidós meses de prisión. A otros, cuarenta.

A veces pienso que exagero; a veces, necesito exagerar.

Quiero más detalles: ¿cómo ha conseguido el documento? ¿Qué riesgos corre dándomelo? Salvo la transcripción a mano lejos de las cámaras, lo cual en su empresa es imposible, cualquier forma de copiarlo es detectable, imprimirlo, sacarle fotos, enviarlo o pasarlo a algún soporte. Mi pregunta quizá le ofenda, pero tengo que hacerla.

Dice que ha tenido muchísima suerte. Que esas cosas pasan:

—Es mi terreno, lo conozco, nadie puede saber que he cogido ese documento. Alguien se equivocó, tuve suerte, os estoy regalando esa suerte.

—Por supuesto, Noa, pero es que tenemos que exagerar la precaución. Estamos acostumbrados al trabajo lento. Y esto tan repentino, me preocupa.

—Antes decías que esa lentitud no era eficiente.

—Bueno, eficiente a lo mejor no es la palabra, pero da igual. Es verdad, Noa, y te lo agradecemos un montón.

—Me lo agradecéis, ¿quiénes? ¿Tú me lo agradeces?

—Sabes que sí.

—Creo que voy a irme.

—Pero, Noa…

—Pero, Casilda, creo que no tienes ni idea de lo que es estar en una empresa como la mía. Una que «gestiona el riesgo macroeconómico, dirige los resultados de la cartera y se beneficia de las megafuerzas». Así se definen, «megafuerzas», parece sacado de un cómic de Marvel. Nos evalúan cada mes, a veces cada dos semanas, a veces cada semana. ¿Lo quiero todo? Sí, lo quiero todo, el ascenso y la aventura. Quiero el sueldo holgado que me cuesta lo mío, y quería también vuestra gratitud, porque antes erais mi gente, Casilda. Porque a diario lo que tengo es tensión, diez, doce horas diarias, miedo a no dar la talla. Te amonestan, y si tienes varias amonestaciones, ahí te quedas, el despido, el frío. Tú eres funcionaria y no lo puedes entender.

–Seguimos siendo tu gente, Noa.

–Ya. Me voy. Estoy agotada.

Noa me da una bolsa de tela donde ha puesto un paquete de pastas de maíz e, imagino, el sobre. El detalle del camuflaje me hace sonreír. Empiezo a darle las gracias pero ya se ha puesto de pie y acaba de dejar sobre la mesa un billete de veinte euros, aunque sabe que es exagerado, supongo que no quiere esperar a que nos cobren ni a nada.

Me levanto para darle un beso, inútil.

Ya en casa, miro la bolsa de tela con flores amarillas y verdes que simulan estar pintadas a mano. De momento no voy a abrir el sobre. Necesito saber más. Y volver a estar bien con Noa.

León
Lunes, 23.00

Me halaga el reconocimiento público que hace Minerva de mi informe. Desconfiaba del título del suyo. *La culpa ajena* es como se tradujo una película de Griffith; *Lirios rotos* en el original. Un chino emigra a Estados Unidos y se enamora de una joven estadounidense maltratada por su padre, un exboxeador alcohólico. No sé por qué pensé que Minerva se iba a meter en genealogías familiares, lo cual habría sido legítimo pero probablemente inútil para nuestro proyecto.

Ahora sus palabras retumban en mí, bum, bum, y me he puesto a buscar en internet esa canción cuya mención también me parecía un poco inapropiada. Se me ha pegado. Además, la letra me ha traído a mi madre, que nunca habló de la Conchinchina pero en quien sí vislumbré ese deseo de soltarlo todo y marcharse.

Desde nuestra casa se veía un tramo de la M30; detrás, hileras de azoteas, antenas, edificios. Vivíamos en un quinto, pero estaba en lo alto de una cuesta.

Mi madre casi nunca miraba por la ventana, era como si quisiera esquivar esa lejanía.

Una noche, sin embargo, regresé de madrugada y la vi ahí. Estaba tan absorta que no me oyó. Me acerqué.

—¿Qué miras, mamá?

No se sobresaltó. Me contestó con un ritmo aminorado, distinto al talante enérgico que mostraba durante el día.

—Esa lucecita —dijo—. Esa de ahí: vas por el centro, avanzas, y luego un poco a la derecha.

Señalaba un tejado no plano, como la mayoría, sino abuhardillado y con tejas. Había un punto de luz. No parecía que la habitación a la que daba la ventana estuviera encendida. Era como una baliza de una antena o algo parecido.

—¿Te imaginas vivir ahí?

Lo preguntó sin mirarme. Yo sí miraba su semblante relajado, sin huella alguna de insomnio o desasosiego. Sentí una especie de pudor al pensar que tal vez tendría la misma expresión después del placer.

Me retiré tras darle un beso leve en la mejilla.

No me pregunté entonces cuántas noches, mientras mi padre, mi hermana y yo dormíamos, habría estado ahí, de madrugada, la mirada y el corazón puestos en su modesta Conchinchina: una vida muy cerca, en la misma ciudad, pero libre del pacto de una familia convencional, de unos gastos que ella seguramente nunca quiso y, sobre todo, de un horizonte que parecía clausurarse antes de tiempo, aunque mi padre no fuese una mala persona, aunque mi hermana y yo no hubiéramos causado demasiados disgustos.

A ella le cayó encima la obligación de quedarse, porque ganaba menos, porque éramos pequeños. Mi padre, con una indiferencia cómoda, viajaba, y volvía a casa cargado de regalos, sin dar nunca señal de haber imaginado a mi madre despierta de madrugada, de pie junto al cristal, mirando esa buhardilla.

Al año siguiente me fui de casa. Tenía un buen sueldo. Se me ocurrió que mi madre aún estaba a tiempo, que podía hablar con mi padre y mi hermana, que podíamos regalarle un año como una beca a sus cincuenta y pocos, ¿por qué no? Antes de que llegásemos a hablar, enfermó mi padre. Ahora pienso que tendría que habérselo contado de todos modos, hacerle saber que la habíamos imaginado.

Quizá cuidar a mi padre durante once años no fue para ella solo una obligación. Quizá también entonces mi padre soñó con buhardillas eléctricas. No lo sé.

Ahora que ella ya no está me despierto a la misma hora y me levanto. Desde mi nueva casa no se ven buhardillas, no me hace falta. Pienso que llevo a mi madre a una, con un buen aislante en el tejado, fresca en verano y cálida en invierno, una casa barco donde ella emprende aquellos estudios que añoraba, invita a amigos y cantan y charlan y cuentan historias hasta el amanecer.

Nuestros jefes no contestan. Ni los de Minerva, ni los míos.

Han detenido a Casilda. Y esta vez va en serio. Minerva pudo oír lo que pasó.

Ha sido acusada de contribuir a boicotear la producción de sistemas merodeadores. Así llaman a un tipo de drones de vigilancia, reconocimiento y adquisición de objetos. Si en vez de sistemas dicen municiones merodeadoras, se refieren a drones que matan y luego se destruyen.

Ella lo negó con lo que parecía una sorpresa genuina. «En las emergencias —dijo— emergen cosas». A continuación, tras cada pregunta, solo repitió en tono monocorde una y otra vez que quería hablar con su abogada.

Nos viene mal su detención. Las armas son un discurso que obliga a los demás a retirarse. Ante un boicot en una empresa de armamento, no hay término medio, ni diálogo. Se busca el trazo grueso, reprimirlo; luego, ya se verá.

Si nos preguntaran a Minerva o a mí, diríamos que es improbable que Casilda tenga relación con el boicot. La sede donde ha sucedido está en Las Palmas de Gran Canaria. A tal distancia debería haber dejado alguna huella comunicacional, mail, mensajería, viajes o conversaciones telefónicas. Todo eso lo tenemos acordonado, por así decir. Incluso estamos al tanto de los servicios de mensajería que la visitan. En el último mes, Minerva hizo también un seguimiento del correo analógico, el más difícil de detectar.

Problema: la empresa boicoteada tiene una filial dedicada a tecnología financiera y es ahí donde trabaja Noa, excompañera de piso de Casilda. Eso ya no parece casualidad. Pero Noa no ha tenido contacto alguno con la empresa de Las Palmas de Gran Canaria. Ni su empresa ni nosotros ha encontrado rastro de esos contactos en sus comunicaciones electrónicas.

En fin, seguimos a la espera.

Yo sigo a la espera. Minerva se ha impacientado. Ha empezado a entrometerse más de la cuenta. Le advierto: puede perderlo todo. Me escucha pero no me hace caso.

Minerva
Miércoles, 20.00

Han soltado a Casilda. Jonás quedó con ella a las 15.30 en el bar de la cuerda de bombillas.

—¿Estás bien?

—Sí. Te habrán contado lo de la bienvenida. Como había sido solo una noche, no me lo esperaba. Yo he participado en algunas de esas bienvenidas. Pero nunca imaginé lo importante que es cuando estás al otro lado.

—Me lo han contado, sí. Me alegra un montón. ¿Y la detención, y la noche? ¿Quieres hablar de eso?

—He conseguido decir una única frase: «Quiero hablar con mi abogada».

—¿Te han tratado bien?

—Bueno, verás. Es que el año pasado fui a la presentación

de un libro sobre la policía y el orden social. Y me he apoyado todo el tiempo en algo que contaron. Muchas veces cuando «los nuestros», ya me entiendes, salían de una detención, quienes resumían lo que había pasado decían: «La han o le han tratado como a un delincuente». Y sin buscarlo daban a entender que más o menos hay derecho a tratar mal a los delincuentes, pero no a nosotros. Y no, el maltrato siempre es excesivo, sea con quien sea. Me concentré todo el tiempo en eso. ¿Cómo me trataron? Regular. No hubo golpes, sí desprecio, machismo, intimidación.

Llovizna. Me largo. No necesito seguir oyendo esta conversación. Al fin y al cabo: ¿para quién la escucho? Si mis jefes callan, ya no sé para quién escucho: ¿para León? No; nunca fuiste mi primer destinatario, aunque algún día deba decirte cuánto aprecié tu compañía. Tampoco lo fue Tareq. Joseba hace mucho que no me habla como la lluvia. Y no escucho para mí. Pienso en rasgos movedizos de personas distintas, rasgos que son recuerdos vividos o imaginados, como el olor a chispas de las piñas en la hoguera. O algún eco de voces excitadas, unidas.

Narro fuera de campo. Selecciono un momento anterior y se lo hurto a mis jefes.

Casilda abandona la comisaría a las nueve de la mañana. Yo estoy ahí desde las ocho, sin heroísmo, desayuno en un bar con vistas al edificio. A las ocho y media van llegando. Según he indagado luego, son lo que llaman comités aleatorios. Si detienen a alguien por un desahucio, la rueda gira: no se convoca a sus compañeros, sino a los que trabajan en una asamblea de un barrio o en un grupo ecologista. Si detienen a alguien de un grupo ecologista, la rueda gira y acuden quienes se han movilizado contra la ley de extranjería u otra causa. No es para que no les localicen, parece que es para no olvidar las otras luchas. Como sus fuerzas son escasas, hay mucha militancia repetida, mismas personas en distintos grupos, quiero decir. No importa, cumplen con dos objetivos: encarnar el si nos tocan a una nos tocan a todas, y ampliar el campo de batalla. Además, envían personal sanitario y jurídico por si hubiera pasado algo.

Cuando Casilda sale, esperan alrededor de treinta personas, en silencio. Dispersas por la acera en grupos más pequeños para que no puedan ser acusadas de formar parte de una concentración. Cantan en voz baja, es cursi hasta decir basta y también muy divertido porque han sacado de contexto una canción romántica, y la cantan declamándola con cómica intensidad. Para mí que estoy en la acera de enfrente es ligeramente conmovedor.

Son solo unos versos, un estribillo, enseguida el canto se diluye. Algunas personas de la comitiva se dispersan mientras otras charlan con Casilda.

León, ahora sí me dirijo a ti: te has enterado, supongo, de que mi empresa va a absorber a la tuya. Aún no sé si habrá otra que nos absorba a ambas, pero los rumores lo están dando a entender. Si ocurre, mis planes de chantajearles, ¿adónde irán?

QUINTA PARTE

ONCE DÍAS DESPUÉS

IG3 de AMX
Sábado, 06.45

Nos han confiado una nueva sección: un Think Tank de acción comunicativa. Recapitulamos aquí la experiencia de un material en cierto modo desperdiciado, intacto. Lo procesamos tarde, perdimos su potencial.

Nuestro compromiso ahora es reconvertirlo y ponerlo al servicio de la nueva etapa. Abrir camino al cambio. Este último informe será también el primer paso en la campaña que pronto se dará a conocer: «Cambio de época».

Presentamos nuestra conclusión.

La información, es sabido, oculta los fracasos. Queda lo que funciona y su presencia sepulta pronto los errores, las ruinas, los cientos de miles de proyectos dejados a medias o parcos en beneficios o ruinosos, olvidados. El olvido es útil para la imagen que proyectamos, pero nos perjudica a la hora de avanzar.

Afrontemos los hechos.

Había una mirada perspicaz en las propuestas de los dos analistas, León y Minerva. Un hallazgo. No lo pudimos rentabilizar.

Estábamos demasiado satisfechos con el éxito de las incubadoras de grupos de extrema derecha. Con ellas, coronamos la cima.

Debíamos hacer algo con el sector de la población que temía a su propio dolor y, algunos, menos, a su arrepentimiento. La mayoría ya está donde queríamos: atacan al débil, al diferente y a la clase media autoengañada que no comparte su preocupación. Olvidan su dolor mediante agresiones; unas aisladas, otras dirigidas por nuestros aliados.

Un ejemplo cualquiera: en su desesperación por encontrar alivio al malestar, agreden a los médicos jóvenes de atención primaria, a las médicas en especial. Cuando se les castiga, se radicalizan más y siempre a la derecha. Porque necesitan un cambio radical y es el único sitio donde les prometen uno. Como el enfermo que, ante la falta de remedios reales y probados, se entrega a cualquier esperanza, incluso si es contraproducente o increíble.

Muchos otros permanecen al margen, atrincherados en su pequeña felicidad amenazada; no protestan, no molestan.

Pero quedan los recalcitrantes. Unas cuantas personas organizadas y, estas sí, molestas. Con ellas usábamos el «Divide y vencerás». Funcionaba. No obstante, los débiles aprenden. Estaban preparados y no cayeron en la trampa.

Siguen creyendo en la construcción colectiva, por lenta, difícil y poco práctica que pueda llegar a ser. En lo que ya no creen es en el mito de David contra Goliat. Han tomado nuestra táctica y nos la devuelven. Se dividen antes de que lleguemos, y a conciencia. Forman las temidas redes distribuidas que, en internet, nos costó años reconvertir en unas cuantas plataformas de nuestra propiedad, dirigidas solo por nosotros.

Muchas y muchos davides. En los tiempos difíciles, se nos ha dicho a menudo, no es buena idea ser grande. La avecilla resiste mejor que el elefante. Al dividirse, también se multiplican. La unión vendrá después, confían en eso.

Miramos el mapa. Nuestro filtro ya no lo abarca todo. Nuestro sueño totalitario de pantallas en las que brillarían los puntos inestables que debíamos controlar, ahora nos muestra una imagen inquietante. Aun no siendo muchos todavía, son demasiados. Y cada vez más están más tiempo fuera de radar.

«Si lo ves todo, no ves nada», dijo Snowden. Ellos lo usan a su favor. Los que están dentro están demasiado dentro. En las empresas, en organismos públicos, en tiendas, en lugares que ni siquiera tenemos clasificados. No podemos poner en marcha una monitorización totalitaria; aunque tuviéramos la capacidad física para hacerlo, de momento no nos conviene perder la seña de identidad que nos diferencia de nuestro relato sobre China.

Contábamos con el salario. Los sujetábamos con él. Pero cuando el «No hay futuro confortable», en nuestra versión, se cuela por todas partes, el salario ya no siempre les sujeta. Quedan los leales convencidos y los leales involuntarios, esos que cierran los ojos y protegen lo suyo. Quedan también los derechizados convencidos y los involuntarios, esos que se hunden aislados, desesperados. Sin embargo cada vez hay más filtraciones, hemos perdido la impermeabilización.

Si hubiéramos reaccionado a tiempo. Si hubiéramos evitado la metamorfosis. ¿Por qué son capaces de convertir el arrepentimiento en una especie de fiebre moral que deviene política? ¿Por qué convierten la culpa ajena en lucha colectiva?

Creíamos que no sabrían. Irían cayendo, y por caer entendemos quedarse en casa, abandonar. Dedicar primero menos tiempo y luego, un día, borrarse, o dejar de pagar la cuota, o no aparecer y no tener ya en la organización a nadie conocido a quien decir adiós.

Se cuentan a menudo historias de espías durmientes o de extraterrestres enviados a algún planeta lejano que, pasado el tiempo, mandan sus coordenadas sin que nadie conteste a la señal. Nosotros hemos procurado, con éxito, impulsar el escenario opuesto: organizaciones que envían coordenadas y documentos que nadie lee, emiten llamadas pero nadie acude, hasta que al fin comprenden que se han quedado sin hogar, sin la famosa construcción colectiva.

Pero no es lo que está pasando hoy. La organización de Casilda ha tocado el consenso en el trabajo. No lo ha hundido; le ha hecho una muesca, debajo de la superficie esmaltada se vislumbra la posibilidad de transformar la impotencia en potencia. Y ya no es ese grupo el único que araña.

Han evolucionado desde el «Sí se puede» de hace unos años. Ahora que la conciencia de la dificultad es alta, su lema es algo del estilo: «Las batallas se tienen que dar aunque estén perdidas, porque el hecho de darlas hace que puedan dejar de estarlo».

Semejante actitud se convierte, para un sector de la población no desdeñable, en lo que llaman la costumbre de no rendirse.

Así las cosas, desde nuestro recién estrenado Think Tank de acción comunicativa, presentaremos la nueva campaña: «Cambio de época». Tras la fusión daremos a conocer las nuevas propuestas.

Casilda
Lunes, 20.00

Verania: Me preocupas.
Casilda: Venga ya.
Verania: Te saco veintidós años.
Casilda: No es tanto.
Verania: Podría ser tu madre.
Casilda: No significa nada.
Verania: Significa que quiero para ti un poco de *carpe diem*.
Casilda: En el instituto el tópico sonaba a estrategia barata para ligar. Vive el momento, damisela, porque vas a envejecer pronto y perderás la clase de lozanía que yo deseo y quiero que me entregues ahora. A ver, Verania, ¿tú no gozas ahora, con tus años, de la vida?
Verania: Sí, y con más fruición que antes. A los veinte algunas cosas me pasaron demasiado a flor de piel, con un exceso de expectativa y agitación. Pero tú ya no tienes veinte años.
Casilda: No. Tengo treinta y siete. Mis veinte fueron bastante tormentosos, aunque lo que más recuerdo es lo emocionante.

Verania: Tenemos que organizar relevos. Te veo cansada. La chispa no dura siempre. Tú tenías mucha. ¿Y si se acaba?

Casilda: Anemia de chispa.

Verania: Algo así.

Casilda: Pues transfusión de chispa. Por no decir que esta analogía cocacoliana con la chispa me parece un poco plof.

Risas.

Verania: Eh, que la chispa tiene una gran tradición, Coca-Cola la adoptó muy tarde. Si fuera tu jefa te obligaría a irte de vacaciones. Para explotarte mejor.

Casilda: Pero no lo eres. Y si lo fueras no creo que te dejaran obligarme. ¿Tú tienes miedo?

Verania: No. No es por eso. Vamos bien. Lo de ahora no lo esperaban. Yo tampoco lo esperaba.

Somos mucha gente haciendo cosas que tienen consecuencias. Y sí, pueden tomar cada vez más represalias. Pero, al final, yo ya viví. Me preocupas tú. Tu anemia. Cuando debajo del ojo ya no aparece esa cinta roja, del color de la vida, el fuego, la fuerza, sino algo rosado casi blanco. No quiero que el alma también se quede pálida. El alma, bueno, ya sabes, las ganas de vivir.

Casilda: No va a pasar.

Verania: Está pasando.

Casilda: Tomaré hierro. Dormiré más. Ahora sí pareces mi madre. Bailemos, venga. Pon una canción, venga, venga, que luego tenemos que irnos.

Verania: Mi móvil tonto no tiene música.

Casilda: Vale, el mío tampoco. Cantemos.

Verania empieza a golpear la mesa y luego se levanta y golpea el respaldo de la silla e imita la parte instrumental de una canción que le gusta bailar en las fiestas, pura música disco antigua, pero Verania siempre la pone y me la sé y la acompaño con la voz simulando la parte instrumental y luego cantamos como si fuéramos Gloria Gaynor hasta llegar al estribillo musical que tarareamos subiendo la voz: «Na na, na na, na, na, na, na», y seguimos, alejándonos de nuestra mesa para no dar la turra, aunque el bar está casi vacío.

Sin transición empezamos a dar saltos con el «lo, lo, lo, lo» del «Ay mamá», las manos en alto, la risa incontenible después.

La camarera que pasa nos mira sin disimulo.

Casilda: Me van a echar un día de este bar.

Verania: Con razón.

Nos abrazamos, volvemos a las mesas.

Verania: Vale, no creas que me has convencido. Voy a buscarte un relevo.

Casilda: Si yo no hago mucho, Verania… –dudo–, solo lo que ya sabes.

Verania: Eso ya es bastante. Es mucho.

Casilda: Pero me encanta.

Verania: Ay, hierro y más cosas vas a tener que tomar. Y ahora me pongo seria. Aunque tengamos que irnos quiero decirte esto: ellos, bueno, no sé quiénes son ellos y sé que todo está mezclado, como por ósmosis. Y que a veces hacemos de ellos.

Casilda: Superseria.

Verania: Sí. Sigo: el caso es que hay un ellos. Y desde que empecé con esto, llámalo lucha, militancia, o militancias, coordinadoras, asambleas, siempre me ha parecido notar que estaban ahí, acechando y alimentando nuestro hartazgo. Querían que nos cansáramos, o que nos conformáramos con algo estático, que ya tiene unos circuitos cerrados y que no suele hacerles frente.

Casilda: Sé lo que dices.

Verania: El caso es que hay también otro resultado: nos vamos agotando. No renunciamos. Hemos dado el paso a la confrontación. Pero brillamos menos. Como luciérnagas cansadas. No podemos dejar que nos pase, Casilda.

Casilda: Vale, dormiré más, te lo prometo.

Verania: Gracias.

Casilda: Pero a mí a veces me pasa lo contrario. Aunque esté de moda, no me gusta la palabra «disfrutón», supongo que es por el «ón», porque convierte disfrutar en una especie de avaricia. Al revés que los árboles.

Verania: Hmmm..., me he perdido.

Casilda: Sí, los árboles de ciudad, sobre todo. Humo, falta de espacio, la presión del asfalto, pero ahí siguen, y de repente te regalan la primavera un año más. ¿Lo ves? No son disfrutones de su primavera, la viven, dejan que se vayan las hojas secas y empiezan a fabricar las verdes, que brillan, y los frutos que diseminarán. Lo hacen, ya está. En cambio me agobia un poco que ahora sea una especie de obligación vivir una vida centrada en recrearse en el placer. Ni siquiera estoy pensando en todas las personas para quienes eso de la vida plena y el disfrutonismo puede resultar una ofensa. Es que hacer cosas está bien, el placer no tiene que ser una burbuja, una cápsula color ámbar como las que venden en las parafarmacias. Es mejor que esté entre las cosas. Al menos, para mí es mejor.

Verania: Lo peor es que te entiendo. Así que me callo ya, aunque siga queriendo que duermas. Además, se ha hecho tarde.

Casilda: Vamos juntas al metro, ¿no? ¿O vas a otro lado?

Verania: Al metro, sí.

Casilda: Genial, porque me preocupa una cosa.

Verania: Dime.

Casilda: La organización. No podemos renunciar a eso.

Verania: Nadie dice que renunciemos.

Casilda: Ya, pero ahora, como que estamos emocionados con la dispersión, con que aparezcan grupos que no sabemos ni de dónde salen.

No contesta. Me mira. Y mientras me responde mueve la cabeza como negando lo que está diciendo. Me pregunto si piensa que incluso sin smartphone podrían escucharnos.

Verania: Ahora importa esto que tenemos; más adelante, ya se verá.

Casilda: Sí, tienes razón.

Niego un poco con la cabeza mientras lo digo. Y me pongo a hablar de una receta de bizcocho de calabaza que me ha enseñado Jonás.

217

Jonás
Martes, 18.00

Ayer no pude despedirme de Casilda. Cada uno con sus movidas. En realidad, me marcho solo dos días pero hace mucho que no viajo y ahora respeto los kilómetros. Antes cogía los aviones casi como si fueran metros.

Voy en una furgoneta alquilada, tengo que visitar varias cooperativas. El dueño paga el viaje y una noche de hotel, aunque ninguna hora extra.

Poco a poco, me voy haciendo a la furgoneta y a la rapidez y cuando tomo la carretera secundaria en dirección a la dehesa me parece imposible haber pasado tanto tiempo encerrado en la ciudad.

En todas las cooperativas que visito encuentro un rincón o una perspectiva que me recuerda a cuando he podido mirar un cuadro que me importaba. Avanzaba, retrocedía, hasta que, casi enseguida, llegaba a otra parte; ese punto donde los cuadros no se dejan conocer porque empiezan a producir a quienes los miran.

Escribo esto en un hotel que huele a cañería, a humedad, a sumidero. La habitación es amplia pero oscura, ¿cómo puede ser tan oscura si afuera todo es luz?

Un tiempo propio, situado en lugares donde la distancia es la exacta, el espacio no te empuja, los colores no piden perdón, y la huella del trabajo de quien plantó los árboles, hizo las vallas, quizá tuvo en cuenta las sombras y la luz, es ya, a su modo, eso que llamamos naturaleza.

Un tiempo propio, no me avergüenza quererlo. Me gustaría ser capaz de mezclarme con todas las cosas y las personas sin distancias, sin barreras, pero a la vez quiero y pido ese tiempo.

De hecho, si me preguntan por qué estoy metiéndome en la organización de Casilda hasta el cuello, diría que es por ese tiempo propio que pronto ha de ser de todos. Por ese tiempo propio de donde no te expulso, sino que me permite amarte. Salgo con la imaginación de este cuarto mortecino, vuelvo a las horas pasadas al aire libre. Llamé a Casilda y le conté lo que estaba viendo. Podría haberle dicho que la echaba de menos, pero no habría sido del todo verdad. No quería que estuviera allí justo en ese momento. Quería poder ofrecerle mi tiempo propio y para eso necesitaba tenerlo.

Voy entendiendo los usos de la poesía. Porque ella me contestó con esto: «El amor me sacudió como el viento que en el monte estremece las encinas». De Safo, me dijo. La excusa eran las encinas, le había hablado de ellas.

Sentí un pequeño pavor. Intuía que a ella no le habría pasado lo mismo, esa necesidad de una dehesa o apenas un pequeño recodo, de un poco de distancia y soledad.

Toda su extroversión y su energía parecen sostenerse entre los cuerpos, como si el roce le bastara. Me gustaría no ser tan anacoreta. Pero preferimos que las personas sean diferentes. Y además, a lo mejor es solo cuestión de dosis. Cuando Casilda espera sola en su bar de la cuerda de bombillas, o cuando lee esos versos que me manda, estará también buscando su tiempo propio. Aunque luego llegue alguien, o aunque lea en el metro rodeada de gente, habrá palpado la distancia que nos permite alejarnos para mirar al otro de cuerpo entero.

Minerva
Jueves, 12.00

En la colmena de Casilda traman algo diferente. Lo noto. No tengo pruebas. Hilos sueltos. Frases que podrían querer decir algo y lo contrario.

En mi empresa también están maquinando. No es una fusión, como nos dijeron. Es una absorción. Se rumorea que AMX nos absorberá y no solo a nosotros, a más de quince empresas. Mis jefes deben de estar alucinando con mis fuentes inmejorables. Ja. Mientras tanto los futuros jefes de mis jefes maquinan, urden nuestro destino.

Imagino a los dioses griegos como un gran departamento de recursos humanos. Según sus caprichos, estados de ánimo, peleas o intereses, asignan destinos en sus despachos del Olimpo. Destino no solo como el lugar adonde irás a trabajar, aunque ese lugar también sea un componente decisivo del encadenamiento de sus sucesos que constituirá tu hado, tu suerte. Destino como una de las fuerzas que parece que gobierna tu vida. Pero resulta que no solo lo parece, es real: alguien decide si podrás seguir ganándotela o si te expulsarán a la tierra de los suplicantes.

Maquinan. Cuántos se quedarán, cuántos caerán, cuántos van a vivir peor, cuántos van a tener una pensión asegurada. Subcontratan y también subdespiden a quienes se morirán de angustia por dentro, a quienes lo harán también por fuera, a quienes creen que se quedan y dan saltos pero, entonces, se les comunica el nuevo puesto asignado, en otra provincia, en otro país, con otro sueldo, y ven que el hilo de la espada de Damocles se ha roto porque irse significa perder alguno de los vínculos que más aman y alguna de las responsabilidades que más necesitan honrar y merecer.

¿Qué traman en la organización de Casilda? No lo sé. Debería empeñarme en averiguarlo pero hoy me he ido hacia otra parte de su historia que me interesa más. Será por identificación, no lo niego.

Porque mi empresa y Tareq se han unido para hacer de mí un pequeño monstruo sediento de sangre y quiero ver ahora su corazón desnudo como solo se suelen desnudar los corazones cuando son abandonados, engañados, tratados con insidia, doblez, ingratitud.

No es una pena de amor lo que tiene Casilda. Sí, sí, claro que lo es. El amor que se involucra en la amistad y se hace fuerte a través de los años.

Husmeé donde no me correspondía. Con un pretexto vano. Tenía ante mí otro caso de culpa ajena, bien distinto a aquel del que me había ocupado. No iba a enlazarlo con el anterior. Nuestros informes ya están escritos y, hasta que los dioses revelen sus planes, no pienso agregar ni una línea. Estoy laboralmente cansada.

Escuché para mí.

Noa llega, renuente.

—No sé qué quieres, Casilda. No tengo nada de que hablar.

Tuve que acercarme. La música del bar estaba alta.

—No contestas mensajes, no llamas, no conozco vuestra casa nueva. Estoy preocupada. ¿Te han amenazado? ¿Te pueden despedir? ¿Creen que pasó algo la última vez que nos vimos? Ya sabes que no he tocado la bolsa.

—Siempre igual. No cambias. Deberías cambiar, Casilda. No cambiar no es ninguna virtud.

Casilda no contesta. Pasados unos segundos, Noa sigue.

—Siempre con tu manía de relacionarlo todo, si hasta casi me convences. Pero no. Hay cosas, ¿sabes?, en el mundo hay cosas que empiezan y terminan. Este posavasos es una cosa. Puedo romperlo, puedo quemarlo y convertirlo en ceniza. Puedo llevármelo a casa sin que el mundo tiemble por eso. Es una cosa. Separada de otras cosas. Y nuestra amistad también. Empieza y termina. ¿Por qué tienes que seguir dándole vueltas?

—Porque ha terminado justo después de que me detuvieran. Porque me preocupa que te hagan algo a ti.

—Y si me hicieran algo, ¿podrías protegerme? ¿De quién? De mi empresa, que mueve casi un cuatro por ciento del dinero del mundo, ¿puedes protegerme? Pero es que además no hace falta. Te lo dije en cuanto me enteré. Ese documento era un cebo para un espía industrial al que buscaban, y ya lo han encontrado. ¿Te da miedo que sepan que hablé contigo? Quédate tranquila, ¿vale?, porque no hay nada interesante que hubiera podido decirte.

Casilda escribe algo en un papel y se lo da.

—Mira, Casilda, déjalo. No me pasa nada, no quiero que quedemos otro día en otro sitio. Ya te lo he dicho, las personas cambian. A veces en la misma dirección, y a veces en otra.

Pero como tú no cambias está claro que no vamos hacia el mismo sitio.

—Es la segunda vez que me lo dices. ¿Por qué piensas que no cambio?

—Porque te empeñas en intentar que se viva de otra manera. Se vive como se vive, ya está.

—Sí, ya está. Pero si yo me obstinara en ser pintora, o en dar la vuelta al mundo sola o en eso que llaman ser fiel a una misma a pesar de todo y de todos, sé que me apoyarías. Ahí sí cuenta la libertad. En cambio, a lo que otras personas hacemos no lo llamas libertad.

—Es que en los ejemplos que has puesto, nadie le dice a nadie cómo tiene que vivir.

—Nosotras tampoco lo decimos, Noa. Lo que no queremos es que nos digan que solo podemos elegir entre huir hacia delante en la crueldad o quedarnos aquí sin mover un dedo. Hasta hace poco, tú pensabas de forma parecida.

—Yo no te digo que hagas o no hagas. No estoy en ese punto, ya vale. No hay más misterio. Se acaba una amistad, a lo mejor empieza otra. Buscar explicaciones siempre es peor.

—No siempre es peor. Dices que no cambio, pero lo que no cambian son las cosas que me importan. Creo que el problema no es cambiar o no, sino a qué obedece el cambio o la persistencia.

—De acuerdo, quieres una explicación. Ahí va. Me has dejado de caer bien. A lo mejor nunca me caíste bien y me acabo de dar cuenta.

Aunque no se la oye, imagino la respiración de Casilda como una ola que se va cargando.

—Vale, recibido. El asunto de la pasta de maíz no ha tenido nada que ver.

—Y dale. No me preguntes por qué, pero a veces me recuerdas a un bosque de cocoteros.

Levanto la mirada, pienso que es una oportunidad, que una de las dos podría empezar a reírse y contagiar a la otra. Pero Noa no lo permite. De repente saca la libretita. No una real, una mental, terrorífica. Y empieza con lo que aquel día Casilda hizo o no hizo, y aquel otro día, y la vez que...

Casilda calla, desconcertada, jamás supuso, supongo, que su amistad fuera una teneduría. Noa se levanta.

—Adiós, Casilda. Si te parece pagamos cada una lo nuestro. Yo salgo ya.

Noa se va. Casilda se queda. Tuve que contenerme para no acercarme. Lo que habría dado en ese momento por no estar acechándola, por poder ser una desconocida inocente y sola que se aproxima a otra persona sola en un bar.

¿Será eso lo que piensa Tareq de mí, que ya no le caigo bien? ¿Habrá estado haciendo, también él, anotaciones contables? ¿Seré yo, para él, un bosque de cocoteros?

Busco imágenes en Google. Por lo que veo quedan muy pocos. Lo que predominan son las plantaciones, bonitas pero monótonas. Carecen de frondosidad. ¿Habrá confundido Noa aposta un bosque con una plantación?

Tanto Casilda como yo tenemos, me parece, tendencia a dejar que nos digan lo que somos, a lo que nos parecemos, lo que tenemos que hacer. Yo tuve esa tendencia. Ahora la he corregido. Sin embargo, a menudo vuelvo a terminar topándome con personas que no solo me lo dicen, lo que a veces podría no ser malo, que no solo me juzgan, lo que también podría no ser malo, sino que se defienden juzgándome.

Tareq lo intentó, ¡qué necesidad! Si no quieren quedarse, si ya están decididos, pues que agarren su rumbo y se vayan. Pero como que no les basta. Tienen que sacar la libretita con una prisa voraz y apabullante porque ni siquiera imaginan que tú rechaces el código de la contabilidad. Pueden dejarte, pero no pueden obligarte a convertir en un Excel lo que fuisteis.

¿Es que nunca les tocó vérselas frente a frente con la incertidumbre? Supongo que sí, pero no se dieron cuenta. Tiraban el dado, les salían las cosas y no eran conscientes de los otros números que podrían haber salido. Tampoco les golpeó fuerte ese momento en que la incertidumbre empieza a ser certidumbre de que algo va rematadamente mal. Y si en alguna ocasión les ocurrió, una vez superado, lo olvidaron porque, al margen de otros derrumbes, ellos seguían en pie. Dejé hablar a Tareq. No debí haberlo hecho. Luego esas palabras vuelven. Intenté pensar en semillas que se avientan y en marzo crecen y fabrican claridades.

He investigado a Noa. Me ha costado lo mío. Según León me he expuesto demasiado, y eso que él no sabe la mitad de lo que he hecho. Al final, he encontrado el contacto que necesitaba, aunque ahora le deba un gran favor.

En la bolsa que Noa dio a Casilda había, como dijo Noa, un cebo, un billete marcado. Pero solo se haría efectivo si se usaba. Noa no lo sabía, se lo dio con buena intención y también, diría, ávida de protagonismo. Ella no era la persona de quien sospechaban. Y el cebo, en efecto, les fue útil para encontrar a la persona implicada en espionaje industrial.

Pero Noa se acobardó cuando la llamaron, como a otros empleados, para interrogarla. Por rutina le preguntaron sobre Casilda, su militancia ecologista es conocida. Noa, pensando que sabían más de lo que sabían, dijo que la había visto, y dónde. Sin contar nada de la bolsa, sí comentó que Casilda solía interesarse por su trabajo. Al día siguiente detuvieron a Casilda. Noa, a través de un compañero, se enteró de lo del cebo, de que no sabían nada, de que no andaban tras ella; como suele pasar, supongo, decidió cobrar a Casilda su propia cobardía.

En cuanto a la policía, no tuvo forma de encontrar un vínculo entre el boicot ocurrido dentro de la empresa de armamento de Las Palmas y Casilda, ni entre la información a la que podía acceder Noa y el boicot.

Pese a todo, llamarán a Casilda a declarar. Quizá a Noa también, aunque sería raro, su empresa se encargará de que no pase, no les interesa ser tema de conversación.

De modo que Noa podría, al menos, haberse alejado discretamente. Pero necesitó sentar su cátedra, su juicio defensivo y preventivo: escucha, Casilda, aquí va, no vaya a ser que me juzgues tú primero. Y de colofón, la libretita. Cómo me lo conozco.

Ahora miro a Casilda, que a su vez mira su vaso, luego su mirada resbala desde el canto de la mesa al bosque de piernas y zapatos sobre el linóleo negro.

León
Domingo, 12.00

Aunque ayer era sábado, salí de trabajar a las diez de la noche. La compra ha terminado. Mantendremos nuestras oficinas hasta final de mes. Tuve que clasificar el material de mi departamento de los últimos cinco años. Recalcitrantes se ha convertido en una carpeta más. Me dieron instrucciones genéricas, sin ninguna mención especial al proyecto.

Sé que el mundo se vuelve más impredecible cada día. Pero eso no debería hacernos renunciar a entender, escribió alguien, el contenido ardor del pensamiento.

He dormido poco. Sorpréndete, mundo, ahora nadie podrá culparme de haber vendido el acceso a la obstinación, médula de los militantes, por un plato de lentejas.

Quién te lo iba a decir, ¿eh, Minerva? Tan satisfecho estaba yo con la elegancia de mi modelo que no me importaban sus consecuencias. Me creía capaz —nos creía capaces— de entregarles un procedimiento para acabar con esa obstinación inútil. Porque es inútil, Minerva. No lo digo como justificación.

Me creía capaz de ahorrarles las infinitas horas perdidas en el intento de contener y transformar el desastre, la guerra y la desigualdad. Yo, con tu ayuda, les enseñaría a resignarse porque, ya se sabe, «Si no lo haces tú lo harán otros». Los hechos lo demuestran, y lo único que les impide verlo es esa glándula imaginaria que unos llaman conciencia y otros terquedad.

No me hables del progreso, de los avances de la historia: acabamos con la esclavitud, universalizamos la enseñanza, asumimos la igualdad de las mujeres, ¡qué va!

Lo único que ha habido es un aumento de población. Según las clases sociales y países hay menos esclavos o más esclavos que antes, da igual que no lo sean de derecho, puesto que lo son de hecho. La enseñanza, si se contempla el mundo en su totalidad, no alcanza a todos y menos a todas, y solo emancipa en algunos sectores o en casos aislados. En muchos otros es mero conocimiento requerido por quien dará trabajo. Aunque haya más mujeres que ejercen sus derechos y algunas que gozan de nuestras ventajas, son muchísimas más las que viven en un segundo plano. ¿Hemos dejado atrás la violencia? En fin...

Nuestros informes, Minerva, diría que el mío en especial, una vez desarrolladas sus aplicaciones, habrían ahorrado muchos fracasos. Quizá también habrían puesto fin, como eso que llaman un daño colateral, a algunas epifanías, a algunos días plenos de sentido pues no acaban solo en el rosal propio.

Ya no hay nada que hacer. Sepultarán Recalcitrantes como tantos otros proyectos útiles enterrados por los frecuentes bandazos de nuestro mundo empresarial. Y piensan que conspiramos.

Si tiene sentido que me incluya en ese plural yo, un mero peón en el tablero, diré: no conspiramos, decidimos hoy un sacrificio, mañana un premio, pasado un plan ejecutado con cierto orden que de repente debe desviarse en su último tramo por algo que no supimos prever, o preferimos creer que no sucedería. Eso sí, tenemos, digamos, una gran masa de agua a nuestro favor, mientras que ellos solo tienen arroyos desecados por nuestra actividad.

Ahora, ya ves, soy un hombre ético. Podría contarle a Tiago mi hazaña involuntaria como si hubiera sido voluntaria. Tuve la oportunidad de haber obtenido un ascenso gracias a la venta de una forma sibilina, insidiosa y sencilla, de vencer a la obstinación. Y no he querido.

Aunque Tiago me conoce demasiado. Sabe que no me habría retractado, que no creo en el principio de precaución, ni en ningún otro, seguramente. Sobreponerse es todo.

Y a ti, Minerva, déjame explicarte que no soy un cínico porque no invierto mi desapego ni mi falta de fe. No les saco renta excepto, quizá, esta casa, la única que tengo, y un buen coche, y sí, un pequeño, pero suficiente, colchón de seguridad para cubrir imprevistos. El conjunto no es poco, de acuerdo, pero el resto de lo que tuve lo fui viviendo. Sin lujo, te diría. Viajé, no mucho. Amé, bastante. No hice una hucha para la vejez. Fui generoso dando cosas; menos, dándome a mí. Me gustó hacer regalos, y podía. El único mérito es que hay quien puede y no los hace.

A la familia le di lo justo. Los que precedieron a Tiago pusieron menos dinero del que yo ponía. Lo cuento ahora, entonces me agradaba no reparar en ello. A Tiago le di más, le quise más. Pero nunca me puse en peligro.

Disientes, supongo. De acuerdo: digamos que sí, invertí, y sí saqué rentas, las de vivir sin tener que contar lo que queda, sin temor a endeudarse.

Ahora, vuelta a empezar. Juegan con nosotros y ni siquiera se toman la molestia del agasajo. Juegan por defecto, lo que hacen, digamos, se sigue de un ajuste preestablecido. Ni lo piensan: sucede.

Jonás
Martes, 16.00

Este mes van a intentar recaudar en varios países cien mil euros para pagar multas. Pero no es ni la tercera parte de lo que piden para evitar la cárcel a las personas que llevaron a cabo las acciones. También habrá que pagar las costas judiciales de dos actos, y hay cientos. La rebelión científica se extiende. Es una más.

No podremos con estas cantidades. Bernardo cuenta que, según Darwin, en la medida en que la especie humana no ha sido artificialmente seleccionada, no se la puede domesticar. Al final, siempre nos sacudimos el arado, las espuelas, el collar

227

o la correa, la represión o la esclavitud. Bernardo es un optimista.

La rebelión científica no es violenta. Y ¿qué pasa con todo lo demás?

¿Cómo vamos a parar un genocidio y las guerras a las que quieren arrastrarnos? Y ¿cómo no vamos a hacerlo? Si de pretensiones desmedidas se trata, casi me parece mayor la segunda: no hacer nada, que no hagamos nada.

Es difícil parar la guerra cuando estalla, pero se ha hecho. Más lógico sería pararla antes. Cuando suenan los dichosos tambores.

Me han dicho que mejor que no vaya a ninguna de las asambleas no secretas. Mejor que no me apunte en ninguna comisión, mejor desconcertar ahora.

Y ¿mientras? Estar con ellos para mí ha sido como pensar que no todo está cerrado. Que en algún momento abres una puerta y aparece un mar de cereales. De momento, silencio.

Cuando era adolescente leí *Un mundo feliz* y me obsesioné con su autor, Aldous Huxley. Leí también artículos. En ese tiempo estaban de moda la hipnosis y la sugestión. Huxley contaba que cuando se hacían estudios sobre las personas más susceptibles a verse afectadas por estos procedimientos siempre salían porcentajes semejantes, en distintos países, en distintos grupos sociales. Más o menos había un tercio muy proclive a sugestionarse. Otro tercio menos proclive solo de vez en cuando. Y había un tercio que no era nada proclive.

Sé que dependerá de otros factores, experiencias, mayor o menor necesidad de creer, carencia o no de entornos donde contrastar pareceres. Pero diría que el porcentaje no ha variado demasiado. Lo veo en la tienda. No puedo hacer una clasificación por género, por situación económica, ni por formación académica. Veo a individuos que estarían dispuestos a creer, quieren creer, y lo quieren tanto que saben convencerse de que aquello en lo que creen es cierto.

Unos eligen creer en los superpoderes de la alubia negra y sus antocianinas antioxidantes, otros en el milagro de una tecnología capaz de arreglarlo todo, otros en que es razonable el aniquilamiento.

Y yo, ¿me estoy sugestionado? ¿También Casilda? ¿Tiene algún sentido pensar que hacer algo es mejor que no hacer nada?

Se apeló al coraje tantas veces.

Y no siempre fue en vano.

Sin embargo, Casilda, sabes que una noticia de salud mañana, o un accidente, lo pone todo cabeza abajo. Las fiestas y las risas no se pueden guardar como un pisapapeles que pesa siempre igual en nuestras manos. La nube que vimos ya no existe. No hay un cielo para todas las nubes que un día fueron. Es siempre el mismo cielo sometido a la severidad del tiempo.

No te diré nada de esto. Copiaré, como en un ejercicio de caligrafía: «Yo te veo porque yo te quiero».

Casilda
Jueves, 23.10

Esta vez hemos quedado en el bar de Elia. Solemos ir ahí cuando acaban las reuniones. Hemos pillado la mesa de la esquina. Elia nos conoce, bromea con nosotros y luego sigue con sus tareas. Aunque nunca está de mal humor, somos capaces de percibir esa veladura que a veces apaga un poco su rostro por algo que le habrá pasado. También ella nos ve y a veces dice: «Hoy vas cansadina, ¿eh?». Y acierta.

Parece que lo hemos conseguido. Ya tenemos a algunas personas contratadas por la empresa de cáterin. Todavía estamos discutiendo qué haremos exactamente. No ha sido un objetivo buscado. Ha surgido primero la oportunidad.

Empezamos desvariando con la lista de propuestas:

−Éxtasis para todos. Objetivo: aturdirles y obtener las contraseñas de sus móviles para instalar una aplicación que nos informe.

—Diarrea para todos. Objetivo: justicia poética.

Y así.

Luego ha venido la sensatez.

—Escuchar, apuntar. Grabar no se puede porque controlan que las personas del cáterin no pasen dispositivos a la sala. La sensatez cansa. Y la audacia nos inquieta. Hay tantos pormenores que proteger. Son, imagino, como esas casas menudas de madera para dar de comer a los pájaros.

Porque a lo mejor a grandes rasgos nuestras vidas son el ritual de una obediencia no querida, no buscada. Pero a rasgos pequeños, una sobrina o un sobrino o el hijo de una amiga o el tuyo tienen ocho años y han pasado la tarde ensayando una coreografía y la ilusión de hacerla al día siguiente es un pormenor, una casa menuda de madera que ha de ser protegida y requiere llevarles a tiempo al colegio para que la hagan. ¿Cómo vamos a pedir a nadie que dé al traste con los pormenores?

¿Cómo no vamos a entender que quien tiene muy poco que perder valore aún más ese poco y tenga más miedo?

Aquí estamos entonces. Con audacias comedidas, de momento. Tres personas entrarán en el hall de la empresa, estarán atentas a las conversaciones.

Elia viene a ver si queremos algo más. Pedimos otra ronda. Yo dudo, anoche casi no dormí y quiero volver pronto. Pero se está bien en su bar. Así que yo también pido otra. Elia nos cuenta que este fin de semana no se piensa mover de casa. El anterior se le ocurrió ir a una casa rural con unos amigos y entre los preparativos, el coche, los paseos, los imprevistos, la noche, la vuelta, acabó agotada. Nos reímos con ella.

Elia parece una persona corriente, el ejemplo que sacan siempre en las encuestas. Pero a las encuestas no les importa la vida de Elia porque les obligaría a tener en cuenta demasiados parámetros que no pueden ser ordenados mediante un sí o un no. El hermano de Elia tiene una enfermedad neurodegenerativa. Le cuidaba su mujer pero un día se rindió. Su hermano tiene una hija de once años. Elia, dos que viven fuera de Madrid. Así que le cuida ella con los apoyos mínimos que encuentra del Estado y los más grandes aunque insuficientes que le dan otros familiares y amigos.

Encuestador, pregunta:

—¿Es usted una santa? ¿Está usted hecha de una pasta distinta? ¿Es su hermano un santo? ¿Usted desprecia el rencor contra quienes se apropiaron de recursos que ahora les harían más fácil la vida a su hermano y a usted? ¿O lo aprecia?

Elia no contesta, está demasiado ocupada haciendo cosas. En cuanto a quienes, de vez en cuando, comentamos con ella noticias, situaciones, sabemos bien que no desprecia el rencor, es solo que no tiene tiempo para él y lo guarda como una planta, se acuerda de regarla un poco a salto de mata, y tal vez se acuerda menos de mirarla.

Minerva
Sábado, 13.00

Creo que sé lo que están haciendo. Tareq y su novia. Casilda y su organización. Empiezo por las segundas. Fingen estar ocupándose de los pequeños estallidos: fuentes con agua de colores que dan para un par de noticias de periódico. Nos lanzan huesos para que vayamos a roerlos.

Los roemos porque nos afectan. No podemos hacer como si nada. Pero, mientras tanto, dejamos de observar los campos de fuerza; van de un grupo hacia otro, forman figuras no aleatorias. Se preparan. Estoy segura.

No son flores diseminadas en la hierba, inofensivas.

No son andamios electorales, esos cuyos límites conocemos al dedillo puesto que los hemos diseñado así, provisionales, endebles.

Empiezan, en cambio, a ser un cuerpo en movimiento, y decir cuerpo significa también, aunque tienda a olvidarse, decir cerebro.

Por el momento no tenemos manera de saber cómo crecen, con quiénes se coordinan. Pero hay indicios y, diría, empiezan a querer que los haya.

Algo parecido a lo de Tareq y ella.

Todavía no sé cómo se llama. Tareq no me lo dice, yo no se lo pregunto. ¿Para qué? Este es un asunto entre Tareq y yo. Cuando los cambios se asienten afectarán a Anxo; entonces me tocará conocer su nombre. Será pronto, Tareq ha dejado de disimular. Ha asumido que lo sé, le resulta cómodo. Supongo que para mí también es cómodo.

Puedo estar triste o alegre según el día. Nadie me etiqueta, por ahora. Me etiqueto yo a mí misma. Me muevo como en un sueño que sé que es verdad.

Cada vez nos vemos menos. Pronto llegará el día en que tengamos «la» conversación. Debería estar preparando la salida. No lo hago. He encontrado un ritmo lento y me gusta.

Tampoco en el trabajo estoy preparando la salida. Ahí el motivo es distinto; no puedo. Se ha confirmado, AMX nos absorberá. A nosotros y ya no tampoco a quince, sino a veinticuatro empresas. ¿Con quién tendré que negociar? No lo sé. ¿Negociar? No será un acuerdo entre dos partes con igual capacidad de maniobra. Nunca lo es.

Los días de descubrimiento mutuo y alegría, ¿adónde fueron, Tareq? ¿Dónde están? El tiempo todo lo destruye, dicen. Aunque, ¿y si no es el tiempo? Porque unas cosas se destruyen más que otras. Y hay, qué duda cabe, comportamientos más destructivos que otros. Localizar grados, tonalidades. Es mi lema. Pero ¿se puede?

A veces me siento como un abejorro. Mi zumbido, mi volumen, me impiden ocultarme de los depredadores. La verdad, no sé quiénes son los depredadores del abejorro, y tampoco sé si les gusta el azahar, pero si yo fuera abejorro me metería de bruces en un naranjo, me saciaría de polen y al salir, envuelta en el olor blanco de las flores, dejaría que el instinto guiara mis pasos.

No soy un abejorro, no es verdad que mis impulsos sean

más auténticos que, pongamos, los planes diseñados mediante la experiencia y el criterio, mediante la estrategia trazada para llevar a buen puerto los anhelos de estos días.

Dudo: ¿preparo un aperitivo ligero y permanezco aquí, frente a la ventana de este octavo piso, viendo pasar los coches allí abajo? ¿O me echo a la calle, llamo a un par de amigas, entro en el metro en dirección a la casa de quien me diga que puede quedar?

Pereza mala, hay una buena pero esta es mala. Hay una linda pereza más parecida a dejar de obedecer, y hay una pereza mala que nos aísla. Debería salir, no voy a salir. Saldré. Me echaré a la calle porque la falta de roce me amustiará.

Llamo. Salgo como si en alguna parte hubiera un camino.

Decir, a estas alturas, que estoy perdida no creo que esté bien.

León
Domingo, 18.00

Yo siempre fui de clase media. Mis padres también lo eran, y mis abuelos más o menos. Mi abuelo, administrativo en el Ayuntamiento. Mi abuela, maestra. Estuve, pues, en el término medio de mi entorno.

Desde muy pronto me enseñaron que había dos abismos. Uno en mi país, y otro, mucho más profundo, en países lejanos que nos abastecían de casi todo. El segundo abismo no daba miedo.

El primero sí, porque esa gente estaba cerca y sufría y podía odiarnos.

Una joven poeta amiga de Tiago escribió estas palabras ante la enfermedad de un amigo:

> «*He gritado de impotencia*
> *sabiendo [...] que no seré jamás multimillonaria*
> *ni podré [...] llegar a Houston*
> *y poner a su alcance*

233

todas las quimioterapias del mundo
todos los recursos que tienen los ricos
que nos quitan a nosotros
que costean con el sudor de nuestras frentes».

No soy multimillonario. ¿Podría ir a Houston si tuviera un tumor grave? No exactamente, pero sí podría acceder a una filial de las clínicas foráneas en mi ciudad o en otra no muy lejana.

Es difícil asumir que alguien te odia sin que le hayas hecho nada de forma directa.

Por eso preferí hablar del arrepentimiento, y no del rencor. El arrepentimiento atañe en especial a los ambivalentes. Yo soy un experto en ambivalencia.

El arrepentimiento es una palanca delicada de un camino complejo en el cual podemos intervenir sin que se note demasiado. El rencor es otro cantar.

Pensé que Casilda me servía, una funcionaria, sueldo medio. Pero olvidé una idea de Benjamin que cada tanto vuelve a circular por las redes sociales. Viene a decir que la clase obrera necesita el odio y la voluntad de sacrificio. Y que el propósito de salvar a las generaciones futuras la está debilitando. Porque lo que de verdad permite sostener el odio y la fuerza es el recuerdo de los antecesores esclavizados.

¿Qué vamos a hacer ahora, Minerva? Casilda no es solo el semiángel que has descrito, capaz de convertir la culpa ajena en trabajo colectivo y en deseo de no estar triste. Casilda es ángel y demonio. Nos odia. A ti y a mí. Sin conocernos.

Benjamin se dio cuenta. El cambiazo funciona. Cuando se lucha por las generaciones futuras, los discursos se inflaman, brilla la emoción. Pero el rencor no aparece. Y el rencor piensa, organiza.

Luchar por los descendientes es una especie de pasión individual, tal vez porque contiene el germen de la lucha por la propia supervivencia, por la reproducción. O eso he oído. Ya ves como todos los líderes ahora se llenan la boca con el sintagma «generaciones futuras». Mientras tanto acumulan recursos que compartirán con sus hijos, que les entregarán cuando mueran. Pero apenas hacen acopio del coraje necesario para imponer normativas.

Pensábamos que así sería con los escasos movimientos que nos adversan, grandes palabras, acciones pequeñas.

Hace unos años, es cierto, se produjo un cambio. Ya no luchaban solo por las generaciones futuras, luchaban también por la suya. Sin embargo, eso no nos preocupaba demasiado. Manejamos bien, muy bien, la ley de la selva. Somos capaces de instilarla, la vertemos gota a gota, un líquido que todo lo impregna. A continuación les hostigamos, les fraccionamos, les trituramos hasta llegar al abatimiento interior y el posterior quebrantamiento total.

Pero han empezado a unir los puntos. Forman figuras. Las figuras sí nos preocupan. Las colmenas, los enjambres.

Nos odian, Minerva. Odian las decisiones que solo benefician a las políticas a corto plazo de un conjunto de grandes empresas como la nuestra.

Sí, Minerva, la gigantesca AMX pronto será nuestra. Es una forma de hablar. No será tuya y mía, tú y yo pasaremos a pertenecerle.

Y aquí, si me preguntaran, aunque nadie me pregunta, diría que está la clave de la cuestión. Que la empresa nos tenga, que seamos en cierto modo suyos, a Casilda y su entorno les parece malo, como si nos quitara libertad. Al mismo tiempo ellos, como todos, mueren por pertenecer a un equipo, un pueblo, un grupo, una nación, un movimiento. Ni siquiera piensan que, de entre todas las opciones, la de una empresa poderosa no está nada mal. Te da tareas, convenciones, identidad, obsequios. También te da una nómina, complementos, futuro. La ración de futuro que necesitas para hacer planes y pagar viajes, hipotecas, automóviles, incluso para ayudar a los tuyos.

No lo entienden, siguen hablando todavía del uno por ciento frente al noventa y nueve. ¿Quién inventó semejante

235

fantasía? El uno por ciento se ha ocupado siempre con celo de no ser nunca solo el uno, sino el uno más quienes trabajan directamente para ellos, más quienes querrían trabajar para ellos, más quienes indirectamente desde los distintos puntos de las cadenas de suministros y distribución trabajan para ellos, más un porcentaje nada pequeño de quienes trabajan para el Estado y otras administraciones que, también indirectamente, trabajan para ellos. Más otro porcentaje de descendientes de quienes trabajan para ellos.

Muy poco pinta ahí la ideología. ¿Y cuál es ese poco que pinta? El poco de la obstinación, el que yo quise entender y manejar.

Podrían habernos tenido en cuenta, ¿verdad, Minerva? No lo han hecho. No van a hacerlo. Están demasiado alborozados con la inteligencia artificial, el negocio de los datos, la absorción de empresas, la fantasía del control.

Dicen que algunas personas se han radicalizado no por su origen de clase ni por pertenecer a otro colectivo explotado. Lo hicieron porque se les negó la posibilidad de usar lo que sabían, no pudieron ponerlo en práctica, se les rechazó cuando lo ofrecieron a cambio de un salario modesto.

Tal inutilidad impuesta les sublevó. Entonces se fueron.

No será mi caso, Minerva. No estoy ya para gestos suicidas ni para grandes aventuras. Tampoco me parece que vaya a ser el tuyo. Te imagino mejor en una casa no lejos del mar. Con tu grupo de amigas, las visitas de tu hijo, y la borrosa idea de que acumulamos algo que no era nuestro.

IG3 de AMX
Miércoles, 06.30

Aviso provisional:
Hemos detectado una amenaza posible. Minerva y León no la han visto. Nosotros no podemos hacer una escucha analógica como la suya. Nuestros procedimientos de análi-

sis cruzan datos y parámetros que no entienden. Pero funcionan.

El hecho es que la palabra «cáterin» ha sonado demasiadas veces en el entorno de Casilda. La escucha está en todas partes, y aunque algunas personas no usen móviles inteligentes, los usan quienes están a su alrededor. La privacidad es colectiva, cuando exponen sus datos exponen también los de los demás. La privacidad, como el resto de la vida, es relación. Pero hacemos que no se acuerden.

Aunque las empresas de cáterin no son demasiado estrictas a la hora de contratar personal, a la nuestra le pedimos que sí lo sea. La experiencia laboral debe ser demostrada. La empresa debe garantizar que se cumpla la prohibición del uso de móviles por parte del personal durante el cóctel, y hacerse cargo de su recolección y custodia. Además, tiene que proporcionarnos con antelación los datos de las personas contratadas.

Hemos detectado a tres. Es poco probable que sean intrusos, pero como en sus redes han manifestado simpatía por la lucha social y ecológica preferimos exagerar la precaución.

Ya hemos analizado el currículo de los suplentes. Mañana, apenas unas horas antes del cóctel, se comunicará a las tres personas que finalmente no serán contratadas.

No consideramos que esta negligencia desvirtúe el trabajo de León y Minerva. Sus informes ya habían sido entregados. Es más, de no haber sido por ellos tal vez no habríamos detectado el peligro posible. Hoy solicitamos más fondos para nuestra nueva sección de acción comunicativa. Aunque la mayoría de los recursos se destinen a rentabilizar la IA, consideramos que es urgente propagar e imponer el espíritu de cambio de época y evitar futuras vulnerabilidades.

Observamos desafección en la población. Seguimos necesitando los armazones tradicionales, blindajes jurídicos, hegemonía cultural.

Pero debemos aumentar nuestra capacidad de generar acontecimientos. Democracia en peligro. Tiempos excepcionales. Cambio de época.

Casilda
Jueves, 10.00

Hoy es el día. Y es solo otro paso. Así vivimos, preparar algo, hacerlo, ver el resultado, volver a empezar.

Han detectado a las tres personas en el cáterin. Lo habíamos preparado. Mira allí y dejarás de seguir buscando. No solo las grandes empresas como la de Noa pueden poner cebos. Funcionó.

Pienso todo esto en silencio, al aire libre. Observo el movimiento de las ramas. Me llegan las voces del bar de la cuerda de bombillas que ahora miro desde el otro lado del parque.

Esta noche será el cóctel. No haremos una performance, no verteremos sangre de remolacha sobre sus chaquetas impecables y sus camisetas de doscientos euros.

Ellos han allanado nuestras moradas para entrar en nuestras vidas, nuestros gastos, hospitales, trabajos, nuestro pesar. Responderemos.

Deberían haberlo previsto, si abren la veda, también nosotros allanaremos sus espacios. Tendrán que oír que sin nosotros no son nadie. Podríamos haber sido su ángel exterminador, o haberles dormido, sumisión química desde abajo. Estamos en todas partes.

Ayer Verania contó en la reunión que había leído en un blog un texto sorprendente. Decir blog suena casi como decir un pergamino, pero a Verania le gustan.

Allí se decía que quienes no tienen nada que perder son quienes están al mando de casi todo. Porque lo que pudo parecer que estaba bien, ya no lo está. Lo inestable asedia desde demasiados frentes. Si no hacen nada, caerán, lo han comprendido.

La escasez creciente agudizará sus desavenencias y los eslabones más débiles se multiplicarán.

Quienes no tienen casi nada necesitan conservar el casi, la

membrana frágil que les cobija. Ellos, en cambio, pueden arriesgar sin miedo. Y lo hacen.

Por eso, no más súplica, no más halago, no más cortejo. Coordinación y disciplina, redes –no «sociales» según su pobre concepción de lo social– populares, valor colectivo. Dejar de ser, empezar a existir, que se abra nuestro taller eléctrico. Esta noche no será una conclusión, ni un punto final. Será un alto en el camino para mirarles a la cara y que sepan que no somos títeres. Podemos movernos sin los hilos que a ellos les mueven.

SEXTA PARTE

DÍA SIGUIENTE

Minerva
Jueves, 18.20

¿Tacón o sin tacón? Con los tacones parece que piso más fuerte. Y esa apariencia me inviste de un poder en cierto modo real. Sin tacones sigo siendo alta. Mi posición es más firme, un empujón no puede derribarme. Elijo los tacones. Luego, cambio de idea. Sin tacones siento que no me controláis tanto como para debilitar mi estabilidad.

A otro tipo de apariencia sí estoy obligada. Elijo un vestido cómodo pero lo suficientemente caro. Una túnica fluida, de lino. Un diseño clásico, ni llamativo ni demasiado discreto. Sin pendientes. Con el alma a cuestas.

Y digo alma como una abreviatura de esa parte de mí donde están dolor y sueños, y cierta perplejidad ante los comportamientos de personas cercanas, de una persona cercana en concreto.

Ayer, Tareq me dijo, sin ni siquiera dar lugar a «la» conversación, que debíamos separarnos.

Le miré a los ojos y me di cuenta de cuánto tiempo hacía, ¿meses?, ¿años?, desde que no le miraba deliberadamente a los ojos aguantando ahí, a pie firme, segundo tras segundo. Luego, maticé su frase:

—Lo que quieres decir es que debes, o quieres, separarte.

Tareq primero apartó su mirada de la mía.

—No exactamente —contestó—. Pero si prefieres que lo diga así, lo digo. Quiero separarme.

—Pues adelante —dije.

Me di media vuelta y salí despacio de la habitación. Cerré sin dar el portazo que estaba en mí. No me enorgullezco de ese gesto moderado. Más que dominio de mí misma, fue un acto de supervivencia: necesitaba ocultarme. Y un acto de estrategia: claro que tenía ganas de gritar, de echarle en cara lo que sabía, de abofetearle, de llorar, de patalear como una criatura de dos años.

A mi edad ya sé que nada de esto va a servirme. Los análisis de riesgos y control de puntos críticos me salen solos. Tampoco sería del todo sincera, quiero decir que cuando lloro no lo hago por el Tareq que se marcha, sino por la pareja que fuimos: ¿qué se hizo? No es humo, la recuerdo con cierta nitidez. Pero ya no está.

El alma a cuestas son también mis sueños de independizarme de mi empresa, a mis cincuenta y cuatro años. Sueños interferidos porque ahora tengo que independizarme también de mi pareja.

Somos dos profesionales de cierto rango y habrá quien piense que la palabra «independizarse» en nuestro caso no es adecuada. Sin embargo, no venimos de familias ricas. No hemos tenido herencias ni se esperan. No hemos acumulado demasiado. Viajes, coches, caprichos, apoyos a su familia, a la mía, y lo que un cínico llamaría invertir en nuestro hijo. Además, una casa cómoda, más que suficiente para los tres pero que, vendida y repartida, no daría para dos viviendas amables, discretas pero luminosas y en las zonas que tanto Tareq, como Anxo, como yo estamos acostumbrados a vivir.

No me quejo, sería hiriente para el noventa por ciento del mundo. Digamos que, en mi alma, la ruptura esta noche se presenta con una nueva carga: ¿me tocará renunciar a mi plan y competir en AMX, pelear por incentivos, por un puesto nuevo, otra vez y hasta cuándo?

Cualquier absorción conlleva despidos. ¿Podré disimular y, en unos meses, acogerme de forma voluntaria a las condiciones pactadas que propongan para algunos casos individuales? Una de esas prejubilaciones de lujo a costa del Estado y una cuantiosa indemnización. No lo sé. En estos tiempos no solo el Estado paga menos, también cada mes es distinto, y dentro de tres, aunque no sea probable, AMX puede estar cayendo en picado. Digamos que mi alma tiene ahora un poco de frío. Frío económico.

Nunca he ido a terapia. Imagino que allí no se hablará apenas de dinero. Porque el dinero no es opinable. Cuánto ganas, cuánto tienes, no es opinable. Cuánto te quieres o cuánto te afectó determinado suceso, sí. Supongo que el dinero negro es un poco más opinable. Pero aunque a muchas terapias les gusta lo no declarado, lo oculto, tampoco creo que en ellas se hable de dinero negro.

Pospongo el frío. Debo llegar al cóctel con mis zapatos y pisando fuerte. El lino de mi vestido es de color aguamarina. Y mi conversación, ¿de qué color va a ser? Cuestionar algo, alguna mínima pregunta incómoda. Acaso echar mano de una de esas ideas brillantes que todas las personas tenemos y que de vez en cuando elegimos preservar como pistola de nácar, mezcla de amenaza y seducción: no vayas a pensar que solo soy lo que soy. Decidiré allí, según se tercie.

León andará ahora dando vueltas a lo mismo. Estoy segura de que habrá calculado como yo que no es malo que nos vean juntos pero que tampoco es bueno que nos vean demasiado tiempo juntos. Ah, la tragicomedia de los mandos intermedios, de los directivos de segundo nivel, de los consentidos en cualquiera de los sectores de producción, incluido el artístico, el político, el académico. Siempre intentando averiguar qué piensan los de encima.

León
Jueves, 19.30

He llegado media hora antes de ese momento en que las personas interesantes hacen acto de presencia. Ha sido por temor a un atasco.

245

El edificio de AMX es impactante. Los alrededores, un desastre. Ni un bar, ni una tienda, ni un árbol. He vuelto al coche y me he alejado un par de kilómetros. Había un restaurante de carretera, las sillas sobre las mesas, todo a oscuras.

Dentro del coche aguardo a que se cumpla la hora. Despacio me aproximo a la que espero sea la última etapa de mi vida laboral.

Mis jefes se han mostrado satisfechos con la doble absorción. Les han hecho promesas y me han hecho promesas. Pero no hay nada firmado. No me fío.

Yo avancé una estrategia sutil. Innové en las alturas. Lo digo sin modestia. Ellos tocan el código, los modelos y sus algoritmos; yo toqué las condiciones que orientan el destino de esos modelos y su necesidad.

Ya no les interesa. Crecen. Huyen hacia delante. Una huida culpable que, a su paso, seca los campos y solo siembra escombros.

Quedará lo que dijeron y no lo que les dije. No existo. Para ellos yo no existo. Pero existo. Jamás seré, como quisieran, un corazón aterido, una pobre criatura. Regresaré a mi vida con la cabeza alta.

Aunque deba aguantar todavía diez años de capataz siniestro o, eso quisiera, de lo que he sido hasta ahora, un oficial sin apenas soldados, solitario, discreto, fiel.

No reniego, sino que me enorgullezco del conocimiento adquirido. Lo custodio por si un día comprenden que ya no es su expansión lo que está en juego, es algo más modesto, su supervivencia.

Veo pasar los coches que se dirigen a la ceremonia. Son casi todos mejores que el mío. Enciendo suavemente el motor. Conduzco sereno, blindado por la carrocería y por un conjunto de variados sistemas de piezas y software donde todo se acopla mansamente.

Nadie espera mi llegada, aunque a algunos mi ausencia les inquietaría. La noche se acerca. Empieza la función.

Jonás
Jueves, 20.00

Todavía no me lo creo. Yo era el suplente del suplente. No entregué solicitud ni currículo. Casilda no quería que tuvieran mi DNI. Y a las siete menos cuarto me ha llamado. Les ha fallado una persona. No encuentran a nadie disponible. Es para estar dentro. Si voy, me dice, tengo que salir ya.

—¿Y el DNI? —pregunto por cobardía, porque quiero saber si Casilda tiene una solución.

—Ya... Llevo un rato decidiendo si te llamaba o no. Como todo es tan rápido, la empresa de cáterin solo te pedirá el número. Lo malo es que el equipo de seguridad de AMX sí te lo va a pedir. No sé, Jonás. Me he atrevido a llamarte. Pero, si no quieres, lo entiendo y cuelgo sin el menor problema. Te lo juro. Lo entiendo completamente.

Entonces me he oído a mí mismo diciendo que sí. No es una forma de hablar, ha sido literal. Yo tenía la sensación de estar pensándolo todavía cuando me he oído decir que sí, que vale, que iría. O sea, que venía. Porque aquí estoy.

Hace años trabajé en algunos cáterin. No he tenido que inventar la experiencia. Al menos estoy dentro, en lo que llaman office o antecocina, donde se preparan las cosas antes de que salgan. Tampoco es que lo recuerde muy bien, pero aquí todo el mundo sabe lo que tiene que hacer y yo les imito y voy cogiendo velocidad.

No sé cuánta gente nuestra hay aquí o al otro lado, llevando bandejas, Casilda no me lo ha querido decir.

En principio, mi única función hoy es no ponerme del lado de la empresa si pasa algo. También me pueden pedir que ralentice la salida de las bandejas. Y, si las cosas se complican, ayudar en lo que toque.

He elegido la zona de emplatado. Me sale mi parte de ingeniero y me organizo bien, sé qué hay que poner primero para que luego nada se desordene, coordino los movimientos con rapidez, puedo aconsejar a quienes están a mi lado. Vamos a buen ritmo. Intento no pensar en nada más.

Alma Moriano
Jueves, 22.35

No quisieron hablarme de los grupos especiales de estudio. Una negativa contundente, de esas que te confirman que ahí hay tema. No insistí y, a cambio, negocié que me permitieran venir a este cóctel. Era un evento sin prensa pero a ellos les interesaba porque me conocen y saben que podrán contar conmigo para dosificar las informaciones sobre las consecuencias de la fusión. Aceptaron, aunque no habrá prensa, por lo que no vengo en calidad de periodista, sino como invitada.

Me he preparado bien. Conozco la trayectoria de la mayoría de los invitados, sé en qué corrillos me conviene estar con discreción, atenta o, quizá, fingiéndome distraída; en qué momento, avanzada ya la noche, voy a proporcionar un dato que en principio yo no podría ni debería conocer, lo que me permitirá impugnar algunos argumentos publicitarios, ser agente provocadora de una discusión que no tendrían prevista y que podría generar revelaciones no programadas. Por supuesto, no las publicaría ahora, pero me serán útiles de algún modo en otra ocasión.

Y de buenas a primeras, pasa algo que no sé. A las nueve y media da comienzo una ceremonia de la que no tenía la menor información, ni sospechas, ni filtraciones. Nada.

Mi amigo César, director de teatro, hacía obras de teatro invisible. ¿Es a esto a lo que estamos asistiendo? No, seguro. El teatro invisible se ensaya antes y se hace en lugares públicos. Por ejemplo, alguien que no se identifica como actor pero lo es come el menú de un restaurante y luego dice que no puede pagarlo; parte de los clientes, que también son actores, participan en una discusión ensayada para hacer reflexionar a quienes están cerca.

Pero juraría que aquí nadie está interpretando nada. Además, la sala no es un lugar público. El siguiente paso fue el teatro del oprimido. Se hace por las personas oprimidas y para ellas. Fui a una obra: en un barrio unas cuantas personas pusieron una valla y una cinta, se vistieron con chalecos reflectantes y se pusieron a cobrar entrada a quienes querían pasar por ese lado de la calle. Les decían que el Ayuntamiento la había privatizado. Así generaron una discusión en un contexto harto de que privaticen hospitales públicos, terrenos para construir colegios concertados, la gestión del agua. Buscaban que, después de la discusión, surgieran formas de organizarse.

Habría sido teatro del oprimido si, por ejemplo, dentro de la cocina se hubiera generado un foro para implicar al personal en un proceso de lucha, sindical o de otro tipo.

Tal vez, me digo, es una continuación. El tercer paso. Esas personas que ahora, fuera de la cocina, interpelan a los invitados, no se dirigen a otras como ellas, sino que confrontan al adversario. Y no representan porque hablan con su nombre, están fichadas porque AMX —no puede ser de otra forma— sabe quiénes son.

Han dejado de sonreír o de pasar inadvertidas mientras ofrecen copas llenas y recogen las vacías. Empezó una, inmiscuyéndose en la conversación de los asistentes, con educación y naturalidad, casi no llamó la atención. Después el hecho se repitió en otro corrillo, y en otro. De momento, cuento ocho, pero no sé si habrá más. Hablan con los invitados, no pierden la compostura. La situación es incómoda; además de educación parece haber una demostración de fuerza.

Me acerco al corrillo de los directivos de primer nivel. En un inglés perfecto pregunto:

—Está pasando algo, ¿verdad? ¿Queréis que informe?

Mi pregunta tiene sentido si es cierto, como me han dicho

y lo parece, que, aunque no venga a ejercer como tal, soy la única periodista invitada.

—No, no —dice el director de operaciones, acompañando la negativa de un gesto desdeñoso, como si de lo único que estuviéramos hablando fuese de que se había roto una copa.

Insisto, de nuevo sumisa, de nuevo ingenua.

—¿Habéis llamado a seguridad? —pregunto en el tono más despreocupado que encuentro.

Esta vez me contesta el *chief technology officer*, Edward Norton, le conozco desde hace años.

—Vamos a esperar, Alma. Son pocos, no son violentos ni tienen cámaras ni otros dispositivos y nos hemos encargado de ensuciar el sonido de cualquier posible grabación además de, por supuesto, impedir retransmisiones. Solo quieren ser escuchados y obtener respuestas. Mira, esto casi nos viene bien. ¿No nos acusan siempre de estar solo a lo nuestro, de ser como una IA mal entrenada incapaz de interpretar lo que tiene delante? Vamos a aprovechar la situación. Veremos qué reflejos tiene nuestro personal más selecto y el recién incorporado. Qué tal están de juego de piernas, de mente. No han sido entrenados para esto, aunque sí para situaciones parecidas. ¿Sabrán adaptarse, tendrán bastante con nuestro argumentario? Por supuesto, ya hemos colocado a un informante en cada corrillo.

Les adulo.

—Casi me estás diciendo que lo habéis preparado vosotros: ¿una especie de prueba, un filtro?

El director de operaciones interviene de nuevo:

—Ni confirmamos ni desmentimos —dice con una sonrisa.

—¿Y tenéis un plan B, por si fracasan o si la cosa se complica?

—No se complicará —dice Norton—. Pero siempre tenemos un plan B. Uno discreto, que no implique llamar a seguridad, cosa que nuestros jóvenes camareros estarán deseando.

El director de operaciones me mira con dureza.

—Querida Alma, nosotros nunca improvisamos.

—No lo dudaba —digo—, pero ya sabes que me gusta asegurarme. Voy a escuchar. Si me necesitáis, estoy cerca.

Lo estoy grabando. ¿Me dejarán sacarlo? Tendrán que hacerlo puesto que la grabadora es mi cerebro, y algunas notas que tomo en el baño para apuntalar la memoria. No será una prueba, pero en parte sí. Llevo años trabajando en esto, me he ganado lo más difícil, una reputación. ¿Podría AMX destruirla en cinco minutos? Sí, pero tendría repercusiones y lo saben. Si difunden algo falso estoy en contacto con personas y colectivos de prestigio, aquí, en Berlín, en América del Norte y del Sur, capaces de ponerles en evidencia. No creo que les interese. La cuestión es si serviría para algo difundirlo al precio que tendré que pagar.

Cuando ya queda claro que no es ni casualidad, ni la iniciativa improvisada de dos o tres miembros del cáterin, y que no son pocos, sino más de la mitad, me acerco a una de ellos. Me presento. Aclaro que no estoy aquí como periodista y pido permiso para hacerle una pregunta hipotética:

—En el caso de que fuera posible, ¿grabaríais todo esto?

—No. No lo haríamos y no lo haremos. No es una instalación artística. Queremos hablar, oír sus respuestas y que nos oigan. Que sepan que estamos aquí, que pesamos y contamos. Si lo grabásemos, se convertiría en un archivo digital. Duraría tres días en las redes. Menos. El primer día ya empezarían a circular copias manipuladas acusándonos de violencia o cualquier cosa. Al tercero, los titulares caerían pantalla abajo y empezarían otros.

—Pero si no lo hacéis, se perderá.

Interviene una chica con gafas de montura negra.

—No se perderá. Tú y yo y todas las demás personas sabremos que ha pasado. A lo mejor lo contamos, a lo mejor lo recordamos. A lo mejor termina llegando a otras personas y ellas hacen algo.

La releva otra de coleta alta con el pelo estirado.

—No somos ilusas. Simplemente, también sería de ilusos pensar que cuando empiezas a mover algo, el movimiento no va a tener consecuencias. Puede que tenga pocas, o muchas.

—Es una apuesta —digo.

La chica lo niega; luego sonríe fugazmente:

—Es un desafío.

Minerva
Jueves, 22.40

He salido, mujer inadvertida en el filo de una puerta. Me he internado por pasillos que deberían estar bajo vigilancia, pero todo el personal de seguridad había acudido a la sala del cóctel y permanecía discretamente apostado en las esquinas, apoyados en la pared y también dentro del office.

Sola, como una mujer sola, como un monje de hábito aguamarina en los pasillos de un edificio semivacío.

No quiero ver a nadie. Escucho el sonido de la climatización. ¿A quién voy a dirigirme ahora? ¿Quién lo entenderá? ¿Y si ya no es hora de que nadie lo entienda, de que nadie me entienda?

Me descorazona hoy lo que no hice, y no estoy pensando en Tareq ni en Anxo, sino en este nihilismo lento que durante décadas fue creciendo en mí. ¿Cómo es que no le puse freno? No se lo puse.

A ratos, lo disimulé abrazando creencias sin nombre, los libros, el destino escrito en los deseos, en las muertes, en las coincidencias. La metafísica del pétalo, lo llamo. Como si hubiera rutas invisibles que yo seguía inevitablemente, todo con tal de no mirar las rutas visibles que sí estaba siguiendo. Me plegué.

¿Cómo pudo ser que yo no quisiera ser libre, que no aceptara mi responsabilidad, sino solo vivir en la pequeña franja de pactos, sonrisas fingidas, microdosis y luego dosis de barbarie?

Tuve amigas y amigos ebrios de manifestaciones, me llevaban, me contaban sus proyectos, me daban a leer textos donde el sentido no era una filigrana, historias de personas que no temieron saber lo que era injusto. Pero fui cediendo terreno a la crítica, tan fácil como brillante, de todo cuanto se proponían, y me entregué. No puedo decir que no me diera cuenta.

Lo que han hecho es raro. Cuando consigo dejar de pensar en mí, me admira su persistencia. Confían ¿en qué? En que algo quedará, imagino. Lo que una persona se cuente a sí misma cuando llegue el insomnio.

Qué pequeños parecen mis jefes ahora frente a esa formación plebeya de personas coordinadas, pantalón negro, camisa blanca. Delantal negro. Todas, ahora que lo pienso, llevan un arma. Puedes apuñalar a alguien en el cuello con un sacacorchos.

El resto de personas contratadas, las que no debían de saber nada, protestaron al principio, amagaron gestos para separarse. Ahora saben que son minoría. Miran a cierta distancia o bien se aproximan, atentas.

Los invitados les superan en bastante más de dos tercios, pero no lo parece. Se enzarzan en la conversación y luego se dispersan. Temen al fracaso.

Los directivos les azuzan. Se reagrupan, vuelven. De vez en cuando llegan nuevas bandejas con copas.

—¿Y la comida?

Qué angustia había en esa pregunta. La he oído varias veces antes de salir. Qué berrinche.

—Paciencia —les dicen—. Ahora saldrá.

Los directivos han enviado una comitiva a la cocina. Y les han dado largas. Problemas con los suministros.

Allí también habrá personal organizado.

Oí a mi jefe preguntar al gran jefe nuevo.

—Pero ¿no vais a hacer nada?

Y vi el desprecio en la cara del gran jefe.

—Compórtate. Analiza. ¿Qué noticia quieres que aparezca mañana? ¿Que nos engañaron, que nuestra seguridad les redujo, que incluso tuvimos que llamar a la policía porque eran muchos, que así fue nuestra inauguración? Somos más listos, más dialogantes. No tenemos nada que ocultar. Mañana esto será el relato de cuatro mosqueteros de la vida que se creen muy valientes por haber hecho ¿qué?, ¿mantenido una conversación? Se lo contarán a sus amigos como una gracia, lo escribirán en páginas que nadie lee, lo desmentiremos, si nos preguntan, restándole importancia. Se olvidará.

Pero el gran jefe no puede evitar mirar su reloj inteligente cada treinta segundos. Lo veo desde aquí.

También veo que León me está buscando. Irritado, lo noto. Le han sacado de quicio. Lo sabe y se controla.

La primera vez que hablaron del arrepentimiento casi se echa a llorar. De rabia. Le vi venir hacia donde yo estaba. Le esperé.

—No sé qué prefiero —dijo—. Que lo sepan. Que tú o alguien se lo haya pasado. O que no lo sepan y haber acertado tanto para nada.

—Y si te enteraras de quién ha sido, ¿querrías saber por qué, te gustaría formar parte?

Su expresión fue más allá del asombro. Por un momento me inquietó.

—¿Estás diciendo lo que creo que estás diciendo? Porque podría denunciarte.

—No te lo tomes tan a pecho, León, hay que dejarse llevar a veces. Por la imaginación.

Con una fe que nunca le había visto, dijo:

—Tú y yo vamos a sobrevivir.

Se fue. Dije, y no sé si llegó a oírlo:

—No decaigas.

Ahora León ha detectado mi ausencia. Me busca.

León
Jueves, 22.30

Decaigo. Lentamente.

Decaigo, Minerva. ¿Dónde estás?

Dime que no has sido tan infame. Traidora, tú. Dime que no estás ahora con ellos. Que no empujaré las puertas del lugar donde preparan los platos y te encontraré.

¿A qué juegas ahora, Minerva Valle? ¿Es que no sabes que nuestras vidas ya están jugadas? Alguien apostó por nosotros, y ganó la apuesta que nos hizo perder. Todo para la banca. Para nosotros una propinilla que nos ha venido muy bien durante estos años.

Pero no has sido tú. ¿Para qué ibas a hacerlo? No tiene sentido. Probablemente, en algún punto de la cadena alguien leyó nuestros informes y pensó, no sé por qué, en dárselos al otro lado. Tampoco eso lo entiendo. Nuestros informes suben, no bajan. Quienes acceden a ellos no tienen veleidades. Lo puedo asegurar. Yo mismo he programado algunos test que a partir de cierto nivel debe pasar cualquier empleado. Entonces ¿qué? Descuido, incompetencia, un fallo de seguridad.

Ya no te busco. Han rodeado a mi grupo. Y vuelven al arrepentimiento. Que es distinto de la culpa, dicen. Que la culpa solo son golpes de pecho, ostentación. El arrepentimiento, me plagian, va por dentro y es donde reside la libertad.

—Ya no queda tiempo para la ignorancia —dice un joven de unos treinta años—. Ni para las películas que nos vendéis. Ya no creemos que si hacéis algo mal podríamos denunciaros. El derecho, y en especial las normas que os atañen, se hicieron para que las denuncias no pudieran prosperar.

—Pues ha habido muchas —dice una directiva de marketing.

—¿Muchas? Qué va, y películas y denuncias reflejan la misma argucia. Sabíais que estabais haciendo algo mal. Un abogado persistente perdió sus bienes, su familia, su bienestar. Quince años después logró una indemnización para la cuarta parte de quienes reclamaban.

—Algo es algo, amigos.

—Algo es —interviene una chica con gafas de montura negra— que el sistema judicial protegió a la empresa durante esos quince años, durante las cientos de demandas que no se ganaron, y a todo el resto de empresas a las que nadie pudo demandar.

—Somos malísimos —dice un director financiero a quien

conozco—. Golpes de pecho no, ¿verdad? Entonces ¿qué proponéis? Porque no os veo emprendiendo negocios y haciéndolo mejor. ¿Será que no se puede?

Contesta una chica muy joven. Habla despacio, no demasiado, solo un poco más despacio de lo habitual.

—Para que se pueda necesitamos una democracia de verdad, estamos en ello. Entonces eliminaremos la llamada responsabilidad limitada. Quien tenga acciones de una empresa será responsable de lo que haga esa empresa, y no lo será solo con el capital invertido. También quienes las dirigís seréis responsables. Como cualquier otro trabajador es responsable de lo que hace.

—Ah, muy bonito, y ¿cómo conseguiréis capital? Nadie se va a atrever a invertir un euro.

—Ya lo veremos. Parece que quieres decir que todo el mundo sabe que lo normal es que cometáis desmanes, delitos, y que no os importen los errores, lo mal hecho.

—Mira, déjalo. Cuando consigáis que se apruebe, vienes y me lo cuentas.

—Vosotros vais a contribuir a que se apruebe. La furia por el dolor que provocáis no se dispersa. La furia queda, fermenta, crece y un día tendréis que iros.

—¿Ah, sí? Nos vais a convencer, claro. Uno de los vuestros andaba por ahí pregonando el arrepentimiento. ¡Arrepentíos, pecadores! Es eso, ¿no?

Releva a la chica un chaval alto, con el pelo rizado.

—No. Los títeres no pueden arrepentirse. Ni los esclavos. Por eso seguís.

—Ahora resulta que somos androides y no lo sabíamos. Muchas gracias por querer liberarnos.

—¿Liberaros? No. Liberarnos. Muchas veces decís que estamos anclados en el pasado, que no proponemos ideas nuevas, infraestructuras nuevas. Pero olvidáis que forma parte de una propuesta el que haya alguna posibilidad de llevarla a cabo. Nos hemos cansado de las buenas ideas, los buenos deseos, los habría que y los debería. Para pensar mejor hay que tener capacidad real de acción. Y puesto que la estáis acaparando, tendremos que evitar que lo hagáis.

Saben que no pueden dejar ni medio segundo de silencio. Interviene un directivo de bajo escalafón, no se da por aludido y cambia de tema.

—Adelante, chicos, adelante. Pero no os pagan por hablar, os pagan por trabajar. Esto tendrá consecuencias, lo habréis pensado. Así que os conviene cumplir con la función para la que os han contratado y ofrecernos canapés.

—¿Canapés? —dice la chica de gafas—. Es que hemos leído algo sobre el velo corporativo, eso de que las corporaciones son personas jurídicas y, por tanto, no tienen intención ni racionalidad.

—¿Y?

—Pues que no comen canapés. ¿O a lo mejor no sois personas jurídicas y entonces sí tenéis intención y racionalidad, y podemos juzgaros, y estáis vivas, y además de comer podéis dirigir vuestras vidas mediante ese mecanismo que os hace tanta gracia, el arrepentimiento?

—Me temo que estáis en un cóctel de zombis —dice el director financiero—. Cuidadito, mordemos, ja, ja, ja.

Los demás le ríen la gracia. Me he ido, Minerva. Esperaba de mis nuevos jefes algo más que la ironía como argumento. En algún curso nos dieron esta definición: «Reproducción de la ganancia rápida, desinhibida y poco preocupada por los costes sociales y ambientales». Pensé que describía lo que llaman «nuestra misión» de forma bastante más precisa que toda esa palabrería intercambiable en la que nos hemos hecho expertos. Y me hizo gracia lo de «desinhibida».

Hemos progresado mucho, hay que admitirlo, en desinhibición. Especialmente en desinhibición jurídica. La gobernanza ya es, oficialmente, nuestro derecho a hacer y deshacer por encima de los Estados y de las normativas internacionales. A cambio, solo tenemos que pagar un poco. Ofrecer las sobras de nuestros beneficios.

La desinhibición ha resultado, sí, más importante de lo

que pensaba. De alguna manera, es la otra cara del arrepentimiento.

Me pregunto si nuestros jefes habrán entendido que cuando hablo de arrepentimiento, igual que cuando ahora hablo de desinhibición, no estoy hablando de estados personales, psicológicos. Deberían, pues lo rubrican con sus hechos a diario. Los comportamientos privados no son tal cosa; las consecuencias de su desinhibición corporativa se insertan en la intimidad de los individuos y, diré, en su moral. ¿Cómo van a tomar decisiones morales si no tienen manera de evitar ser parte de estructuras que destruyen vidas a una prudente distancia? Y no hay tabique, a los subjefes y empleados también nos atraviesa.

Vuelvo a buscarte, Minerva. Seas o no una traidora, eres mi cómplice. Empujo la puerta de la sala donde preparan las bandejas.

No es a ti a quien veo.

Es a Jonás.

Su mirada me paraliza. Dispara con una sola palabra:

—Tú.

Jonás
Jueves, 22.40

Al revés de las escenas en que todo se detiene, cosas, ruidos, movimientos, pero queda una persona a salvo del hechizo que se mueve entre todas ellas, aquí todo se movía y yo llevaba ocho minutos detenido, estancado tras la lectura de unos folios.

Se me había acercado un chico, uno de los expertos, de los que debe de haber trabajado en cientos de cáterin, se le notaba. Pensé que iba a corregir algo de lo que yo estaba haciendo, pero se limitó a darme unos folios impresos.

—Me ha dicho Casilda que te los dé. Puedes leerlo ahora, de momento no vamos a emplatar nada más.

Encima del primer folio había un post-it amarillo con la letra de Casilda: «Nos llegó ayer. No podía contártelo por teléfono. Perdóname. Debes saberlo porque te afecta directamente. Hay otro informe sobre mí, hecho por otra persona. Si todo va bien, mañana te lo enseño y hablamos».

Ese hombre, el que pagaba al contado, el que se presentó como Martín y aquí firma como L.M., me había estado espiando, sonsacando, ha estudiado mi vida, ha obtenido datos privados y se ha permitido proponer una teoría a partir de mi experiencia. Me había usado, a escondidas, mintiéndome. Me había engañado, había fingido pedirme ayuda y contado lo que ni siquiera yo he contado.

Volví a emplatar sin recordar que no hacía falta, sin enterarme de nada.

Ahora, ese hombre acaba de entrar por la puerta. Y yo, que todavía estaba en shock, he querido golpearle y he apretado los puños conteniéndome como en una escena de serie mala.

Sigo teniéndolo delante porque es él quien está paralizado; lleva un cinturón explosivo imaginario, teme que el menor movimiento pueda hacerlo estallar.

Hace bien en temerlo. Si osa retroceder lo sujetaré y pediré ayuda. Lo llevaré al fondo de la habitación, él y yo ya solos aunque nos rodearán y protegerán todas las personas que están aquí por el mismo motivo que yo.

Y así fue. León miró hacia la derecha un segundo, como buscando una salida. Yo me acerqué. Intentó moverse para dar media vuelta pero al momento ya le había cogido con fuerza del brazo. Imaginé su pensamiento: ¿le convenía gritar, montar un escándalo? No le convenía.

Eché a andar con él hacia el fondo de la antecocina. Cuando pasamos cerca del chico que me había dado los folios, le dije:

—Necesito hablar tranquilamente con este hombre. ¿Os podéis ocupar de que no nos molesten y estar atentos por si hace alguna tontería?

—Claro, tú tranquilo.

Le arrinconé, literalmente. Él en la esquina y yo delante, en posición de guardia. Aquí seguimos.

—Estoy esperando una explicación —digo.

—¿Lo has leído?

No me molesto en contestar.

—Tu apellido no sale. En realidad, solo cuento un conjunto de hechos en un espacio y en un tiempo. Es como construir un modelo o un personaje.

—¿Cómo puedes ser tan ruin? ¿Cómo no se te cae la cara de vergüenza? Podría demandarte.

Su voz parece firme, aunque detecto el miedo cuando contesta:

—¿Demandarme por un texto escrito sin apellidos, sin una sola prueba, tu palabra contra la mía? Es una historia que me he inventado, Jonás, si hay coincidencias con tu vida es porque las vidas se parecen.

Lo único que le importa es la demanda, ya sé que una empresa como AMX se me quitaría de en medio como a una polilla, y además, no voy a entrar en su juego. Odiarle, me digo, es un desperdicio emocional. Ahora quiero información. Más que información: conocimiento. ¿Quién se lo ha encargado?

—¿Por qué lo has escrito? ¿Quién te lo ha pedido? ¿Qué coño te importamos si somos cuatro gatos sin poder, ni infraestructura, ni dinero?

—Veintitrés mil —dice León.

Y de pronto es él quien parece furioso, no contra mí, quizá contra sí mismo por haber llegado a esta situación, por haber permitido que me alcance su informe, o por haber cruzado tontamente la puerta de esta habitación adonde no tenía ninguna necesidad de entrar. De no haberlo hecho, no se habría topado conmigo.

—¿Veintitrés mil qué?

—Ellos no saben. Vosotros lo habéis olvidado. Veintitrés mil personas, el número a partir del cual algo puede ser transformado.

No me interesan sus teorías y sigo, le pregunto por sus visitas a la tienda, por su teatro de mierda, por sus jefes. Hasta que dejo de escuchar, seguirá mintiendo y no voy a concederle el consuelo de un puñetazo grotesco que le convertiría en mártir.

Alma Moriano
Jueves, 22.40

Han sacado dos bandejas con comida. Después de más de una hora sin servir nada, dos bandejas para alrededor de doscientos invitados. Dos avalanchas.

Dada la tensión del momento y el gasto energético que supone tener que pensar en una situación inesperada, es comprensible, supongo. Los miembros del personal de seguridad que han ido llegando a la sala se miraban entre sí, quizá planteándose intervenir como quien regula el tráfico. Me fijo en ellos.

Alrededor de la mitad permanece pegada a la pared. Forman un gran círculo que bordea toda la sala. La otra mitad camina entre los corrillos y desde hace un rato no solo vigila sino que atiende a las conversaciones. Me he acercado a uno de los más veteranos, al menos por edad, diría que ronda los cincuenta y muchos.

—Soy Alma Moriano, periodista. La empresa me ha invitado. Puede preguntar a cualquiera de los directivos, me conocen.

—Nosotros no estamos autorizados a contestar preguntas de la prensa.

—Claro, claro, lo sé. No quería preguntarle sobre lo que está pasando. Y si hiciera una crónica, lo que no es probable, lo que voy a preguntarle lo usaría solo como contexto. No diría que me lo contaron aquí. Solo quiero saber si usted o sus compañeros han tenido conocimiento de situaciones parecidas.

Él mira a su alrededor con hastío.

—No admitiré haberle dicho nada. Mire, esto nunca lo hemos vivido. Lo más habitual es el alcohol. El exceso de alcohol, alguna pelea, algún discurso inapropiado. Nada del otro mundo.

—Ya. ¿Y algo más… agresivo?

—Si queremos, podemos decir que esta situación es agresiva. Los trabajadores están incumpliendo las condiciones de su contrato de común acuerdo.

—¿Y?

—Y nada. Las indicaciones son no considerarla una situación agresiva mientras se mantengan las formas.

—Ya solo una última pregunta: ¿a usted, no como personal de seguridad, le interesan los temas de que se está hablando?

—¿Y a usted? No como periodista.

—A mí sí.

—Me alegra. A mí no. Estoy bastante harto. Observo a estos directivos y me pregunto en qué son mejores que los demás para que tengamos que estar aquí protegiéndolos. ¿Por qué ganan en uno o dos días lo que yo gano en un mes? Pensé que iban a preguntarles eso. Pero hablan de la energía, de los accionistas, de la guerra. Mire, estos chicos no van a parar ninguna guerra. Y a mí me están haciendo trabajar más.

El guardia de seguridad ya no me mira. Está mirando a alguien que está detrás de mí. Me doy la vuelta. Es una mujer alta con una especie de túnica aguamarina. Repaso mi base interna de datos. La conozco; alguna vez, hace años, la entrevisté. Ella se dirige ahora al guardia de seguridad. Debe de llevar tiempo escuchándonos.

—¿Puedo preguntarle cuánto gana? También, por supuesto, le diré lo que gano yo.

—Veintisiete mil euros al año.

—Noventa y ocho mil. Casi podríamos decir que una semana de mi trabajo se paga como un mes del suyo. No defiendo que ese desequilibrio tenga sentido. Una vez puestas las cartas sobre la mesa, quería preguntarle por qué cree que no podrán hacer nada, precisamente quienes, aunque sea poco, están intentando algo.

—Porque les viene grande. Todo lo que están diciendo les pasa por encima. No me diga que no.

—Y sin embargo, no hay generación espontánea. Quiero decir que todo sale de algún sitio. Cada cosa que pasa está conectada con una anterior. —Ante la risa soterrada del guardia, precisa—: Conexiones medibles, me refiero a las más elementales: un dron ha tenido que ser fabricado antes, y antes diseñado, y para eso se han tenido que firmar contratos y dar subvenciones a centros de investigación. Cualquiera de esos eslabones se puede romper.

—Si me permite, hay piezas de repuesto. Nuestros equipos deben ser redundantes. Si yo ahora me desmayo o me marcho, quedan muchos compañeros y enseguida vendrán a sustituirme.

—Sin embargo, aquí no hay centenas de guardias, solo decenas. Y en su empresa no hay millares de trabajadores. Solo cientos. Las sustituciones también se acaban.

¿A qué estoy asistiendo? Por un momento pienso que sí es una representación. Pero, a diez metros de mí, Joseph, directivo de seguridad de una de las empresas más interesantes que conozco y que ha sido absorbida por AMX en esta operación, mueve la cabeza como las aspas de un helicóptero y elige sus objetivos. Se desplaza, dice algo, va hacia otra persona de otro grupo. Está alerta, y nervioso.

Minerva Valle, acabo de recordar su nombre. Detrás me ha venido lo demás. La entrevisté cuando rechazó el nombramiento de directora de ética de su empresa. El nombramiento y el rechazo no se hicieron públicos, tengo mis fuentes. Pactamos no hablar de eso durante la entrevista. Me dije que detrás del rechazo habría alguien interesante. Luego me decepcionó. Sus respuestas resultaron previsibles. Aunque también podría ser que me hubiera ganado la par-

263

tida. Igual que había rechazado un puesto con buena imagen y ningún poder real, podía haber rechazado entregarme lo que no quería mostrar: su criterio, sus proyectos, sus críticas.

–Mire –dice el guardia–, nos van a joder, si me permite la expresión. Ya lo están haciendo. Yo gano casi lo mismo que hace tres años, lo que en la práctica es como si me hubieran bajado el sueldo, porque todo vale más y porque tengo que pagar por cosas por las que antes no pagaba. Mis hijos no quieren tener hijos. Razones tienen. Y eso también me hace daño. Pero ya me dirá para qué sirve que estos camareritos vengan aquí a pedirles explicaciones. Como si ustedes, señora, y perdone, pudieran hacer algo.

–Lo entiendo. Mi pregunta sería: ¿cómo se las arregla alguien para no poder hacer nada? Usted puede hacer algo, yo puedo hacer algo, esta periodista que nos acompaña puede hacer algo.

Ya sé lo que está haciendo Joseph. Quieren que esto termine. Discretamente algunos invitados van hacia la salida. Uno, dos, puede parecer que buscan el servicio. Pero el goteo es constante. Supongo que el guardarropa lo gestiona personal de AMX.

El guardia de seguridad se ha dado cuenta. Y parece que Minerva Valle también. El guardia hace ademán de irse pero antes se vuelve e interpela a Minerva.

–Disculpe. Es que, mire, en nuestro oficio necesitamos saber a qué atenernos. Usted dice que es difícil arreglárselas para conseguir no hacer nada. A lo mejor la frase tiene enjundia. A mí me parece un juego de palabras. ¿Usted sabe de qué estaban hablando en el último corrillo en el que he estado? Del arrepentimiento. Si yo ganara noventa y pico mil euros al año, más los complementos que no me habrá contado, le aseguro que esta noche iba a dormir a pierna suelta y mañana ni me acordaría de lo que ha pasado aquí.

–Pero usted no gana esa cantidad. Y también han hablado con usted.

El guardia no contesta porque ahora ya los invitados se dirigen a la puerta en grupos de cuatro, de cinco, y la mayoría de los guardias se congrega junto a la salida para proteger a los que salen.

Minerva me tiende la mano:

—Hola, Alma, cuánto tiempo. Sigo tu trabajo. Eres la mejor.

—Hola, Minerva. Yo en cambio no sé a qué te dedicas ahora. Y es raro que no lo sepa. Debe de ser importante.

—No, no. Ya estoy de retirada.

—¿Qué crees que va a pasar ahora?

—Los invitados se irán. Seguridad vigilará a los camareros. Seguramente les registrarán buscando cables, micrófonos, cualquier dispositivo.

—¿Y luego?

—Y luego, nada. Los invitados recibiremos un mensaje personal del CEO de AMX invitándonos a no comentar con nadie, ni siquiera con nuestros familiares, lo que ha pasado. Ese mensaje ya debe de estar en nuestros móviles, solo que aquí los inhibidores están funcionando a todo trapo. Se nos dirá que comentarlo supondría una violación de los acuerdos de confidencialidad y que nos han contratado porque conocen nuestras trayectorias y saben que no alentaríamos comportamientos disruptivos. Menos aún, en un momento tan importante.

—Disruptivos… —Me hace gracia y río.

—Curioso, ¿eh? No hace tanto que lo disruptivo era un elogio. Supongo que los del cáterin contarán la historia. Nadie les creerá. No volverán a llamarles nunca de esa empresa. No les pagarán las horas, claro. Quizá les abran una ficha en la policía, dependerá de cuánta discreción quiera AMX. En sus círculos serán jaleados. Nadie lo publicará.

¿Me está retando? No parece su estilo. Ahora me sonríe con una calidez repentina, enseguida su rostro vuelve a la expresión hermética que ha mantenido todo el tiempo.

—¿Tú no te vas? —le pregunto.

—Espero a alguien. ¿Y tú, vas a seguir trabajando?

—Claro —le digo.

—No me llames —dice—. No me escribas. Pero, si te interesa, es posible que mañana, a las cinco y media, me encuentres en el bar Oaxaca, cerca del río.

Qué mujer extraña. Me alegra que existan cada vez más mujeres extrañas.

Apenas quedan ya veinte invitados. Todos los camareros han desaparecido. Entro en la antecocina. No es probable que quieran hablar conmigo, pero tengo que intentarlo.

Casilda
Jueves, 23.05

Hace frío aquí. El viento forma corrientes y no hay portales abiertos ni bares donde guarecerse.

Hemos venido a esperarles. Somos catorce personas. Tenemos móviles y también cámaras de foto y de vídeo analógicas, y grabadoras de audio de las de casete. Confiamos en que no van a hacer falta. No les interesa detener a nadie. Pero, por si acaso, aquí estamos, juntándonos porque no hay púas que nos separen, como a los erizos, y sí largas bufandas de colores, casi como mantas, que podemos compartir.

Yo quise ser feroz. De pequeña admiraba los dientes triangulares de los tiranosaurios, el salto del puma, las rayas del tigre cuando está muy cerca.

Quería ser feroz pero poco efectiva. No una máquina de matar, sino una posibilidad escondida, reticente aunque capaz de alcanzar a su víctima si fuera necesario. También quería tener un machete y abrir caminos en la selva.

Nunca imaginé que toda mi vida transcurriría entre animales pequeños, gorriones, hormigas, grillos, moscas, saltamontes, gatos y perros, pero no serpientes venenosas, elefantes enfurecidos, leonas, panteras, manadas de búfalos en estampida.

Quería ser feroz porque sí y por si acaso. Todavía, a veces, el cariño me asusta más que un coyote hambriento. Lo acepto. Dejo que Ana frote mis manos frías con las suyas que ya han entrado en calor. Dejo que Verania me preste su gorro de lana granate, y me diga que no lo necesita, que ya tiene las orejas ardiendo aunque yo sé que no es del todo verdad.

Luego, me agazapo en una parte pequeña de mí que no controlo. Y soy feroz en trozos diminutos. En la segunda falange del dedo índice de la mano derecha, en el lóbulo de la oreja izquierda, en medio centímetro de barbilla y en un ramo de recuerdos imaginados que mi cerebro guarda soy feroz.

Sé que quienes están a mi lado también lo son. Porque no es lo mismo conocerse cuando no te juegas nada, cuando nadie depende de ti. ¿Que es cansado? ¿Que mañana es domingo y tenemos reunión y preferiría dormir hasta las doce con Jonás y un desayuno largo? Sí, puede que sí. Pero al mismo tiempo venir aquí, no por casualidad sino por haber estado trabajando juntas, es una manera vigorosa de existir que no quiero olvidar.

Ana se acerca otra vez.

—¿Sigues con frío?

—No, ya no.

—Ha venido Fernando, dice que ya casi no quedan invitados por salir. En cinco minutos vamos hacia la puerta.

—Oye, Ana, mírame —le pido—. ¿Tengo cara de romántica? ¡No quiero serlo!

Ana se echa a reír.

—Tienes cara de reno con la nariz roja. Acércate más al grupo, que en cualquier momento avisan.

Ana no ha leído el informe sobre mí. Tachamos los nombres de Jonás y mío. Ni siquiera se los pasamos a todos los del cáterin, solo a una parte, tampoco queríamos que centraran las discusiones. Si Ana lo hubiera leído le diría que no quiero ser un pedazo de biografía andante. Lo soy, claro, como cualquiera. Pero, M.V., yo no digo mi canción sino a quien conmigo va. Yo no te dije mi canción, quienquiera que seas.

Alma Moriano
Jueves, 23.10

Aunque en la antecocina no han hablado, me han dado una cita. Sin intercambio de teléfonos. Una como la de Minerva Valle, a otra hora y en otro lugar.

Me ha llamado la atención encontrarme ahí con el tipo que intervino en la presentación de mi libro. Me ha saludado como si tal cosa. Luego se ha dirigido hacia la puerta despacio, con paso digno. Cuando la ha entreabierto he entrevisto un filo aguamarina. Se ha ido al lado de Minerva. Yo he salido después.

—¿Qué hacías ahí? —Es Edward Norton.

—He entrado a mirar, es mi trabajo. No han querido hablar conmigo.

—Yo sí quiero hablar contigo, Alma. Esto ha sido un mal sueño. Mañana no recordaremos nada. Y dentro de unos días, nuestro CEO te concederá una entrevista en exclusiva para hablar de los planes de AMX.

No voy a mentirle. Y tampoco puedo decirle la verdad; además, aún no sé qué van a contarme y qué haré con ello. Espero que una media verdad le tranquilice.

—Será un privilegio.

—Mañana miro su agenda. Te acompaño a la salida.

Me dejo acompañar.

León
Viernes, 00.00

Saltan las luces en la esfera de lo que he sido. Estaba a punto de llegar a casa, cuando ha brillado la notificación. De Tiago.

Un audio. No puedo oírlo, ahora. No tengo fuerzas. Necesito pensar qué voy a hacer.

Jonás
Viernes, 00.20

Unos cuantos hemos preferido la resaca de ahora y el sueño de mañana. Nos lo podemos permitir. Nuestros trabajos no exigen una concentración perfecta. Y aún nos quedan reservas de energía que otros tienen bajo mínimos. La mayoría se ha vuelto en metro. Nos quedamos algunos del cáterin y parte de los que han venido a esperarnos. Hay dos motos, dos bicis, la vieja furgoneta de Fernando y dos coches. Nos organizamos para caber. Algunos se van quedando cerca de sus casas. El resto vamos a casa de Marta.

No hablamos casi de lo que ha pasado. Bebemos. Porque hemos hecho algo y, al mismo tiempo, porque a todos nos faltan pedazos de gente, de vida que se fue quedando en el camino. Y es una suerte poder fundirnos un rato y brindar por las cosas que vamos a recuperar.

IG3 de AMX
Viernes, 06.40

Informe no enviado.

Como habíamos detectado a tres, dejamos de detectar a treinta. Y luego fueron todavía más. No lo previmos ni evitamos las casi dos horas de una conversación forzada que nunca debió haber tenido lugar.

Recogemos una expresión motivo de debate en varios corrillos: la mesura. Nos pilló por sorpresa que nos la arrojaran.

La mesura no ocurre porque sí, dijeron, no es timidez, es una lucha de contrarios. La desmesura es lo fácil, la desmesura que corta las manos de los inocentes. La desmesura os arrastrará porque ignoráis la lucha de contrarios, el esfuerzo de corregir e imaginar. Porque olvidáis las viejas letrillas: «General, las personas son muy útiles, pueden volar y pueden matar. Pero tienen un defecto, pueden pensar».

No lo hemos olvidado, estamos haciéndonos cargo de ese defecto, gastamos agua, energía y billones de dólares como si no hubiera mañana porque esperamos corregirlo mediante la IA, no una cualquiera, una que trabaje para nosotros. Porque siempre se olvida que la llamada IA es un híbrido entre programas, algoritmos que aunque usen materiales provenientes de la naturaleza podrían recibir el nombre de artificiales, y la inteligencia humana. Olvidarlo hace que la parte de inteligencia humana incluida no se juzgue, escape de la crítica. No obstante, tenemos que darnos prisa, si no, ni el tiempo ni la materia nos van a respetar.

Escribimos ahora para aclarar las ideas antes de que se disipen. Conocemos mejor que nadie la aceleración constante fomentada con la intención de evitar el pensamiento reflexivo. Somos expertos en instalar la ideología de lo imparable, tecnologías imparables, guerras imparables, hechos que no se pueden evitar y a los que hay que seguir asistiendo como el espectador secuestrado que no pudiera gritar, patear, abandonar la sala ni, por supuesto, subir al escenario e interrumpir la actuación.

Anoche supimos lo que se siente. No pudimos gritar, patear ni interrumpir la actuación porque habríamos desencadenado noticias que nos habrían perjudicado. Nos costó casi dos horas salir de la sala del cóctel de manera discreta.

¿Qué pretendían? ¿Por qué a nosotros que no somos eso que llaman su público objetivo, que jamás nos uniremos a sus movilizaciones?

Quizá se han confiado cuando han visto que en nuestro lado siempre hay un *insider*, alguien que no solo tiene acceso a información confidencial sino que la filtra. Y bien, sí, los informantes con, digamos, recelos inquietantes para su conciencia, nos perjudican. Terminamos detectándolos, a menudo apresándolos, pero nos cuesta bastante destruirlos. Los hay a todas las escalas, siempre los hubo.

Sin embargo, no son más que un hilo de consuelo, como ese ejemplo que ponían ellos cuando una gran corporación pierde un juicio por causar un daño concreto, pero jamás es juzgada por hacer lo que corrientemente hace.

Ha habido una *insider* en nuestra empresa que les ha pasado documentos, ¿y qué? La tenemos localizada. Se la despedirá sin alharacas. Todo va a seguir igual. Al parecer Jonás pronunció la palabra «demanda». Sería otra molestia, no tienen ninguna posibilidad, ni pruebas; ese informe no es más que una invención, la elucubración de un empleado leal que dirá lo que le digamos que diga.

En cuanto al chantaje de Minerva, lo dejaremos en tablas. Es lista y sabe que nunca podrá demostrar que recibió órdenes, la acusaríamos de haber tomado la iniciativa por libre, la prensa la desacreditaría al mínimo requerimiento nuestro, los juzgados no admitirían a trámite la denuncia, Jonás y Casilda no van a intentar dar esa batalla porque no es lo que buscan.

Hemos estudiado sus fuentes, sus teorías, sus luchas, mejor que ellos mismos. Nada es, dicen a menudo, solamente lo que es, porque no hay instantáneas que paralicen la cadena de actos humanos. «Se toca con los dedos lo que empieza y lo que acaba y gira y llamamos vida a esa espiral», citan. Nunca hay un «hemos ganado» definitivo.

Como son pocos, compran algunos de nuestros discursos: la importancia de los símbolos, de las palabras separadas de las cosas. Dicen que no han hecho una instalación artística, pero se le parece mucho. Les guía la esperanza de que sean las historias, y no los hechos, las que transformen la realidad.

Pese a todo, nos cabe una duda. Que lo que han hecho no sea un punto y aparte, sino un punto y seguido.

Nos cuesta creerlo. Las palabras se han gastado para todos. ¿Patriotismo? ¿Honradez? ¿Criterio?

Minerva
Viernes, 14.00

Recibes una patada que te propulsa por el aire como en el dibujo de un cómic. ¡Qué libertad repentina! ¡Qué momento de ensueño! Sí, sí, después hay que echar cuentas. Pero no arruinemos esa primera etapa de júbilo aceptado.

·Me han despedido. No pueden, sin embargo, denunciarme por haber revelado la memoria de una actividad que, según se apresuran a decir ahora, nunca nos fue encargada. De modo que no han alegado despido procedente y me han dado una indemnización, una cantidad de dinerillo menor que aquella que, soñaba, me garantizaría un retiro anticipado. Quizá baste si inauguro una vida de austeridad obligatoria y, todavía, privilegiada.

Me falta otra patada. Tareq me impulsará más lejos. Ahí se quedan Anxo y él. Por supuesto, Anxo siempre podrá contar conmigo. Pero a su edad una madre ya no es la compañera de piso ideal. Me iré sin mala conciencia. Me iré con los pájaros. Con la brusca alegría de los sueños buenos.

En un mundo incompetente, imperfecto hasta el horror y la delicia, y agrietado en general, de vez en cuando aparecen regularidades. Pero lo irregular está por todas partes. Mira cómo las copas de los árboles escriben sus rayajos desiguales en el cielo. No hay un solo seto que tenga el contorno de esfera lisa y simétrica con que los jardineros a sueldo los recortan y menguan.

Ramas torcidas, árboles asimétricos. Y ese desperdicio de semillas sobrantes, cuánto estornudo para nada. Cuánto sonido que no es música, sino desorden, y qué empeño en crear pentagramas, tiempos medidos, melodías. No digo que esté mal. Digo que lo común es el desorden, doloroso y, a su manera, espléndido.

Cuando el descontrol es la norma, el control es un espejismo y, como tal, efímero. Cabe esperar, ¿por qué no?, que los millones de vidas expertas en descontrol, quienes conocen la gotera desde la infancia, quienes cabalgan sin bridas ni caballos un dolor indomable, se alcen de una vez.

Cuando pase, yo ya no estaré apostada en mi octavo piso, protegiéndolo. Estaré algo perdida, una loca de Chaillot o una vecina cualquiera de otro barrio.

Ahora apenas soy una dama en la cincuentena que, con ropa de marca y zapatos cómodos, recorre la ciudad. Ahora, sin embargo, soy un dechado de plumas sin pájaro, de vuelo sin plumas. Un fuego fatuo. Un último cartucho de la nada. Y he de darme prisa.

Solo tú, León, podías sospechar lo que pretendo. Solo tú podías detenerme. Pero no sabes que tengo a Tiago de mi lado. Cuando lo sepas dirás que jugué sucio, más sucio todavía.

¿De cuántas formas posibles se pueden disponer los elementos para que algo pase? En eso consiste a veces casi todo, León, en hacer lo improbable, en disponer los elementos pero no de la forma hacia la que suelen tender. Por ejemplo, que si tienes dos dados puedes llegar a un siete con un tres y un cuatro, pero también con un seis y un uno, con un cinco y un dos. A un doce, en cambio, solo puedes llegar con dos seises. Se termina confundiendo lo improbable con lo dificultoso, pero no siempre coinciden.

La manera más improbable, menos frecuente, a veces es la más ¿justa?, ¿bella? Prefiero no acudir a estas palabras, parecen empaquetar visiones del mundo pero las ocultan, generan confusión. Tú escogiste un fenómeno improbable, esa luz que solo da en las últimas hojas de los árboles. No es el modo en que suele pasar el atardecer. Bien, que el arrepentimiento nos emplace no es lo probable, León. Se pueden disponer los elementos, dices, para que no pase. ¿Y para que pase?

Sé que tiene más prestigio, es más viril y más pedante decir que hay que tomar el peso de la historia como viene, como si no pudiera haber venido de otra manera, como si nuestros privilegios no procediesen de nuestra contribución a que siga viniendo de la misma manera.

Sin prestigio, sin restos de virilidad, me acercaré a la terraza del bar Oaxaca.

Recuerdo el tiempo en que pensábamos que habíamos venido al mundo a elegir entre el mal y el bien, y todo parecía tan sencillo. Luego supimos que había que abrazar dilemas, elegir entre lo malo y lo malo, elegir entre lo bueno y lo bueno, y todavía era llevadero porque parecía posible elegir lo menos malo, o lo más bueno. Hasta que nos dimos cuenta de que no habíamos contemplado lo irreparable. La vida se empeñaba en colocarnos ante elecciones que comportaban pérdidas irreparables, grandes o pequeñas, una y otra vez.

No veo a Alma. Confío en que vendrá.

León
Viernes, 14.30

Uno de los grupos inteligentes de AMX me ha convocado este mediodía.

Aunque no me lo han dicho, de sus preguntas puedo deducir que los espías hemos sido espiados. Parece que el olfato de Minerva se conserva mejor que el mío. Pero no le ha servido para nada, esta mañana, nada más llegar: despido fulminante con la mínima indemnización. Ya lo sabe todo el mundo. Más las cuentas que voy a pedirle por ese cara a cara con Jonás que tuve que pasar.

Al grupo lo único que le interesaba de mí era mi opinión sobre el contagio. No he podido evitarlo y he repetido:

—¿Opinión?

—Sí. Las opiniones humanas, las no contaminadas por la IA, nos interesan.

Siempre me ha importado, quizá en exceso, el significado de las palabras. Porque he visto cuantas veces al no poder soportar la carga de malentendidos se quiebran, como el espinazo de una yegua. Dejan flancos abiertos. Así ha pasado con mi proyecto.

Si se hubieran molestado en buscar los componentes léxicos de «obstinación»: el prefijo «ob» (enfrente, en contra), «stanare» (estar de pie), el sufijo «ción» (acción y efecto). Ahora ya es tarde, y yo tengo una buena mano de la baraja. Me han llamado; no he sido yo quien ha pedido verles.

—Opino —digo— que «contagio» no es la expresión más atinada. Ahora, en lugar de opinar, se lo argumentaré. Los argumentos son razones compartidas, nos sacan del pequeño bípedo que somos cada cual. «Contagio» introduce una metáfora con disimulo. Describe las decisiones que toman determinados grupos de personas como una enfermedad que se expande mediante la intervención de un agente externo, virus o bacterias. Otra cosa son las oleadas de violencia, depresión, polarización que introducen algunas empresas y gobiernos en las redes o infiltran en organizaciones. A eso podríamos llamarlo contagio artificial, lo conocen bien.

—No argumenta, define términos.

—Puede. La opinión nunca define sus términos. A lo que iba: cuando las personas se movilizan para llevar a cabo acciones pensadas, no hay infección. Actúan según lo que conocen, el afecto de las personas que les rodean, lo que hay, lo que puede ser hecho, quizá su idea del sentido de la vida.

—Concrete.

—Son procesos lentos. Por tanto, si se expande, lo hará despacio. Otra cosa es que la expansión un día se convierta en impulso de organizaciones que aún estaban a medio camino en su proceso y la fuerza de la simultaneidad nos desborde. De cualquier modo, es un trabajo con el que no podemos competir.

—No nos convence. Usted lo ha dicho. Sabemos crear oleadas y estallidos.

—Exacto, oleadas y estallidos. Nada se ha consolidado.

—La destrucción, sí.

—No estaría tan seguro.

—Los países destruidos permiten que siga adelante nuestra forma de extraer y explotar los recursos. La consolidan.

—Solo de momento. No les permiten prescindir del uso continuado de la vigilancia, el soborno y la fuerza.

—Parece que se pone de su lado.

—No. Me pongo de mi lado. Les he ofrecido una herramienta que habrían podido introducir en el motor de la lucha para deshacerlo, una termita poderosa contra el metal. Ustedes la han menospreciado. Han descuidado su custodia y así la han malbaratado. No estoy de parte del otro lado, sino del mío.

—Su lado atraviesa un mal momento. Jonás amenaza con demandarle.

—No lo hará. Si lo hace, yo diré que actué por mi cuenta, y que a partir de unos pocos datos inventé una historia que sostuviera mi teoría.

Me miran. Tienen, espero, lo que querían. He declarado que pueden contar conmigo, que no les traicionaré. Y doblo la apuesta:

—Ahora bien, otra cosa es el odio que ese sujeto llamado Jonás manifestó en la conversación a la que, presumo, han tenido acceso. No es un odio privado, es colectivo. Cualquiera podría vengarse en nombre de los dos sujetos espiados. Si me pasa algo, me he encargado de que los antecedentes, que están a buen recaudo, salgan a la luz. ¿Qué me ofrecen a cambio de esos antecedentes y de mi olvido?

—No aceptamos chantajes.

—No es un chantaje, es una colaboración. Yo mismo les digo lo que quiero a cambio, verán que no es exagerado: quince mil acciones de AMX. Otros directivos las han recibido con la fusión.

—Son de un nivel superior al suyo.

—Entonces, suban mi nivel. Creo que me lo he ganado.

Lo tengo. Noto que voy a ganar, van a concederme el ascenso y las acciones. Quieren mi lealtad y he medido mi petición. No les humilla, al contrario: me ligo más a la empresa, ligo mi destino al suyo. ¿Lo ves, Minerva? Si hubieras esperado.

—El ascenso y las acciones no son gratis, exigen asumir nuevos compromisos, entre otros, el desarrollo de las aplicaciones de su informe. Le pasaremos un documento, si lo firma y asume los compromisos, los tendrá.

—¿Cuándo?

—Recibirá el documento esta tarde a primera hora. Por cierto, una curiosidad: ¿a qué se refería con su alusión al número veintitrés mil? Conocemos la matemática del cambio social. Los estudios se mueven en una horquilla entre el dieciocho y el veinticinco por ciento de la población para que se produzca un cambio relevante en la esfera cultural en sentido amplio. Nada que ver con ese número arbitrario que usted menciona.

—Fue una forma de desconcertar, de ganar tiempo. Recordaba vagamente que con ese número de militantes en algún momento de la historia se puso en marcha una revolución.

—Gracias, puede irse.

León
Viernes, 18.00

Ya he firmado, descargos de responsabilidad, acuerdos leoninos de confidencialidad, desarrollo de aplicaciones. El ascenso, inminente; y las acciones, dentro de dos meses.

En un rato veo a Tiago. Espero que perciba en mí la seguridad fruto de saberme no solo valorado por AMX sino también, si es que no es lo mismo, económicamente recompensado.

Jonás
Viernes, 18.30

La segunda resaca es distinta. Ha pasado el cansancio grato, parecido en parte al de después de correr o de salir a la montaña. Ahora, la resaca ha de abrirse camino en lo de siempre.

Me gustaría estar en un lugar a cubierto pero al mismo tiempo al aire libre y, aunque ahora no llueva, ver al fondo la empalizada de olmos de la Universitaria batida por la lluvia. Casilda conocerá bien estos momentos. Parece que algo va a cambiar, pero el peso de la realidad, las estructuras, la costumbre, hacen que todo continúe ¿igual? En teoría no exactamente igual. Le conté todo esto a Casilda camino del metro.

—Nos cuesta soportar demasiada realidad.

—Y tú, ¿cómo lo haces?

—Poco a poco irás soportando más, porque verás mejor lo que hay.

No quise discutir.

—Oye, ¿qué vamos a hacer con los informes?

—¿Tú qué harías? —me preguntó.

—Seguramente nada, de momento. Certificaría su procedencia. Y cuando tengamos más fuerza, entonces sí, usarlos, denunciarlos. Pero no en un tribunal, sino en nuestro terreno. Supongo que habrá que pensar cómo.

Hay tres personas ahora en la tienda. Cuando una decida pagar, las otras dos, de golpe, también lo decidirán. Pasa siempre.

El sol de repente se abre paso entre las nubes y hace que el día tenga pinta de ir a cambiar, pero no cambia, retornan las nubes de un gris aluminio mientras recuerdo la piel de Casilda y tuneo estribillos cursis que abrigan y dicen que ella no se ha ido y que tengo luz de luna. Los tres clientes vienen a pagar juntos.

Tareq
Viernes, 18.30

Minerva me resulta imprevisible, veintiocho años después. He dejado en su mano lo que decida. Hoy por la noche creo que resolverá.

Minerva lo sabía. Yo terminé sabiendo que lo sabía. Vivimos unas semanas tensas. Pensaba que en cualquier momento iba a venir un estallido de cólera o de lágrimas. Un ataque de dignidad mezclada con amor propio herido. Que la vería desplegar sus furias como hace otras veces cuando discutimos. O acorazarse en el silencio.

Pero de la tensión pasó a la distracción. De pronto, ya no parecía interesada en que hablásemos. Estaba muy ocupada. Al principio creí que fingía. No; realmente, tenía otras cosas en la cabeza.

Otro amante, me dije. Tal vez haya acudido a alguna relación guardada en la recámara ahora que se siente libre. Una amante, incluso. Conozco a mujeres de su edad que cuando enviudan o se divorcian ya no quieren una nueva compañía masculina. Y dan rienda suelta a otra sexualidad.

No, nada de eso. Todavía no sé de qué va, pero la han echado de la empresa. A Minerva Valle, sardónica, independiente y, pese a todo, directiva modelo, varias veces entrevistada en medios internacionales. Quién lo iba a decir.

Hace unos meses me comentó que empezaban a marginarla.

—A esta edad —me dijo—, si no eres dócil no cuentan contigo. Grandes palabras, elogios, y luego, en la práctica, el vacío. No me preocupa.

Eso fue todo. Se la veía contenta con algún proyecto nuevo que debían de haberle asignado. Nunca me dijo cuál.

No sé qué ha hecho para que la despidan, pero algo ha hecho. De lo contrario no se iría con una indemnización mediocre.

En cuanto a nuestra separación, parece genuinamente triste. Ni por un segundo entró al trapo de los reproches a pesar de que yo sí los hice. No es que no quisiera separarme de Minerva, pero seguramente habría querido hacerlo de otra manera. Y no supe, y tuve que convencerme en voz alta de que había más razones de las que había. Disonancia cognitiva, lo llaman. Me sorprendió su actitud, compasiva, diría, sin amargura. Anoche se lo pregunté.

—No te conozco —dije—. Nunca te he visto así.

—Así, ¿cómo?

—No sé describirlo. Pareces conmovida, conmovida pero tranquila.

—Sí me viste así una vez. A lo mejor no te acuerdas. El año que mandamos a Anxo a Irlanda. Tenía solo trece años. A él le hacía muchísima ilusión. Sus profesoras nos animaron, pensaban que le vendría bien. Y yo me puse triste, pero no dramática ni preocupada. Iba a echarle de menos por algo bueno.

¿Me estaba diciendo que era algo bueno que yo la hubiera dejado? Pareció adivinar mi pregunta.

—Lo que me pasa, Tareq, es que me acuerdo de nosotros cuando éramos jóvenes como si fuéramos otros. También me acuerdo así de Anxo cuando era niño. No me apena que ya no lo sea, simplemente lo recuerdo con una tristeza ¿amable? Más o menos.

—Pero Anxo volvió de Irlanda y yo no voy a volver —me creí obligado a recordarle.

—No, no. El Anxo que volvió de Irlanda era un adolescente. El que se fue a Irlanda era un niño. Y no te preocupes, ya sé que no vas a volver. Lo que la Minerva guerrera que tú conoces espera es que nos comportemos, diría, honorablemente. Que guardes tu libretita con el debe y el haber, que no seas mezquino, que no pretendas ganarte a Anxo poniéndolo contra mí, yo prometo no hacerlo. La pareja que fuimos se ha quedado en Irlanda. Me conmueve, sí, que haya existido. Pero, verás, no podríamos destrozarla aunque quisiéramos.

—¿Y ahora?

En realidad quería decir: ¿no piensas que te he traicionado, que hicimos un pacto y lo he roto? ¿No piensas que justo cuando más podríamos necesitar apoyo el uno del otro, voy y me largo?

—Ahora, nada. No voy a hacer planes. Estoy bastante ocupada con otras cosas que…, cómo decirlo, me incumben.

—¿Puedo…?

—¿Preguntarme? No, querido. Tampoco yo te pregunto. Seamos civilizados. Un amigo me dijo hace tiempo esta frase: «La cordura son los demás». Yo recordaba la famosa de la obra de teatro donde decían: «El infierno son los otros». Mi amigo se rio, dijo: «Eso también, pero se turnan». Ahora estoy en la fase de la cordura. A nuestra edad empieza a ser una fase conveniente.

—¿Todos los demás?

—No, no todos.

Así que he venido a casa a esperar su decisión. Anxo ya nos ha dicho que se va al piso de unos amigos. Hoy Minerva me dirá si quiere quedarse a vivir aquí, o si se marcha. Ahora que la han despedido y teniendo en cuenta lo que yo gano con mis dos trabajos, supongo que lo lógico sería que se quedara. Excepto que, después de veintiocho años, Minerva todavía me resulta imprevisible.

Alma Moriano
Viernes, 19.00

Anoche casi no dormí. Tenía que transcribir lo que pasó a partir de muy pocas notas y de mi memoria que, aunque no es mala, tiene un límite.

Me he levantado temprano para preparar mi colaboración radiofónica en una emisora alemana. Después estuve tirando de contactos, documentos, información más o menos oculta.

Conseguí que me recibieran en la empresa de cáterin. AMX, dijeron, se había mostrado completamente satisfecha con sus servicios. No tenían nada más que añadir.

A las tres había quedado con alguien que podía tener, aunque nadie lo confirmó, relación con lo ocurrido. Me había citado en un bar pequeño y bastante ruidoso. Era una mujer, le calculé treinta y tantos.

—No te voy a decir mi nombre. Sé que puedes averiguarlo. Por eso quiero tu palabra. Y va en serio. Si me das tu palabra y luego no la cumples, el problema no será que me lleve una decepción. El problema lo tendrás tú. No es una amenaza. Es que faltar a la palabra en algunos ámbitos es más grave aún que incumplir un contrato.

—¿Que te dé mi palabra de qué?

—De dos cosas. De que no trabajas para AMX ni otras empresas afines.

—La tienes. La segunda.

—Tu palabra de que si escribes algo con los materiales que voy a darte lo harás según tu criterio. No te dejarás influir por el medio en que vayas a publicarlo.

—Me pides algo que no sé si es posible. Entiendo que lo pidas. Pero cuando escribes para un medio ya sabes lo que quieren, sabes cuáles son sus límites. Puedes forzarlos un poco. No puedes pasarte.

—Entonces, escríbelo para un medio cuyos límites coincidan con los tuyos.

¡Hmmm! Me gusta hablar con alguien que no me está dorando la píldora. Desde que mi prestigio y popularidad se han disparado, encontrar gente así no me resulta fácil. Pero que esa mujer me estuviera cayendo bien no podía hacerme bajar la guardia.

—¿Y cuáles son tus límites? —pregunté.

—Tú cabes dentro. Si consigo tu promesa. Para ser exacta, mis límites no son solo míos: los discutimos. No creas que eso significa que no pienso y que vengo aquí a repetir acuerdos y consignas. Todo lo contrario. Significa que pienso con, digamos, varias cabezas. Tengo esa suerte.

—Bien, no me has contestado.

—Podría hablarte de mi clase. Del asombro que me producen algunas personas que parecen no ver, o, supongo, que han decidido no ver, todo lo que tienen y de dónde viene. Pero creo que no necesitas justificaciones. Mira, mi límite es el sufrimiento evitable. No ceder ante quien obtiene renta o ventaja al causarlo. Y, ya sabes, la verdad es concreta: no podemos tener amor sin que haya amantes, ni sumisión sin siervos. Tampoco podemos tener sufrimiento sin que haya seres que lo sufran. Por ejemplo, el sufrimiento de los directivos de una corporación porque su empresa pierde valor en el mercado no es lo que entendemos por sufrimiento ni por error evitable.

—De acuerdo. Mi respuesta: si lo que me cuentas vale la pena, buscaré cómo contarlo sin alterar mis límites.

—Y si consideras que no vale la pena, lo olvidarás.

—Entonces tengo que darte tres palabras.

—Dos, has condicionado la segunda.

—La tienes, mi palabra. Si no lo veo claro, no haré nada.

—Primero te haremos llegar materiales. Si te interesan, te contaría cómo fueron algunas cosas. También podría hablarte de algo de lo que hemos hecho, porque esperamos continuar.

León
Sábado, 12.00

En su audio, además de borracho Tiago parecía frágil. Creí que necesitaba ayuda y quería recurrir a mí. Yo estaba dispuesto a ayudarle.

Pero Tiago ha olvidado su borrachera. Como si no hubiera pasado. Quizá porque se avergüenza. He llegado a pensar que la fingió. ¿Una llamada fingida? ¿Una venganza? No. Tiago no es vengativo.

Después de diez minutos hablando de trivialidades, pregunto:

—¿Por qué me has llamado?

—Supongo que ya ha pasado el tiempo suficiente para que podamos quedar con naturalidad.

—No supongas, Tiago. Nos conocemos. Ayer no suponías tanto.

—Ayer no era yo.

—¿Y qué hacemos aquí, tú con una tónica, yo con una cerveza, los dos con mucha naturalidad?

—Me gustaría —dice— poder darte mi punto de vista sobre nuestra relación. Nunca me lo has preguntado. Lo peor es que creo que, si lo oyeras, no serviría para nada.

—¿No crees que pueda estar arrepentido de algunas cosas que hice y que no hice? Incluso sin que me las hayas dicho.

—A lo mejor podrías, pero no quieres. El arrepentimiento te da vergüenza. No entiendes que puede haber algo tranquilo, incluso conmovedor, en la capacidad de revisar las propias acciones.

—Sí lo entiendo.

—Ah, muy bien.

—Lo dudas.

—Es que no he visto que lo hagas a menudo.

—¿Vas a venirme con reproches ahora?

—No. ¿Para qué? Estás tan orgulloso de seguir tu propio camino.

—Vaya, a mí eso me parece un reproche.

—¿Sí? A mí en cambio me parecía encender una lámpara. Antes nos gustaba, reflectores que puedan quemar el corazón, verdades que construyan, ¿te acuerdas? Pero saquemos otro tema, ¿cómo te va?

Respiro hondo. Quiero contarle lo que me han ofrecido. Y callo, pues sé que si lo hago no podré soportar el brillo travieso en sus ojos y su sonrisa apenas insinuada pero, sin duda, hiriente.

—Ahí voy —miento—. ¿Y a ti?

—Bien, bien. El nuevo director del colegio parece un poco desbordado por la situación. Ya sabes, acaba de aterrizar en el barrio. Lo de siempre, León. Pero estamos contentos. Con la inteligencia artificial no tendremos que sonarles la nariz a los mocosos, ni despiojarles cuando sus padres y madres no puedan porque están fuera arruinándose la vida en trabajos de mierda para intentar que algo se arregle, que alguna deuda no les coma. La IA se encargará también de dar a cada criatura esa forma de ¿acogida?, no sé, de calor humano que en sus hogares en crisis perpetua no siempre pueden recibir.

Intento cortarle, no me deja.

—¡Espera, espera! Queda el gran avance: en infantil nos van a comprar unas hamacas-mecedoras de tres mil quinientos euros para que los peques se duerman en ellas la siesta gracias a un vaivén personalizado por el algoritmo. Es un poco raro, porque no tenemos presupuesto ni para clínex, pero ya ves.

—Muy gracioso.

—Creí que ibas a decir muy realista. Y tu psicólogo, León, ¿cómo va? ¿Le das mucho trabajo?

—La verdad es que no. Llevo casi dos meses sin ir. Pronto me dará el alta.

—Me alegro.

—Sí, Tiago, ya me hiciste ver que no te caía bien. Tú eres más de curarte solo.

—Eh, eh, no pongas en mi boca algo que no he dicho. Cada uno que se cure como pueda. No tengo nada en contra de los psicólogos en general, pero el tuyo…

—El mío, ahí queríamos llegar.

—Te dijo que te deshicieras de tu Pepito Grillo. Muy conveniente eso para la vida. Sobre todo para la vida de los demás.

—Del Pepito Grillo malo, Tiago.

—Vale, que hay dos. ¿El malo era yo?

—El malo es el que no deja que nos aceptemos tal como somos. Tú también lo tienes.

—Aceptarse no es tratarse a uno mismo como un niño malcriado al que no se le puede llevar la contraria. Eso es adularse a uno mismo, León, volverse gilipollas. Claro que si todo el mundo está igual, a lo mejor nadie se da cuenta. Excepto los que paguen las consecuencias de tu tontería.

—Siento que estés dolido —digo.

Tiago calla. El silencio me está matando. Y me la juego. Digo:

—Yo te echo de menos. Nos echo de menos.

Aparta la cara. Es un gesto reflejo, como si en lugar de haber hablado, hubiera yo adelantado la mano para abofetearle.

—Déjalo, León. Ha sido un error llamarte y proponerte quedar. Culpa mía. Ah, por cierto: enhorabuena.

—¿Por qué?

—Anoche me encontré a alguien de tu trabajo, una mujer con nombre de diosa griega, ¿puede ser?

—Minerva.

—Sí, esa. Me ha contado lo de las acciones.

Así que durante todo este tiempo lo sabía.

—No es seguro —digo.

—Bueno, enhorabuena insegura, entonces.

—¿Te ha contado también que la han despedido?

—No. Me ha dicho que se separaba y que se iba a marchar una temporada fuera del país.

—¿Adónde?

—Nueva Zelanda. Lejos, ¿eh? De hecho ya tenía el billete. Debe de estar volando ahora. Hablando de eso, a ti y a mí ya nos va tocando divorciarnos.

—No hay prisa —le digo—. Al menos por mi parte. —Y no puedo evitar preguntar—: ¿Por la tuya?

—No estoy con nadie, León. Pero preferiría aclarar las cosas. Llevamos un año así. Me gustaría empezar los trámites.

—Entonces ¿me has llamado por esto?

—¿De verdad quieres saber la razón?

Tiago me conoce bien. No contesto.

No le digo que estoy rompiéndome. Que gritaría ahora. Que le diría a voces: ¡para qué coño me has llamado! Que le tomaría por los hombros y los sacudiría y golpearía su pecho con mis puños sin fuerza, porque sé que le he perdido, y si no lo hago es solo porque Tiago está en lo cierto, no soy capaz de arrepentirme.

Pronto, Tiago, sin darme cuenta, dejaré de dirigirme a ti en mis pensamientos. ¡Nueva etapa!, así, sin el artículo, con ese aire vagamente marcial con que se dicen en las empresas algunas expresiones: ¡Nueva etapa, León! Más reconocimiento, menos amigos o tal vez otros nuevos, ¿por qué pensar que no serán mejores?

Con qué vehemencia ha estallado la tormenta. No esperaba esta especie de rúbrica de la soledad, esta llamada inútil de la lluvia contra los cristales, como la de mis manos cuando las tiendo hacia ninguna parte.

¿Perder el arrepentimiento es una carencia, Minerva? ¿O es,

al contrario, una ganancia evolutiva? Empiezo a pensar que lo segundo. ¿No ves que todo ahora va hacia ahí? Aguantamos siglos de aquellas amenazas: ¡Arrepentíos! ¡Arrepentíos y convertíos para que sean borrados vuestros pecados! Pero aquello de lo que se exigía arrepentimiento no obedecía a un criterio nuestro, sino que se nos imponía.

Ahora predomina lo que Tiago detesta: no te arrepientas, no escuches a tu malvado Pepito Grillo, no dejes que nada te salpique, no permitas que nadie discuta lo que piensas que sientes, no te des demasiado, no te des. ¿Y si es, repito, una ganancia evolutiva?

Si el arrepentimiento es, y así lo han entendido ya las mayorías sociales, un freno de mano que nos empeñamos en poner cuando el vehículo ya está en marcha, rechazarán mi informe por innecesario. Como el tuyo, Minerva. Nadie ya se plantea reconvertir la culpa ajena en energía de lucha y en voluntad de alegría: la culpa ajena se monetiza cuando se puede y lo demás, que no nos repercuta, que no nos lastre.

Arrepentirse presupone, tal como sabíamos, querer a alguien que no sea uno mismo.

Casilda
Sábado, 13.00

Hola, Alma. Espero que hayas encontrado ya este sobre, lo metí dentro de tu buzón tal como me indicaste. Aquí va lo que faltaba. Confiamos en ti. Puedes usarlo cuando quieras, como quieras. Hemos cambiado cualquier dato que pudiera identificar a las personas implicadas.

Te extrañará que permitamos que divulgues nuestras pequeñas estrategias labradas a escondidas. Pero es que somos más, vamos por varios caminos, no nos alcanzarán.

Sé que eres una experta en IA. En nuestro caso, para entrenar nuestro pensamiento, que no separamos de nuestros actos, discernimos, Alma, no vale todo. Elegimos qué poemas, qué recuerdos, cuáles de los hechos vividos. Comités, también los de festejos. Consejos, también los de las fábricas tomadas. Organizaciones, también la de un círculo de personas amigas que se turnan para ayudar a otra porque las necesita. Epopeyas, también las de sábanas planchadas para que no dañen el cuerpo de la persona enferma. Y las de exigir que esa labor de delicadeza y plancha no caiga siempre sobre las mismas. No renunciamos a la vehemencia. Proponemos nuestros combates con pasión y los argumentamos sin que ello implique desdén al argumento opuesto, sino ganas de llegar a uno mejor. A quienes asfixian los derechos, les confrontamos, que es lo contrario de rendir pleitesía o someterse. Elegimos plantar cara, y la cuerda de bombillas, y las flores del ciruelo.

Minerva
Sábado, 13.00

Cortos se me están haciendo los días. De salto en salto. Ayer firmé los papeles del despido. Recogí en casa mis notas y mi portátil. Antes de irme cifré carpetas y las guardé ocultas. Estuve repasando el material en un café. Por la tarde, tras confirmar que León iba a obtener sus acciones, quedé con Tiago para que me diera lo que pudiera y quisiera. Pero antes había hecho más.

Damos poca importancia a la ingeniería social interna, a esas conversaciones en las que obtienes pequeños datos bien elegidos, solicitados como quien no quiere la cosa.

La noche del jueves, mientras el personal de seguridad se concentraba en la sala del cóctel y en la antecocina, fui a las dependencias donde trabajan los grupos inteligentes de AMX. Mi nueva tarjeta de identificación me permitió abrir la puerta. Dejando huella, sí, pero a esas alturas mi suicidio profesional ya estaba consumado. Después entré en el ordenador de alguien llamado Val con quien había conversado un buen rato.

¿Por qué Val? Esas cosas se notan. Le vi corretear y alterarse cuando los camareros empezaron a hablar del arrepentimiento. También noté cómo me miraba. Yo no sabía quién era él. Él sí sabía quién era yo, y ya no soy tan importante como para que alguien de la nueva camada de AMX lo sepa. Le abordé haciéndome la tonta; él no pudo evitar dejar caer que estaba lo que se dice en el ajo. Fue solo un momento, un entrever repentino.

Sacamos otros temas. Me contó que jugaba al rugby y escalaba, pude sostener la conversación como si supiera de ambas cosas gracias a haberlas vivido a través de Anxo. Hablábamos de gatos de escalada y me dijo que tenía uno de verdad: Baudelaire. De modo que llegué a la sala con datos suficientes para reconocer la mesa donde había un balón de rugby diminuto sobre la CPU junto a la foto de un gato grande en un jardín.

Con un USB de arranque y un sistema operativo apropiado, accedí a los archivos, curioseé deprisa y copié una carpeta de informes del IG3. Borré cuidadosamente mis huellas. Creen que sé menos de lo que sé. Luego fingí haber intentado entrar en otro ordenador y no haber sido capaz.

Ayer, después de repasar los materiales, los llevé a una fotocopiadora lejos de mi barrio, elegida al azar. Comí algo. Di un largo paseo hasta llegar al bar Oaxaca. Vi a Alma Moriano. Nos entendimos.

Desde una plaza sin nombre escribí a Tareq un sms. El móvil del trabajo lo he devuelto y ahora tengo un móvil tonto que compré hace tiempo por si las moscas. A Tareq le he dado una cifra. Ya sé adónde quiero irme, es un barrio, no como el nuestro. De Madrid, no de una ciudad neozelandesa. Necesitaba que ayer León no me siguiera.

Hoy tengo una llamada suya, ha localizado mi número. Tendré que cambiarlo. Luego te llamo, León. Pensaba hacerlo de todos modos.

Te pediré perdón por haber hablado con Tiago. Me escuece, me remuerde haberlo hecho, aunque haya sido Tiago quien me buscó.

¿Somos amigos, León? ¿Viste en nuestra relación algo que fuera más allá de lo profesional? Yo lo vi a veces. Muy poco. Una ranura.

Hablaremos. Te contaré que Tiago me llamó esa madrugada, estaba borracho. Tenía un amigo entre los camareros que te conocía de cuando Tiago y tú estabais juntos. Esa noche le contó lo que había pasado con Jonás. Tiago me llamó para saber si era verdad que habías hecho eso, que habías espiado con el objetivo de acabar con una parte de valor, conciencia y capacidad de rectificación de las personas, de cientos o de miles, o de una sola, eso daba igual.

Y se lo dije: que tanto tú como yo lo habíamos hecho. Que seguramente no lo usarían, pero que aun así iba a intentar enmendarlo un poco, y que me vendría bien su ayuda. Me preguntó si tú estabas conmigo. Le dije que no pero que eso podía cambiar, que al día siguiente lo sabría. Luego me contaron lo de tus acciones. Se corrió la voz. A Tiago le llegó también.

Me des o no el perdón, voy a vivir sabiendo lo que hice. Hay un principio, una forma de ser hacia la que me gustaría avanzar: no dejar que nadie te sustituya. Es lo contrario de lo que parece, no tiene que ver con el lugar en el ranking. Ni con la supuesta autosuficiencia, con rechazar que alguien te cubra cuando lo necesites. Significa, más o menos: que nadie crea que puede obligarte a eludir tu responsabilidad.

Por eso, algunas mañanas, vendrás a mí, León. Tu cara amable, casi cuadrada, tu expresión un poco distante.

Jonás
Sábado, 13.45

Ha pasado por delante de la cristalera. Al principio me pareció que iba un poco más encorvado, pero no. Iba derecho, que rima con satisfecho; sí, parecía satisfecho de sí mismo. Sin embargo, nada hay en esta calle que pueda interesarle. Por la cuenta que le trae, no se atreverá a entrar. Aunque ¿de quién estoy hablando? De nadie, he visto pasar a nadie.

Estos días viene poca gente a comprar. Le he dicho al dueño que debemos bajar un poco los precios, y ha contestado que empezaremos por mi sueldo.

Así que pronto me lo bajarán. Puede que tenga que irme de este camarote sereno que había encontrado. Todo cambia, para algunos más que para otros. Y mi queja ahora no es mía. Es firme, es ardua, y cuando la entrego descanso de ser alguien, de ser Alguien.

IG3 de AMX para Alma Moriano
Lunes, 06.00

Acuerdo de confidencialidad.
Estimada Alma Moriano:

Este mensaje electrónico está dirigido únicamente a la persona indicada anteriormente. El carácter confidencial, personal e intransferible del mismo está protegido legalmente. Cualquier revelación, uso o reenvío no autorizado, completo o en parte, está prohibido.

Le notificamos que todo material obtenido de esta empresa es ilegal, no le pertenece, no puede difundirlo ni tiene tampoco derecho a incluirlo en una historia de ficción como, según parece, pretende hacer.

Aunque no haya firmado ningún acuerdo de confidencialidad, podrá ser denunciada por varios conceptos.

Nuestras relaciones con su labor periodística se han basado en una lealtad consuetudinaria.

Quebrarla tiene un precio. Máxime tras haber aceptado la invitación a un evento donde no estaba prevista la presencia de la prensa y al que usted acudió pero no, y así se le expresó en la invitación, en calidad de periodista, sino como lo que usted fue, en el pasado, para AMX, persona próxima e interlocutora respetada.

Por otra parte, las cosas han cambiado: ¿qué es la ficción? ¿Crear lo que no ha existido pero podría, hipotéticamente, tornarse vivo? ¿Lo que no es verdadero ni falso pero, sin embargo, tiene un fin, como si reclamara al mismo tiempo una libertad anómala y responsable? Delirios. La ficción no existe, hemos acabado con ella, la hemos equiparado a las alucinaciones de nuestros grandes modelos de lenguaje. Si usted tiene alucinaciones, aténgase a las consecuencias.

Cordialmente.

Casilda
Domingo, 12.30

—Este bar me gusta aún más que el punto de calma de tu tienda.

—A mí también. La tienda, a pesar de su cristalera, es un sitio cerrado que da a la calle de enfrente. Desde aquí, aunque esté en la ciudad, es posible mirar lejos.

—Y los plátanos del paseo, y la cuerda de bombillas. No sé por qué me da tanta alegría esa cuerda, si casi siempre la veo de día, apagada.

—Tiene algo de verbena de pueblo. A mí me gusta por eso.

—Sí, en cierta manera hace que no estemos todos los clientes separados, tampoco juntos sino, eso, como los que han ido a una verbena y les une el lugar y la intención. ¡Qué raro ha sido todo!, ¿no, Jonás?

—¿El cáterin o los informes?

—Ahora hablaba de los informes. Vernos ahí a los dos. Sobre todo en tu caso.

—El tuyo también era fuerte.

—Ya, no digo que no. Pero es que tú, además, ¡le habías visto, habías hablado con él! ¿Te acuerdas de lo que nos reíamos con eso de que pagaba al contado y podía ser un espía?

—Me acuerdo y alucino. Solo quería tomarte el pelo.

—Verania y los demás coinciden con lo que propusiste: de

momento no hacer nada más con los informes y esperar al momento oportuno. Pero preguntan que si llega ese momento, ¿seguro que te parecerá bien difundirlos? A ti te afecta más que a nadie.

—Si los difundís, que cambien cualquier cosa que pueda identificarnos, a nosotros y a las demás personas que aparezcan. Quitando eso, por mí podéis hacer lo que queráis.

—Gracias otra vez por haber ido al cáterin, Jonás. Sigues hablando de esto como si no estuvieras dentro: «... podéis hacer lo que queráis». Entiendo que sigues sin querer estar, ¿no?

—Sí... A ver. No me importa ser un verso suelto, y que vuelvas a llamarme si hay otra urgencia. Pero cada cual es como es, se puede cambiar un poco, ese poco me lo habéis regalado. No sé si podré cambiar mucho más. Tengo otro ritmo, de momento.

—Claro. Sabes que no necesito explicaciones. Hay un argumento que solemos usar para seguir. Suele pasar, al menos a mucha gente nos ha pasado, que acabamos encontrando a personas que nos gustan. Las personas que más me han acompañado, las que sé que siempre van a estar ahí, vienen de estas batallas. Te lo digo porque tú eres la excepción, la prueba de que la regla es falsa. Pase lo que pase con nosotros, sé que seguiremos siendo compañeros, si no te da mucha rabia la palabra.

—Al contrario. ¡Qué honor! —dice Jonás antes de echarse a reír—. Pero algún pesado o pesada os ha tenido que tocar, no me digas que no. Y algún trepa. Bueno, que habrá más o menos de todo, como en todas partes.

—Sí y no. Venga, me has entendido. Me refiero a quienes acaban andando el camino contigo. Oye, no me hagas ponerme sentimental. Y no te escabullas. Te estoy dando las gracias por ser como eres.

—Esta conversación requiere música de violines, bailar pegados y casi un atardecer al fondo.

—Menos mal que es mediodía. Jonás ¿tú crees que habría

funcionado? Lo de anular, o atenuar, supongo, el arrepentimiento. Si se hubieran puesto a ello.

—O si se ponen. Aunque tengamos los documentos, saben que nadie los leerá. Ya no hay tiempo para textos de más de cuatro párrafos.

—Como sea, ¿crees que podría funcionar?

—¿Por qué no? Sería otra influencia más entre todas las que nos envuelven y nos empujan en la misma dirección. Lo mismo, pero más.

—No todo es lo mismo. Siempre ha habido que vivir entre influencias que nos envuelven y nos empujan. El problema es este momento, hay que cambiar ya de dirección.

—De acuerdo. Pero a lo mejor no importa tanto si lo que pasa hoy es más o menos importante que en otros momentos. Es el nuestro. Importa que la barbaridad o la barbarie, o como lo llames, ha cruzado nuestro límite.

—«Nuestro» —digo contenta.

—Sí, nuestro. Aunque ahora no vaya a meterme en la organización. Y aunque a una parte de mí le gustaría que no siguierais para estar más tranquilo, la otra parte necesita vuestra fuerza. Todo lo que hacéis cuenta, nada se pierde.

Sé que voy a dejar la conversación. Voy a mirar la corteza clara de los grandes plátanos, y la expresión medio pensativa de Jonás. Estaremos aquí un buen rato, haciendo nada. Luego, sobre la una, llegarán tres o cuatro personas. No dirán si son de la organización y Jonás no lo preguntará. Estaremos a gusto. En medio de todos los sobresaltos que a cada quien le toca atravesar debido a las imperfecciones de la vida, nos acompañaremos aunque no podamos, casi nunca, evitar que pasen. Y será posible para muchas más personas no estar solas bajo la inmensa lluvia.

Los gorriones merodean buscando migas de tortilla o de pan. Un poco más lejos, una urraca busca con el pico dentro del papel brillante de una bolsa de patatas fritas. Enfrente, al otro lado de la pequeña vaguada, los chopos desiguales se mecen con lentitud. Si vivir fuera solo esto, dejarse existir en compañía entre el cielo y la tierra. Si no fuera necesario defender la suerte de estar vivos.

Alma Moriano
Sábado, 18.25

Mi casa está en lo que una vez fue un conjunto de viviendas para trabajadores diseñadas con distribución sensata, ventilación cruzada, interés por lo comunitario.

Los días como hoy a veces me vienen imágenes. No de grandes avenidas salpicadas con paraguas de colores o dotadas de la belleza del blanco y negro; veo salas de urgencias abarrotadas de gente.

Para compensar, me fijo en las hojas verdes recién regadas y en el suelo adoquinado donde ahora brillan monedas de agua. Tenemos una especie de patio trasero con árboles que me recuerda a Berlín, un berlín del sur, con minúscula y a menor escala.

Desde la mesa que he puesto frente a la ventana veo las nubes que el sol empieza a deshacer.

Me levanto y echo a andar por la casa, las manos en los bolsillos. Chita, mi perra, duerme. Cuando paso levanta las orejas, abre los ojos, los cierra.

Me siento de nuevo a la mesa. No consigo ponerme a escribir. ¿Qué voy a hacer con todo este material?

Ahora entiendo el alivio, la poco disimulada alegría de Minerva al entregarme folios y folios, ni siquiera un USB. Me pidió que escribiera a mano y nunca cerca de un dispositivo con conexión.

–Harás lo que quieras, claro. Lo digo para que nadie te moleste mientras, aunque no descarto tener la paranoia de quien ha provocado paranoias ajenas.

–Y tú, mientras, ¿dónde estarás?

–Eso no importa.

–Ya. Quería decir que sería mejor escribirlo juntas.

—Es tu turno, Alma. Faltan cosas, tendrás que imaginarlas. Yo andaré por aquí. Aún no sé cómo, ni dónde. —dijo, y en el timbre de su voz subyacía la amistad.

Busco en el mazo de fotocopias que me ha dado un artículo al que antes no presté atención. Es de Graham Greene, está subrayado. Greene comenta esta idea de Chéjov: al describir la vida tal como es, cuando cada línea está impregnada por la conciencia de una finalidad, percibes, además de la vida como es, la vida que debería ser.

No hay ahí, viene a decir Greene, una disyuntiva entre dos tipos de novelas, las del «como es» y las del «como debiera», sino que Chéjov contrasta lo narrado con el estado anímico de quien escribe. Ese estado, apunta, tendría que ser uno de justicia y de misericordia. La justicia describe el mundo como es. La misericordia se da cuenta de lo que podría ser si tanto quien escribe como el mundo fueran diferentes.

Grandes palabras, Minerva, solo el humor ayuda a aliviar su peso. Escribo a mano, según me sugeriste. La caligrafía me parece una herramienta de serenidad. Pienso en los desastres causados, en los diques construidos. En un amigo admirado cuyas manos ya no pueden escribir y, aunque se cansa, no se cansa y sigue dando risa y guerra. En quemar las libretas que supeditan las relaciones humanas a la obtención de un beneficio cobarde, fuerte contra el débil y tolerante con el abuso de quienes más tienen. El mal no es, como dicen, inexplicable, echa sus cuentas.

Pienso en lo que está libre de cálculo y centellea sin porqué. En nuestras vidas, como las cápsulas algodonosas de las semillas de la ceiba, como la piedra sobre la acera convertida en balón por unos pasos. También como esos pasos, obstinados, titubeantes, afligidos o alegres.

Danos, sombra herida, el estado anímico propicio para que no sucumba lo que podría ser.

AGRADECIMIENTOS

Me albergaron, me dieron espacio, hicieron que pareciera fácil: María Jesús Méndez de Vigo, Guillermo Rendueles, Fernando García Martínez, Sofía Gambara, José Olalla. Por las conversaciones imaginarias y las reales, todos los nombres y más, Marta Peirano, Javier Sánchez Monedero, José L. Aznarte, Ana Molina Hita, Ignacio Echevarría, Bob Pop, Mauricio Retiz, Natalia Carrero, Mercedes Martínez, Fernando Broncano, María Casas, Carlos Thiebaut, María Batalla, Palmar Álvarez-Blanco, Fernando Cembranos, Mariú Gambara, Javier Rodríguez, Mati Ruiz Tovar, Pilar de Hoyos, Fernando Guerra, Manolo Monreal, Jorge Bernabeu, Mónica Lizarte, César Astudillo, Juan Carlos Tudela, María Galve, Javi López, Marta García Miranda, Antonio Bolós Márquez, Román García Alberte, Pablo Elorduy, Jose Durán, el proyecto El Salto, Mariú, Daniel, Constantino, todas las personas de la Maloca y alrededores, Elena, Miguel, Pilar, Carmen, Ernesto, Rosa... y José Moreno Belzer, con su humor surrealista y su bondad, que se nos fue tan lejos y tan cerca. A Marta Pascual y a Ana Hernando, por los bailes y las luchas. A Ángeles Maeso, siempre en barricada. A Ainara Machain González, Unaluna camisetas, feminista lesbiana, agitadora, tan joven, a quien tanto quisimos y que tampoco se ha ido del todo ni nos ha dejado aunque no esté. A la comisión de educación de Ecologistas por acogerme en sus debates. A cada colectivo que se enfrenta a la desigualdad y a la destrucción. A las personas que encuentro en cada biblioteca, librería, centro cultural, social, organización. A todas las que en la editorial y su entorno han hecho existir este libro. A las queridas amistades nuevas y las que vienen de muy atrás, pues ambas nos sostienen con la fuerza clara de las praderas, las sillas, los seres amados.

PROCEDENCIA DE LAS CITAS

p. 9, en Albalucía Ángel, *Estaba la pájara pintada sentada en el verde limón*, Navona, Madrid, 2022.

p. 27, en Luis Rosales, *Obras completas*, vol. I, Trotta, Madrid, 1996.

p. 115, cortesía de Ediciones El Salmón en *La máquina se para*.

p. 124, en José Lezama Lima, *Poesía completa*, Sexto Piso, Madrid, 2016.

p. 128, cortesía de Luisa Castro, de *Odisea definitiva*, Arnao Ediciones.

p. 153, © Herederos de Juan Ramón Jiménez, por intermedio de AMV Agencia Literaria.

p. 158, traducción cortesía de Xoán Abeleira, en *Una temporada en el infierno*, editorial Hiperión.

p. 166, traducción cortesía de Sabina Editorial en *Poemas y Cartas, 1-600*.

p. 197, cortesía de Primas Hermanas, del LP *Miss Melodías*.

pp. 225 y 229, © 2021, Herederos de Claudio Rodríguez, por intermedio de Editorial Tusquets.

p. 233, cortesía de Ángela Martínez Fernández, de *Huracanes en la periferia*, La Oveja Roja.

p. 271, cortesía de Sonia Pina, de *Nada que no sepáis*, La Oveja Roja.